ANDREA SCHACHT
Die Blumen der Zeit

*Buch*

Köln im Jahr 1378: Die Päckelcheträgerin Mirte soll dem Ratsherrn eine Nachricht überbringen. Vom Teufelchen Neugier gepackt, liest sie heimlich den Brief. Darin befindet sich eine Warnung der Buchbinderin Alena: Am Abend soll ein Feuer ausbrechen! Und tatsächlich: Der Blitz schlägt ein, und das Viertel geht in Flammen auf. Alena und Mirte retten in letzter Sekunde den Ratsherrn, der wiederum seinen Sohn Laurens retten wollte. Dank Alenas Warnung werden nur wenige Menschen verletzt, doch Misstrauen macht sich breit. Woher wusste sie von dem Brand? Ist die Buchbinderin etwa eine Zaubersche, steht sie mit dunklen Mächten in Verbindung? Mirte und Laurens wollen helfen. Nach und nach lüften sie ein ungeheuerliches Geheimnis...

*Autorin*

Andrea Schacht war lange Jahre als Wirtschaftsingenieurin und Unternehmensberaterin tätig, hat dann jedoch ihren seit Jugendtagen gehegten Traum verwirklicht, Schriftstellerin zu werden. Mit ihren historischen Romanen gewann sie auf Anhieb die Herzen von Lesern und Buchhändlern. Andrea Schacht lebt mit ihrem Mann und zwei Katzen in der Nähe von Bonn.

Andrea Schacht

# Die Blumen der Zeit

Roman

blanvalet

Die Originalausgabe erschien 2010 im Boje Verlag GmbH, Köln.

Verlagsgruppe Random House FSC-DEU-0100
Das FSC®-zertifizierte Papier *Holmen Book Cream* für dieses Buch
liefert Holmen Paper, Hallstavik, Schweden.

1. Auflage
Taschenbuchausgabe September 2012
Blanvalet Verlag, München,
in der Verlagsgruppe Random House GmbH, München
Copyright © 2010 Boje Verlag GmbH, Köln
Umschlag: © Johannes Wiebel | punchdesign,
unter Verwendung eines Motivs von imagelab/Shutterstock.com
wr · Herstellung: sam
Satz: Uhl + Massopust, Aalen
Druck und Einband: GGP Media GmbH, Pößneck
Printed in Germany
ISBN: 978-3-442-37753-4

www.blanvalet.de

# Dramatis Personae

**Mirte** – eine vierzehnjährige Päckelchesträgerin, Tochter eines Tagelöhners, doch mit Ehrgeiz.
**Laurens** – sechzehnjähriger Sohn des Ratsherrn und Tuchhändlers Adrian van Kerpen, der sich lieber der Sternenkunde widmen würde statt der Tuchhändlerlehre.
**Alena** – eine Buchbinderin mit seltsamen Angewohnheiten, die vor zwei Jahren in Köln aufgetaucht ist und einen geheimen Garten pflegt.
**Adrian van Kerpen** – Laurens' Vater, Tuchhändler und Ratsherr, der viel in der Welt herumgekommen ist und auch merkwürdige Dinge zu verstehen vermag.
**Joos** – Mirtes Vater, Tagelöhner im Hafen von Köln, mehr am Grutbier als an seinen drei mutterlosen Kindern interessiert.
**Talea** – Hebamme mit Nebenverdiensten, vertraut auf Sprüche und Tränklein mehr als auf Gott und saubere Hände.
**Wickbold** – Flussschiffer mit faulen Zähnen und rüpelhaftem Benehmen, Joos' bevorzugter Bräutigam für seine Tochter Mirte.
**Bruder Lodewig** – junger Benediktinermönch von Groß Sankt Martin, der Laurens' Wissbegier für die Sterne teilt.

**Bruder Notker** – auch genannt »der Dicke«, frauenfeindlicher Prediger, der Angst vor Zauberei hat.
**Pitter** – Chef der Päckelchesträger mit großen Ohren und einem großen Magen.
**Jens** – Fackelträger, der die nächtlichen Geheimnisse Kölns kennt.

**Dann noch:** Magister Hinrich, der Geldwechsler, Alenas Nachbarin, der Turmvogt, Beginen, eine Haushälterin und der Majordomus des Ratsherrn, der Gelehrte Ivo vom Spiegel, der Abt Theodoricus von Groß Sankt Martin, Meister Krudener, der Apotheker
und
Professor Dr. Dr. Adrian Kerpen – ein Astrophysiker

**Nicht zu vergessen:**
**Mina** – eine hochintelligente Katze, rotbraun mit einem cremefarbenen Hinterpfötchen, die es versteht, sich sehr gut verständlich zu machen. (Und heute als MouMou bei der Autorin lebt.)

# 1

# Prolog

Fest hielt sie die Tasche an sich gedrückt. Die Ledertasche, die ihre kostbarsten Güter barg – ein Astrolabium, ein Wörterbuch, ein leeres Notizbuch, zwei Bleistifte, eine goldene Dose mit Weihrauch und ein Beutelchen Samen.

Mit Angst, Neugier, Vorfreude und natürlich einer gesunden Portion Skepsis betrachtete sie den duftenden Rauch, der aus dem Weihrauchkessel zu ihren Füßen aufstieg.

Würde die Mischung ausreichen? Würde sie überhaupt etwas bewirken?

Der Rauch quoll dichter und dichter aus den Öffnungen des Messinggefäßes. Schon waberte er um ihre Knie.

Hatte sie den Zeitpunkt richtig berechnet?

Noch einmal spielte sie kurz mit dem Gedanken, einfach zur Seite zu gehen und die glosenden Kräuter zu löschen.

Sie musste wahnsinnig sein, sich auf dieses Experiment einzulassen.

Und doch machte sie den entscheidenden Schritt nicht, und höher und höher stieg der Rauch.

Es wurde ihr ein wenig schwindelig von dem Duft von Kräutern und Olibanum, und sie fasste ihre wertvolle Tasche fester. Im Namen der Wissenschaft, sie musste es wagen!

Beißend drang der Rauch in ihre Augen. Sie schloss die

Lider, als sie zu tränen begannen. Dennoch schien alles um sie herum in Bewegung zu geraten. Wie in einem Wirbel fühlte sie sich, haltlos, schwerelos, tanzend im Strudel der Zeit.

Und dann hörte sie die Glocken. Langsame, schwere Klänge holten sie zurück ins Bewusstsein.

Und in das Jahr des Herrn 1376.

# 1

# Botengänge

*20. August 1378,*
*mittags*

Mirte biss in das letzte Stück Schmalzbrot und freute sich daran, wie die krosche Kruste zwischen ihren Zähnen zerknusperte. Die Beginen buken ganz besonders köstliches Brot. Und das Griebenschmalz darauf war auch nicht zu verachten. Mit dieser Gabe würde sie den Nachmittag ohne knurrenden Magen überstehen.

Heiß brannte die Sonne an diesem Mittag auf die Stadt, und in den engen Gassen, über die die vorgebauten Obergeschosse der schmalbrüstigen Häuser ragten, sammelte sich stickiger Schatten. Und Gestank.

Aber so war das eben.

Trotzdem war Mirte froh, als sie die breitere Straße erreichte, durch die ein kleiner Lufthauch vom Rhein heraufwehte. Links von ihr überragte der halb fertige Dom die geschäftige Baustelle, und wie immer verlangsamte sie ihre Schritte, um einen Blick auf die Pfeiler und Säulen zu werfen, aus denen dieses gewaltige Haus Gottes gen Himmel wuchs. Kaum zu glauben, dass das Menschenwerk war. Sie hatte eine der Beginen sagen hören, dass die Kathedrale, wenn sie denn in vielen, vielen Jahren fertig sein würde, zwei spitze Türme haben würde, gekrönt von je einer Kreuzblume, mit denen sie die Wolken berührte.

Überhaupt, die Beginen vom Konvent am Eigelstein wussten viel. Sie waren viel weltoffener als die Nonnen. Es waren arbeitsame Frauen, ledig oder verwitwet, die in einem Geviert von Häuschen zusammenwohnten und sich ihren Unterhalt mit der Seidenweberei verdienten und zudem auch allerlei Fürsorgepflichten ausübten. Dazu gehörte neben der Kranken- und Armenpflege der Unterricht junger Mädchen. Mirte war dankbar, dass sie dreimal in der Woche bei ihnen lernen durfte. Seit zwei Jahren besuchte sie die Lektionen, die die grau gewandeten Frauen den Handwerkermädchen und Tagelöhnertöchtern erteilten, und daher konnte sie Buchstaben lesen. Nein, nicht nur Buchstaben, sondern ganze Wörter. Und seit einigen Wochen lernte sie sogar, Wörter zu schreiben. Ungeheuerlich, das!

Der Vater war nicht einverstanden gewesen, er fand das verlorene Zeit, in der sie besser Geld verdient hätte, und wenn schon das nicht, dann sollte sie wenigstens auf die kleinen Geschwister aufpassen und die Hausarbeit erledigen. Aber die Meisterin der Beginen hatte ihn besucht und ihm ins Gewissen geredet, und seither war er mürrisch bereit, seiner Tochter die drei halben Tage Unterricht zu erlauben.

Nach den Lektionen jedoch hieß es arbeiten. Und damit wollte Mirte auch sogleich anfangen. Zielstrebig wandte sie sich den Gassen an der alten Burgmauer zu.

Ihren Unterhalt – und oft auch den der ganzen Familie – verdiente Mirte als Päckelchesträgerin. Wie so viele Jungen und Mädchen in der vielbesuchten Handels- und Pilgerstadt Köln. Ihre Aufgaben waren es, fremde Kaufleute zu ihren Unterkünften zu führen, Pilger zu den Klöstern und Kirchen, Reisende zu den Badehäusern oder Tavernen, allerlei Botschaften von hier nach dort zu tragen oder eben Päckchen aller Art an ihrem Bestimmungsort abzuliefern. Dafür erhielten sie mehr oder weniger großzügig ihren Lohn.

Großzügig war auf jeden Fall Frau Alena, die Buchbinderin, die in dem Haus an der Burgmauer wohnte. Sie war es, die ihr vor zwei Jahren geraten hatte, bei den Beginen lesen zu lernen, und Mirte mochte die Frau.

Obwohl sie einigermaßen seltsam war.

Aber nett.

Sie klopfte an der Tür, und sogleich wurde ihr geöffnet. Frau Alena, groß für ein Weib, ihr Gebende schon wieder sehr unordentlich, sodass ihre Haare unter diesem Kopftuch aus weißem Leinen hervorquollen, lächelte Mirte herzlich an, als sie sie höflich begrüßte.

»Schön, dass du pünktlich bist, Mirte. Ich muss gleich auf den Markt, und hier ist ein Brief, den der Ratsherr Adrian van Kerpen unbedingt sofort bekommen muss.«

Mirte wischte sich verstohlen die vom Schmalzbrot fettige Hand an ihrer Schürze ab und nahm das gesiegelte Stückchen Papier an sich. Papier! Nicht Pergament. Dem hätte das Fett nicht geschadet.

»Ich bringe es sofort zu ihm ins Kontor, Frau Alena.«

An den Röcken der Frau drängelte sich eine rotbraune Katze vorbei und drückte sich schnurrend an Mirtes Bein.

»Oh, Mina, meinen Gruß. Nein, ich habe keinen Fischschwanz dabei. Ich komme vom Unterricht«, sagte Mirte und kraulte das Tier zwischen den Ohren. Auch das war etwas Besonderes an Frau Alena. Viele Leute hielten sich

Katzen, um die Mäuse aus den Vorräten fernzuhalten, sie aber betrachtete Mina wie eine richtige Person. Das hatte schon viel Gemunkel gegeben, denn einige bösartige Schwätzerinnen tuschelten, die Katze könnte vielleicht ein Dämonentier sein. Aber Mirte wusste es besser, Mina war nur ein zutrauliches Geschöpf, das von Frau Alena immer liebevoll behandelt wurde. Ganz so, wie der heilige Franz von Assisi es den Menschen nahegelegt hatte.

»Sie ist eine Naschkatze, Mirte, genau wie ein anderes Wesen, das ich kenne. Hier ist dein Botenlohn, und nach dem Brotkanten, den du sicher bei den Beginen bekommen hast, wirst du bestimmt auch noch einen süßen Nachtisch mögen.«

Nachtisch – das war wieder so ein fremdes Wort, das Frau Alena verwendete. Aber der braune Honigkuchen war Mirte höchst bekannt und verstohlen leckte sie sich die Lippen. Erfreut bedankte sie sich und verstaute das Gebäckstück in ihrer Schürzentasche. Das würde sie später am Tag genießen.

Um zum Haus des Tuchhändlers zu gelangen, musste Mirte quer durch die Stadt wandern, was ihr aber keine besondere Mühe machte. Viel mehr Mühe bereitete es ihr, dieses Teufelchen zu bekämpfen, das sich an ihren Rocksaum geheftet hatte, seit sie den Brief in die Hand gedrückt bekommen hatte. Dieses Teufelchen hörte auf den Namen Neugier und sog seine Kraft aus dem Wissen darum, dass sein Opfer das Lesen gelernt hatte.

Vermutlich, so sann Mirte nach, hatten die Priester ja recht, wenn sie es den Frauen untersagten, die Kunst des Buchstabierens zu lernen. Die Versuchung war gar heftig. Zumal sie bemerkt hatte, dass das Wachssiegel auf dem Papier nicht besonders fest saß.

Mutig bekämpfte sie den Verführer mit einigen gemurmelten Gebeten, und etliche hundert Schritt weit gelang es ihr auch, ihn in Schach zu halten.

Aber dann begegnete ihr die Gevatterin Talea, die Hebamme, die einst, vor fast vierzehn Jahren, geholfen hatte, sie auf die Welt zu bringen. Mirte mochte die Frau nicht besonders, sie hatte so einen durchdringenden Blick. Aber es gebührte ihr natürlich ein sittsamer Gruß.

»Na, Magistra Mirte, wieder Gelehrsamkeit bei den grauen Weibern geschlürft?«

Manchmal neckten ihre Freunde sie mit dem Titel Magistra, aber aus Gevatterin Taleas Mund hörte es sich irgendwie abfällig an. Trotzdem blieb Mirte höflich.

»Eine bekömmliche Nahrung, Gevatterin. Sie liegt nicht schwer im Magen.«

»Nein, aber sie wird dir den Kopf wirr machen und dir Augenflimmern bescheren. Warte es nur ab! Und ob dem Wickbold ein solch hochmütiges Weib gefallen wird, das wird sich auch noch weisen.«

»Wickbold? Wieso Wickbold?«

Der Flussschiffer Wickbold war ein Neffe der Hebamme, ein plumper Geselle mit, nach Mirtes Meinung, allenfalls Entengrütze im Hirn.

»Das, Kindchen, wird dir dein Vater schon noch erklären.«

Gevatterin Talea schwenkte ihre staubigen Röcke und schritt in die entgegengesetzte Richtung aus. Mirte blieb fassungslos mitten auf der Straße stehen und musste gleich darauf einen hurtigen Satz zur Seite machen, um einem beladenen Frachtkarren auszuweichen, der ihr ansonsten über die Zehenspitzen gerollt wäre.

Dumm, dass ihr dabei der Brief aus der Tasche auf das Pflaster fiel.

Und sich das Siegel dabei ganz löste.

Dumm aber auch.

Sehr dumm, denn das gab dem Teufelchen neue Energie.

Ob das Lesen wirklich Augenflimmern verursachte? Bisher hatte Mirte davon nichts bemerkt.

Vielleicht sollte sie...

Zögernd hielt Mirte das gefaltete Schreiben in der Hand. Dann machte sie einen weiteren Schritt auf eine Toreinfahrt zu, in deren Schatten man sie nicht entdecken würde.

Vorsichtig entfaltete sie den Brief und starrte auf die Buchstaben. Nein, da flimmerte nichts, der Heiligen Jungfrau sei Dank. Und eigentlich hätte sie jetzt das Papier wieder zusammenfalten können. Wäre da nicht das widerwärtige Teufelchen gewesen.

Das brachte nämlich die Buchstaben dazu, sich zu Wörtern zu formen, und die Wörter dazu, Sätze zu bilden. Und die wiederum ergaben einen Sinn. Eine Nachricht, besser eine Warnung, stand in dem ordentlich geschriebenen Brief.

Entsetzt legte Mirte das Schreiben wieder zusammen und schob es in ihre Tasche. Dann nahm sie die Beine in die Hand und rannte zum Haus des Ratsherren und Tuchhändlers van Kerpen. Denn in dem Brief hatte gestanden, dass an diesem Abend der Blitz einschlagen und ein verheerendes Feuer den angrenzenden Fischmarkt verwüsten würde.

# 2

# Prophezeiungen

*20. August 1378,
abends, Vollmond*

Laurens van Kerpen, der sechzehnjährige Sohn und Erbe des Tuchhändlers Adrian van Kerpen, grollte. Nicht nur, dass er seit vier Monaten als Lehrling im Tuchhandel seines Vaters mitarbeiten musste, obwohl er viel lieber weiterstudiert hätte, nein, auch noch die einzige Vergünstigung, die er herausgeschlagen hatte, war ihm für heute gestrichen worden. Dabei sollte nach seinen astrologischen Berechnungen sich ausgerechnet an diesem Abend eine Mondfinsternis zeigen. Nur weil diese besserwisserische Buchbinderin vor einem drohenden Gewitter gewarnt hatte, hatte sein Vater ihm verboten, zu seinen Freunden im Kloster von Groß Sankt Martin zu gehen, um dort oben auf dem Vierungsturm das kosmische Ereignis zu beobachten und es mit Bruder Lodewig zu diskutieren. Wenn es denn eintrat und er mit seinen Berechnungen richtiggelegen hatte.

Mochte ja sein, dass es ein Gewitter gab, Herr im Himmel, das konnte man sich doch an den zehn Fingern abzählen, so stickig, wie es den ganzen Tag über gewesen war. Und ärgerlich wäre das allemal, wenn die Wolken sich dann auch noch vor das himmlische Schauspiel schieben würden. Aber wenigstens die Möglichkeit sollte er doch haben, es zusammen mit dem jungen Mönch zu beobachten.

Verärgert schüttelte Laurens den Kopf. Sein Vater war doch sonst nicht so ängstlich. Sogar mit dem Hauptmann der Stadtwache hatte er schon gesprochen. Ein Gewitter – was war das schon? Was hatte diese Frau Alena nur dazu gebracht, irgendwelche düsteren Prophezeiungen zu äußern? Und warum glaubte der Vater diesen Unfug auch noch? Der hatte doch sonst für die Zauberschen nur Verachtung übrig. Schmuddelige Weiber, die auf Jahrmärkten den Leichtgläubigen das Schicksal aus den Händen lasen oder aus dunklen Spiegeln die Zukunft deuteten. Scharlatane allesamt, hatte er bisher immer geurteilt. Und nun fürchtete er sich, weil diese Buchbinderin vorhersagte, dass an einem heißen Augusttag ein Gewitter dräute, und verbot ihm deshalb, aus dem Haus zu gehen. Das war doch unsinnig. Unlogisch war das.

Laurens bildete sich viel auf seine Fähigkeit ein, logisch denken zu können. Es gab Ursachen und Wirkung, fertig. Schwüles Wetter und drückende Luft führten zu Gewittern – das war eine Beobachtung, wie sie jedes Kind machen konnte. Allerdings gab es verschiedene Ansichten darüber, wie diese Unwetter entstanden. Einige klangen recht absurd, denn manche stellten sich vor, dass Petrus mit den Engeln ein Ballspiel über den Wolken trieb, das Blitz und Donner erzeugte. Andere glaubten an einen Drachen, der sturmreitend Feuer spie. Er zog es vor zu glauben, dass einfach nur die dunklen Wolken am Himmel zusammenstießen und diese Phänomene verursachten. Aber ganz sicher war Laurens sich nicht. Vielleicht war es nämlich doch ein

Strafgericht Gottes, der mit den Blitzen die Frevler niederstreckte. Hatte der Vater deshalb Angst?

Laurens ging in sich und prüfte sein Gewissen. Doch, ja, einige kleinere Sünden hatte er in der letzten Zeit begangen. Die Arbeit in der Gewandschneiderei gefiel ihm nicht, und er drückte sich, wann immer er die Gelegenheit fand, darum, die schweren Tuchballen ins Lager zu stapeln oder den Gesellen zum Zuschneiden und Aufmessen aufzurollen. Dafür steckte er viel lieber seine Nase in die Schriften der Astrologia, der Arithmetik oder der Geometria.

Aber wahrer Frevel war das doch nicht, oder?

Ungehorsam, ja. Aber nicht Frevel.

Und wenn er nicht gefrevelt hatte, dann war er auch nicht in Gefahr, vom Blitz getroffen zu werden. Gleichgültig, was der Vater sich von dieser Buchbinderin einflüstern ließ.

Darum würde er die lässliche Sünde des Ungehorsams auf sich nehmen und sich heimlich aus dem Haus schleichen. Bruder Lodewig wartete sicher schon auf ihn. Und wenn alles vorbei war – Mondfinsternis und Unwetter –, dann würde er noch rasch bei einem der Pater dort im Kloster diese Sünde beichten, und alles war wieder in Ordnung.

Ja, so ging das.

Die Dämmerung brach langsam über Köln herein, der Vater hatte sich wie üblich noch ins Kontor zurückgezogen, um seine Abrechnungen zu machen, die Haushälterin war auf einen Schwatz bei der Nachbarin, Knechte und Mägde vergnügten sich auf ihre Weise, und so war es für Laurens nicht besonders schwierig, ungesehen das Haus am Neuen Markt zu verlassen und durch die stickigen Gassen zum Kloster von Groß Sankt Martin zu eilen.

Bruder Lodewig erwartete ihn schon. Der junge Mönch war nur einige wenige Jahre älter als er selbst und trotz seiner behäbigen Art schon fast ein Gelehrter und bereits ein tiefgründiger Denker. Auch ihn faszinierten die Geschehnisse am Himmel. Wann immer sich die Gelegenheit ergab, verfolgten sie gemeinsam die Bahnen der Planeten und versuchten, die komplizierten Berechnungen zu verstehen, mit denen die Astrologen deren Weg um die Erde zu beschreiben versuchten. Mit Bruder Lodewig durfte er auch die in der Klosterbibliothek vorhandenen Bücher der alten Philosophen studieren, die ganz klar begründet hatten, dass die Erde eine Kugel ist. Vor allem der Satz: »Der Sternenkundige beweist durch Sonnen- und Mondfinsternis, dass die Erde rund ist«, den Thomas von Aquin, der große Kölner Gelehrte, schon vor über einhundert Jahren geäußert hatte, hatte es ihm angetan, und an dem heutigen Abend wollte Laurens sich mit eigenem Augenschein vergewissern, dass die Erde auf dem Mond einen runden Schatten warf. Und dass seine Berechnung stimmte. Das war sogar noch viel wichtiger.

Das zu prüfen war allemal eine Sünde wert!

# 3

## Gewitter

*20. August 1378,
abends*

Mirte ließ sich erschöpft auf den Schemel am Kamin sinken. Es war ein langer, anstrengender Tag gewesen. Seit sie Frau Alenas Brief bei dem Ratsherrn abgeliefert hatte, hatte sie nicht nur etliche weitere Botengänge erledigt, sondern auch auf dem Markt ihr sauer verdientes Geld für einen Kohl, etwas Speck und einen Laib Brot ausgegeben, das Essen für die beiden jüngeren Geschwister und den Vater gekocht, nein, sie hatte auch wieder einmal dessen Zorn auf sich gezogen. Denn natürlich hatte sie wissen wollen, was es mit dieser Bemerkung von Gevatterin Talea über Wickbold auf sich hatte.

Und tatsächlich, ihr Vater hatte diesem Grindschädel von Flussschiffer vorgeschlagen, sie, Mirte, zu seinem Weib zu nehmen. Erst war sie sprachlos gewesen, dann hatte sie aufbegehrt. Erst höflich, wie es einer Tochter dem Vater gegenüber gebührte. Sie hatte versucht, ihm verständlich zu machen, dass sie mit ihren Kenntnissen des Rechnens, Lesens und Schreibens einem Handwerker oder gar einem Kaufmann eine nützliche Gattin sein würde, doch er hatte sie des

Hochmuts und der Anmaßung geziehen, und darum war sie bedauerlicherweise laut geworden. Ja, Außenstehende hätten beinahe behaupten können, dass sie ihren Vater angekeift hatte. Bis er ihren Argumenten durch einen harten Schlag ins Gesicht ein Ende setzte. Dann war er aus dem Haus gestürmt, um die paar Münzen, die er sich im Hafen verdiente, in der Taverne für Bier und billigen Wein auszugeben.

Wie jeden Tag.

Vorsichtig rieb sich Mirte die brennende Wange.

Man sollte Vater und Mutter ehren.

Schön und gut, ihre Mutter war eine duldsame Frau gewesen, die vor vier Jahren bei der Geburt ihres letzten Kindes gestorben war. Oft vermisste Mirte sie, auch wenn sie ihr in ihrer Duldsamkeit wenig Aufmerksamkeit geschenkt hatte. Seither hatte erst ihre ältere Schwester den Haushalt geführt. Danach, vor zwei Jahren, als diese geheiratet hatte und ausgezogen war, hatte sie selbst die Aufgabe übernommen.

Den Vater aber kümmerte so gut wie gar nichts. Er verlangte sein Essen auf dem Tisch und seine Ruhe. Nur ganz selten gab er ihnen mal ein wenig Geld, damit sie ein paar gebrauchte Kleider kaufen oder die Schuhe flicken lassen konnten.

Und nun sollte sie den Trantopf von Wickbold heiraten, einen Mann, der um nichts besser war als ihr Vater. Er würde tagaus, tagein Kohlköpfe oder Ziegelsteine über den Rhein schippern, den Lohn versaufen und verlangen, dass sie ihm das Haus in Ordnung hielt.

Mirte seufzte. Sie würde sich fügen müssen. Welche andere Möglichkeit hatte sie sonst? Selbst die Beginen würden sie nicht aufnehmen. Um in den Konvent eintreten zu können, brauchte man eine Mitgift.

Sie hatte nichts.

Und sie war schon fast vierzehn Jahre alt.

Müde zog sie die Schürzenbänder auf und hängte die Schürze an den Haken. Dabei berührte sie die Tasche und bemerkte den Gegenstand darin. Sie griff hinein, und ein kleines Lächeln huschte über ihr Gesicht.

Der Hintertisch? Untertisch? Nein – Nachtisch. So hatte Frau Alena den Honigkuchen genannt. Warum auch immer der etwas mit einem Tisch zu tun hatte. Er war zwar zerbrochen und krümelig, aber er schmeckte noch immer köstlich und tröstlich süß. Und während Mirte kaute, fiel ihr auch der Brief wieder ein, den das Teufelchen Neugier sie gezwungen hatte zu lesen.

Erst jetzt ging ihr auf, was er bedeutet hatte. Es war nicht einfach eine Warnung, dass ein Gewitter drohte – das konnte jedermann merken. Nein, Frau Alena hatte einen Stadtbrand angekündigt. Vorhergesagt. Woher wusste sie das? Oder war das nur einfach eine Vermutung? Aber wenn das nur eine allgemeine ängstliche Annahme war, warum hatte sie dann den Ratsherrn benachrichtigt?

Ob doch etwas an den Gerüchten dran war, die die Gevatterin Talea hinter vorgehaltener Hand verbreitete? Die hatte nämlich mehrfach angedeutet, Frau Alena würde dunkle Zauberei in ihrem ummauerten Garten betreiben, zu dem niemand Zutritt hatte. Und wer Zauberei betrieb, der konnte vielleicht auch einen Brand vorhersagen. Aber so jemand stand mit den bösen Mächten im Bunde, hieß es.

Das mochte Mirte nicht glauben. Frau Alena war zwei Jahre zuvor nach Köln gekommen, von außerhalb. Sie hatte auch einen Ort genannt, aber den kannte Mirte nicht. Sie sprach anders als die Kölner, und sie hatte einige sehr eigenartige Angewohnheiten. Über die tuschelten die Leute hin und wieder. Aber Mirte nahm einfach an, dass das in ihrer Heimat als ganz selbstverständlich angesehen wurde.

Nur das mit dem Brand am Fischmarkt, das war seltsam. Die Vorstellung grausig.

Es gab immer mal wieder Brände in der Stadt. Die wenigsten Häuser hatte man aus Stein gebaut, die meisten waren Fachwerkhäuser, mit Holzschindeln gedeckt, Stroh oder Binsen lagen auf dem Boden. Überall gab es Kamine, Holzstapel, Backöfen. Wenn irgendwo eine Fackel an die falsche Stelle fiel, glosende Asche verschüttet wurde, eine Kerze umfiel, dann brannte schnell ein ganzes Haus, und häufig breitete sich das Feuer auch in der Nachbarschaft aus.

Mirte drehte das Ende ihres braunen Zopfes zwischen den Fingern.

Was, wenn Frau Alena recht hatte? Wenn ein Blitz einschlug? Gar in einen Kirchturm? Der hohe Turm von Groß Sankt Martin stand direkt hinter dem Fischmarkt. Wenn der Feuer fing und zusammenbrach – dann würden glühende Balken auf die Straße stürzen. Dann würden die Dächer brennen, dann würde... Heilige Jungfrau Maria, es würde die Hölle werden.

Alle Müdigkeit war plötzlich verflogen. Ihr kleines, windschiefes Häuschen stand im Schatten der Klosterkirche. Sie würde es gewiss treffen.

Ob Frau Alena nun in die Zukunft sehen konnte oder nur eine allgemeine Warnung ausgesprochen hatte – Mirte packte die Angst.

Und darum packte sie zwei Bündel mit den wichtigsten

Habseligkeiten ihrer beiden kleinen Geschwister. Die lagen schon zusammengekuschelt auf ihrem Strohlager und murrten, als sie sie weckte, aber unnachgiebig scheuchte Mirte sie auf und zerrte sie durch die dunkler werdenden Gassen zum Haus ihrer Schwester am Filzgraben. Die maulte zwar, dass sie die beiden Kleinen zu sich nehmen sollte, aber da sie ihren Vater kannte, nahm sie die Kinder nach Mirtes Hinweis darauf, dass er sie immer besonders bösartig schlug, wenn ein Gewitter nahte und er viel getrunken hatte, dann doch zu sich. Die gerötete Wange von Mirte sprach ihre eigene Sprache. Ja, sie bot ihr sogar an, bei ihr zu bleiben. Mirte aber hatte andere Pläne.

Inzwischen hatten sich am Horizont die schwarzen Wolken aufgetürmt, und in der Ferne hörte man schon das leise Donnergrollen. Noch aber war der Himmel über ihr klar, doch eine kupferfarbene Scheibe schien den Mond zu verdunkeln. Es war eine unheimliche Nacht, das mochte stimmen. Und nun fauchte auch ein erster Windstoß um die Ecken und wirbelte allerlei Unrat auf. Ein Hund winselte verschreckt, jemand schlug die Fensterläden zu. Die Gassen waren wie leer gefegt, doch als sie sich wieder dem Fischmarkt näherte, sah sie, dass einige Männer der Stadtwache hier Position bezogen hatten.

Ob der Ratsherr sie geschickt hatte?

Ob er Frau Alenas Warnung Glauben geschenkt hatte?

Der Donner kam näher, Blitze zuckten über den Himmel. Mirte hatte einen gesunden Respekt vor dem Unwetter und hätte sich zu gerne in ihr Häuschen verzogen. Aber dazu war noch immer Zeit. Oder es war ohnehin besser, wenn sie draußen blieb und ein Auge auf das Geschehen hatte.

Sie hatten eben die Lintgasse neben dem Kloster von Groß Sankt Martin erreicht, als sie den Ratsherrn van Kerpen erkannte, der mit wehender Heuke zur Klosterpforte eilte.

Wieder krachte der Donner, und eine heftige Böe zerrte an ihrem Kittel. Sie drückte sich an eine Hauswand, starrte in das Dunkel. Ein Tier huschte über ihre Füße, quiekte leise. Vermutlich eine Ratte.

Jetzt erhellten auch die Blitze die Gasse, und hoch ragte der Vierungsturm von Groß Sankt Martin vor ihr auf. Mirte beschloss, dass es nicht verkehrt sein würde, den Nothelfern ein inniges Gebet um Schutz zu senden. Und noch während sie ihre Bitte murmelte, passierte es. Ein weißblauer Blitz fuhr hernieder, ein überirdischer Glanz umhüllte den mächtigen Turm vor ihr. Der Donner erfolgte im selben Augenblick und ließ die Erde unter ihren Füßen erbeben.

»Maria hilf!«, quietschte Mirte und hielt sich die Ohren zu.

Und als sie wieder aufsah, loderten Flammen aus dem Turmgebälk.

Frau Alena hatte recht gehabt!

Die Wachen bewegten sich aus ihrer Erstarrung, stießen in ihre Hörner und brüllten: »Feuer! Feuer! Rette sich, wer kann!«

Aus den Häusern kamen die Bewohner auf die Gasse, starrten zum brennenden Turm und flohen Richtung Rhein.

Mirte aber wählte die entgegengesetzte Richtung. Sie rannte zur alten Burgmauer, um Frau Alena zu berichten, was geschehen war.

Außer Atem pochte sie an der Tür des Hauses, und kaum hatte sie die Hand gesenkt, als Frau Alena auch schon öffnete. Sie war trotz der späten Stunde noch vollständig angezogen und hatte einen Beutel neben sich stehen.

»Gut, dass du kommst, Mirte«, sagte sie statt einer Begrüßung.

»Turm ... brennt!«, keuchte Mirte.

»Dann wollen wir schauen, ob wir helfen können. Deine Familie?«

»Kinder bei der Schwester, Vater in der Taverne.«

»Gut.«

Frau Alena, das merkte Mirte, wäre lieber schneller gegangen, aber sie zügelte ihre Schritte, damit sie selbst wieder etwas zu Atem kommen konnte. Aber Mirte war nicht umsonst Päckelchesträgerin, lange Märsche machten ihr wenig aus, und bald hetzten sie beide dem Kloster Groß Sankt Martin und seiner brennenden Kirche entgegen.

Hier wimmelte es von Menschen, manche füllten auf Befehl der Wachen Eimer an den Brunnen, andere zerrten Hab und Gut aus bedrohten Unterkünften, einige gafften, andere beteten, und vermutlich waren auch schon die Diebe bei der Arbeit.

»Was habt Ihr in der Tasche, Frau Alena?«, keuchte Mirte.

»Salben und Binden. Es wird Verletzte geben.«

»Ihr habt es gewusst!«

»Psst, Mirte.«

Das kam so dringlich, dass Mirte prompt den Mund hielt.

Das Gewitter war weitergezogen, und jetzt fiel der Regen in Strömen. Der Wind trieb die nassen Schwaden durch die staubigen Straßen und verwandelte den Boden in eine glitschige Rutschbahn. Frau Alena half gerade einer gestürzten Frau auf, als Mirte das Krachen und Bersten hörte.

»Weg hier!«, schrie sie, und Frau Alena reagierte sofort. Sie zerrte die Frau mit sich und duckte sich unter ein Tor in der Klostermauer. Mit einem entsetzlichen Getöse stürzte der große Vierungsturm ein. Glühende Ziegel, Holz und Schindeln flogen durch die Luft und entzündeten die Dächer der umstehenden Häuser. Schlimmer aber war es, was sich direkt vor ihren Augen abspielte. Der Ratsherr van Kerpen stolperte aus dem Tor, ein Balken brach von oben nieder und begrub ihn unter sich.

Mirte sah sich um – alles floh, alles schrie, alles rang die Hände. Aber niemand half.

Auch der junge Mann neben dem Ratsherrn stand wie gelähmt da.

»Mirte, wickele das um deine Hände«, befahl Frau Alena, zog ihr Gebende vom Kopf und zerriss es in zwei Teile. Sie selbst hatte lederne Handschuhe übergezogen. Es war schwere Arbeit, und es musste schnell gehen. Schon roch es nach versengtem Stoff. Ächzend gelang es ihnen unter Aufbietung aller Kräfte, den glosenden Balken anzuheben.

»Junge, zieh den Mann darunter raus, wenn du sonst schon nicht mitanpacken kannst«, fauchte Mirte den Tropf an, der sie noch immer mit offenem Mund anstarrte.

»Ich ... ja ...«

»Mach schon, Junge!«, schrie auch Frau Alena ihn an. Der Balken war schwer und heiß, und lange würde Mirte ihn nicht mehr halten können. Schon spürte sie die brennende Hitze durch die Tücher bis zu ihren Händen dringen. Immerhin bewegte sich der Trottel jetzt und zog den Mann an den Schultern fort. Erleichtert ließen sie den Balken fallen.

Frau Alena eilte sofort zu dem Ratsherrn hin und kniete neben ihm nieder. Mirte schaute jedoch prüfend nach oben, ob noch weitere Gefahr durch herabstürzende Trümmer bestand. Doch der Turm war in sich zusammengebrochen, vermutlich wütete das Feuer im Inneren der Kirche weiter. Die Mönche würden sich darum kümmern müssen.

Ungefährlich war es hier vor den Klostermauern zwar auch nicht, denn inzwischen stand fast das ganze Viertel in Flammen. Der Regen aber klatschte mit dicken Tropfen hernieder und half, die Feuer einzudämmen. Männer hatten Eimerketten gebildet und gossen auf Geheiß der Wachen Wasser in die Brände. Doch bei vielen der Häuser würde das wenig helfen. Mirte zuckte mit den Schultern. Sie und ihre Geschwister waren zumindest in Sicherheit. Dann sah sie zu dem Ratsherrn nieder.

»Lebt er noch?«, fragte sie Frau Alena und beugte sich ebenfalls über den Mann. Er war ein stattlicher Herr, groß und mit breiten Schultern. Seine Kopfbedeckung hatte er verloren, und in dem Feuerschein schimmerten einige silbrige Fäden in seinen dunklen Haaren. Aber auch eine Blutschliere zog sich über seine Stirn.

»Dieser dicke Umhang scheint das Schlimmste verhindert zu haben«, murmelte Frau Alena und fasste vorsichtig unter die weite, gefältelte Heuke.

»Lasst eure gierigen Finger von meinem Vater«, giftete der junge Mann los und versuchte, Frau Alena an den Schultern wegzuzerren.

»Dötschkopp. Sie will ihm doch nur helfen«, beschied ihm Mirte kurz. Aber er ließ nicht los, und so stieß sie ihn kräftig in die Seite.

»Leichenfledderer, Diebsgesindel!«, blökte er los.

»Aapefott! Kroppkääl! Plackfisel!«, schrie Mirte zurück.

»Mirte, der Junge steht unter Schock!«

Frau Alenas ruhige Stimme, in der so etwas wie ein kleines Lachen mitschwang, ließ Mirte verstummen. Verwirrt schaute sie den Jüngling an und fragte sich wieder einmal, was die Worte bedeuteten. Er stand unter freiem Himmel, was meinte Frau Alena mit Schock? Schock, das war eine Anzahl – fünf Dutzend, Eier zum Beispiel kaufte man im Schock.

»Er ist erschüttert«, erklärte Frau Alena schnell, als sie ihre fragende Miene gewahrte. »Und wahrscheinlich hat er Angst um seinen Vater. Aber der wohledle Ratsherr hat sich vermutlich nur ein paar Rippen angeknackst. Wir brauchen Hilfe, um ihn an einen ruhigen Ort zu bringen.«

»Der Schruutekopp sieht aus, als wäre er kräftig genug, den wohledlen Ratsherrn zu tragen«, grollte Mirte und sah den Jungen auffordernd an, der mit hängenden Schultern auf den Verletzten blickte.

»Ja, das sollte er wohl können. Junge, du bist der Laurens van Kerpen, nicht wahr?«

»Ja«, kam es verstockt als Antwort.

»Geh ins Kloster, und bitte dort um eine Planke, auf die wir deinen Vater legen können.«

»Ich lass ihn nicht alleine!«

»Träntelbotz!«, schäumte Mirte. »Soll er hier im Schlamm liegen bleiben und sich den Tod holen?«

Hin- und hergerissen von Verantwortung für seinen Vater und Misstrauen den beiden Frauen gegenüber trat Laurens von einem Bein auf das andere.

»Nun geh schon, Laurens. Ich bin Alena, die Buchbinderin. Dein Vater kennt mich. Und das ist Mirte, die Päckelchesträgerin. Sie bringt ihm hin und wieder meine Botschaften. Wir passen schon auf den Ratsherrn auf. Aber

Mirte hat recht, er muss aus dem Nassen hier heraus, sonst wird er ernsthaft krank.«

Endlich, nach einem weiteren langen und misstrauischen Blick, setzte Laurens sich in Bewegung. Als er zurückkam, begleitete ihn Bruder Lodewig, und zusammen mit dem jungen Mönch schafften sie es, den Verletzten nach Hause zu tragen.

Mit einigem Erstaunen beobachtete Mirte, wie Frau Alena der Haushälterin sehr genaue Anweisungen gab, wie der Herr zu behandeln war, danach drehte sie sich zu ihr um und meinte: »Komm, Mirte, du bleibst heute Nacht bei mir.«

»Ja, danke.«

Und dann übermannte Mirte eine derartige Erschöpfung, dass sie kaum mehr mitbekam, wie sie zu Frau Alenas Haus gelangte.

# 4

## Aus dem Tagebuch
## von Frau Dr. Alena Buchbinder

*21. August 1378*

*Ich habe es gewagt, ich habe in das Geschehen eingegriffen, obwohl mir die Konsequenzen klar waren. Ich habe den Lauf der Geschichte verändert, ein winzig kleines bisschen. Aber letztlich habe ich allein durch meine Existenz hier und heute schon das Geschehen verändert. Seit zweiundzwanzig Monaten verändere ich es schon.*

*Wenn ich bedenke, mit welch hehren Zielen ich diesen Schritt gewagt habe, damals vor knapp zwei Jahren. Der Wissenschaft wollte ich dienen. Einen Monat, nur einen kurzen Monat lang wollte ich bleiben, so wenig Kontakt wie möglich mit den Menschen haben. Ich wollte sie beobachten, studieren, analysieren – eine Epoche unter dem Mikroskop betrachten, sezieren, Aufzeichnungen machen und wieder verschwinden.*

*Nur nicht eingreifen, nur nicht mitfühlen und mich um Himmels willen nicht in Gefahr bringen.*

*Und doch konnte ich es diesmal nicht über mich bringen, die Menschen am Fischmarkt – nein, sei ehrlich zu dir, Alena –, dieses eifrige junge Mädchen in den Flammentod zu schicken.*

*Mirte hat es geschafft, und nun schlummert sie oben in dem kleinen Kämmerchen. Den Ratsherrn Adrian van Kerpen hat mein Eingreifen fast das Leben gekostet. Obwohl ich gerade ihn gewarnt habe. Was für eine Ironie.*

*Ich hoffe nur, dass diese Tat keinen weiteren Schaden nach sich zieht. Die Menschen sind so unsagbar naiv in ihrem Glauben, dass ich mir ständig auf die Zunge beißen muss, wenn ich ihre Argumente höre. Aber man kann es ihnen nicht vorwerfen. Bildung ist rar, die Fantasie aber blüht, und Gerüchte verbreiten sich von Mund zu Mund auf den Märkten und Gassen fast genauso schnell wie über SMS in meiner Zeit.*

*Adrian van Kerpen hat umsichtig gehandelt. Er wird auch schweigen, selbst wenn ihm meine Warnung eigenartig vorkommen musste. Er ist ein gebildeter Mann, einer, der gereist ist und von dieser Welt mehr gesehen hat als andere. Gleich am ersten Tag ist er mir freundlich und hilfsbereit entgegengekommen. Er ist der Einzige, bei dem ich mir wünsche, ich könnte mich ihm anvertrauen.*

*Aber das würde sein Verständnis vermutlich doch arg strapazieren.*

*So bleibt mir zu hoffen, dass mein Name im Zusammenhang mit diesem Blitzeinschlag in den Kirchturm nie genannt wird. Denn was Wahrsagerinnen in diesem Jahrhundert blüht, das habe ich zur Genüge in den alten Schriften studieren dürfen.*

*Wahrsagen gilt als Zauberei, Zauberei ist Teufelswerk. Darauf steht hier und jetzt der Tod durch das Feuer. Und ein paar unangenehme Folterungen vorweg.*

# 5

## Strafpredigt

*21. August 1378,*
*vormittags*

Laurens fühlte sich wie eine Küchenschabe.

Eine vom Blitz getroffene, von Stiefeln zermalmte, in den schleimigen Untergrund getretene Küchenschabe.

Der Blitzeinschlag in den Vierungsturm von Groß Sankt Martin, nur wenige Augenblicke, nachdem er und Bruder Lodewig ihn verlassen hatten, war das Erste, was ihm zu schaffen machte. War sein Ungehorsam gegenüber dem Vater eine derartige Freveltat, dass der Herr ihn mit dem Blitz niederstrecken wollte?

Vater und Mutter musste man ehren.

Er hatte gegen ein Gebot verstoßen. Ohne Zweifel eine Freveltat.

Und nicht die erste. Vermutlich hatte der gestrige Ungehorsam das Fass zum Überlaufen gebracht.

Und dann hatte er den Vater auch noch in Gefahr gebracht. Der Ratsherr war nämlich – und das hatte ihm die Haushälterin in einer langen, gnadenlosen Predigt vollkommen klargemacht – abends noch einmal in sein, Laurens' Zimmer gekommen, um ihm eine Gute Nacht zu wünschen, und hatte festgestellt, dass sein Sohn ausgeflogen war. Natürlich hatte er sofort gewusst, wo er ihn suchen musste, und war umgehend zum Kloster geeilt, um ihn vor dem Unglück zu bewahren.

Und dort hatte es ihn selbst getroffen.

In Form eines brennenden Balkens.

Entsetzlich. Und er, Laurens, hatte sich dabei auch noch wie der allerletzte Simpel benommen. Einfach weil er so entsetzt von dem höllenartigen Geschehen rund um ihn herum war. Nur darum war er nicht in der Lage gewesen, seinem Vater zu helfen. Das mussten auch noch zwei Weibsleute tun, die seinem Vater zu allem Überfluss auch noch bekannt waren.

Es war alles nur noch schrecklich.

Und jetzt wartete das Jüngste Gericht auf ihn!

Sein Vater hatte ihn nach dem Sextläuten zu sich befohlen.

Das Essen, das ihm die Haushälterin auf den Tisch geknallt hatte, konnte er nicht herunterbringen, so verknotet war sein Magen. Scham, Schande, Schuld – alles das machte ihn klein und nichtswürdig.

Mit schleppenden Schritten begab er sich auf den Weg zu dem Wohnraum, der Stube im Obergeschoss, in dem sein Vater auf ihn wartete.

Als er die Tür öffnete, erschrak Laurens bei dessen Anblick. Der Ratsherr hatte ein graues Gewand angelegt und saß sehr aufrecht in dem schön geschnitzten Scherensessel am Fenster. Durch die bleiverglasten Scheiben fiel das matte Licht des wolkenverhangenen Mittags und ließ auch seine Gesichtszüge grau, wie steinern, wirken. Nur die dunkle Verfärbung am Haaransatz hob sich davon ab. Eine aufrechte

Haltung war dem Ratsherrn zwar eigen, doch heute rührte sie daher, dass man seine gebrochenen Rippen fest bandagiert hatte. Auch diese Unbeweglichkeit gab ihm den Anschein eines unnahbaren, steinernen Herrschers, der durch keinerlei Bitten oder Reue beeindruckt werden konnte.

Zögernd trat Laurens näher, und langsam wandte sein Vater den Kopf zu ihm.

»Tritt näher. Es bereitet mir Schmerzen, mich zu bewegen.«

Heiliger Sankt Koloman, steh mir bei, flehte Laurens innerlich zu dem Patron der Todgeweihten. Und dann ließ er sich auf Knien vor seinem Vater nieder, das Haupt demütig gebeugt in Erwartung der Strafrede.

»Nun, mein Junge, hast du die Mondfinsternis noch beobachten können?«

Laurens zuckte zusammen. Dann aber, sehr langsam, drang Verstehen in seine durcheinanderwirbelnden Gedanken. Er hob den Kopf und sah seinen Vater ungläubig an. Er beeilte sich zu antworten.

»Ja, Herr Vater, sie begann noch vor dem Gewitter.«

»So haben deine Berechnungen also gestimmt.«

»Ja, Herr Vater. So wie ich es gehofft habe.«

»Und bist du nun von der Kugelgestalt der Erde überzeugt?«

»Ja, Herr Vater. Obgleich es dazu nicht viel Überzeugung bedurfte. Schon die alten Philosophen wussten davon. Aber, Herr Vater... Ihr seid mir nicht böse?«

»Ich war es, am gestrigen Abend. Aber als ich heute bedachte, was geschehen war, kam ich zu dem Schluss, dass ich von dir größeren Gehorsam hätte erwarten können, wenn ich dir mehr anvertraut hätte.«

Laurens sah überrascht auf.

»In dem Schreiben, das Frau Alena mir überbringen ließ, mein Junge, warnte sie mich nicht nur vor dem Gewitter, sondern deutete auch an, dass es zu einem Blitzschlag in den Turm von Groß Sankt Martin kommen könnte. Was einen Brand der umstehenden Häuser bedeuten würde. Darum habe ich zwar mit den Stadtwachen gesprochen und sie um Aufmerksamkeit gebeten, nicht aber dir den ganzen Umfang der Warnung genannt.«

»Ihr habt ihr geglaubt, Herr Vater?«

»Ja, Laurens, ich habe Frau Alena geglaubt. Ich halte sie für eine weise Frau, die kluge Schlüsse zieht.«

Laurens war da allerdings anderer Meinung, aber er entschied, dass es weit angemessener war, diesen Umstand im Augenblick zu verschweigen. Stattdessen beugte er wieder das Haupt und sagte: »Herr Vater, ich bitte Euch aufrichtig um Verzeihung für meinen Ungehorsam. Ich schwöre, dass ich ...«

»Schwöre das besser nicht, Laurens. Mir reicht es, wenn du nun willig die auferlegte Buße tust.«

»Was immer Ihr befehlt, Herr Vater.«

Er konnte es gar nicht fassen, derart glimpflich davonzukommen.

»Du wirst die beiden Ballen Tuch, die der Geselle herausgesucht hat, zu Frau Alena bringen und ihr und auch der Jungfer, die sie begleitet hat, meinen tiefempfundenen Dank ausrichten.«

»Natürlich, Herr Vater.«

»Und beide Frauen wirst du fragen, auf welche Weise ich ihnen weiterhin gefällig sein kann.«

»Ja, Herr Vater. Nur ...«

»Was ist dein Einwand, Sohn?«

»Seid Ihr ganz sicher, dass sie Euch nicht ausnutzen werden? Dieses Mädchen ...«

»Laurens, ich bin gestern niedergestreckt worden und war bewegungslos. Doch auf eine seltsam klare Weise habe ich alles mitbekommen, was geschah. Die Jungfer und Frau Alena haben mir vollkommen selbstlos und unter großen Gefahren geholfen. Es ist nicht leicht, einen glühenden Holzbalken anzuheben.«

»Schon, aber diese Päckelchesträgerin ist ein gemeines Geschöpf ohne Sitte und Anstand.«

»Nein, und selbst wenn, Laurens, so hat sie mir doch das Leben gerettet. Während ein gewisser junger Mann dabeistand und wie vom Donner gerührt wirkte.«

Küchenschabe, in den Dreck getreten und den Absatz einmal drauf herumgedreht.

Und erbarmungslos fuhr sein Vater fort: »Die Jungfer, Laurens, hat vermutlich ihr Heim verloren, ihre Kleider, ihren Hausrat, vielleicht hat sie sogar den Verlust von Angehörigen zu beklagen. Auf jeden Fall wird sie Hilfe benötigen. Halte dir das vor Augen. Und nun erfülle deine Pflicht!«

Laurens eilte kurz darauf in das Tuchlager und ließ sich das Bündel mit den Stoffen aushändigen. Dann machte er sich auf den Weg zur Burgmauer. Doch die tiefe Zerknirschung, die er noch vor Kurzem empfunden hatte, wich Schritt für Schritt der Empörung. Wie leichtgläubig sein Vater war. Wie unvernünftig. Warum sah er nicht ein, dass diese Buchbinderin nur schmarotzen würde? Immerhin hatte sie vor zwei Jahren schon das Haus von ihm gemietet. Für billig Geld hatte er es ihr überlassen. Eine Fremde, ein Weib ohne

Familie, ohne männlichen Schutz, mit wer weiß was für einem Lebenswandel. Die Gerüchte behaupteten sogar, dass sie eine Zaubersche sei. Das musste er doch auch schon gehört haben. Und wie die aussah! Eitel war das Weib, und wie sie immer die roten Haare unter dem Gebende hervorrutschen ließ. Keine anständige Frau würde das zulassen. Gestern hatte sie die Kopfbedeckung sogar ganz abgenommen, und als sie sich über den Vater gebeugt hatte, hatten ihre Locken im Feuerschein wie Flammen geleuchtet.

Grollend stapfte Laurens über den Alter Markt und achtete nicht auf die Buden und Stände, an denen die Händler ihre Waren feilboten, beachtete den Kax nicht, den Pranger, an dem ein betrügerischer Fischhändler gebunden stand, der mit den stinkenden Produkten seines Gewerbes beworfen wurde, hörte nicht auf die anpreisenden Rufe des Zahnbrechers, der versprach, fast schmerzlos faule Zähne zu ziehen.

Diese Mirte, diese grässliche Kröte mit dem Schandmaul, ja, das war die richtige Begleitung für diese Buchbinderin. Ein Gossenmädchen, wahrscheinlich eine Taschendiebin und Betrügerin. Nur weil sie gaffend den brennenden Häusern zugesehen hatten, waren die beiden zufällig da gewesen, wo der Balken herunterkam. Er hätte ihn ja selbst weggeräumt, redete sich Laurens wütend ein. Aber die Weiber hatten sofort das Kommando übernommen. Wahrscheinlich wollten sie wirklich den Vater ausrauben. Und nur weil er, Laurens, danebengestanden hatte, hatten sie sich dann den Anschein der Nächstenliebe gegeben. Und dafür sollten sie jetzt auch noch belohnt werden.

Laurens hatte das nördliche Ende des Alter Marktes erreicht, dort wo die Gassen zum Fischmarkt hinunterführten.

Gestank lag in der Luft, weit mehr als der von vergammeltem Fisch. Es war der widerliche Geruch von verbranntem Holz, Stroh und allerlei Unrat. Und je näher er dem Kloster von Groß Sankt Martin kam, desto schlimmer wurde es. Er hätte einen anderen Weg wählen können, aber die Neugier zog ihn zu der Brandstätte.

Es war ein Bild des Grauens. Viele Häuser waren nur noch geschwärzte Gerippe, der Boden von Asche, Schlamm, halb verbrannten Vorräten und verkohltem Hausrat bedeckt. Einige Gestalten, in Lumpen gehüllt, stocherten darin herum, um nach irgendwelchen Schätzen zu suchen, hier und da stiegen noch Rauchfäden aus Glutnestern empor, ansonsten herrschte Schweigen über dem verwüsteten Viertel. Als Laurens seinen Blick hob, erkannte er den eingestürzten Vierungsturm der Klosterkirche. Und mit einem Mal begannen seine Zähne zu klappern. Er musste sich an einem rußgeschwärzten Balken eines Fachwerkhauses festhalten, um nicht auf die Knie zu sinken.

Noch gestern Abend hatte er da oben gestanden.

Ganz kurz bevor der Blitz eingeschlagen war.

Herr im Himmel, was hätte ihm und Bruder Lodewig geschehen können, wenn sie nur wenige Augenblicke länger dort verweilt hätten? Ein Häuflein Asche, mehr wäre nicht von ihnen übrig geblieben.

Der Anblick der Trümmer erschütterte Laurens zutiefst. Und nicht nur sein eigenes Schicksal stand ihm jetzt vor Augen, nein, auch die Tatsache, dass er beinahe seinen Vater verloren hätte, wurde ihm nun vollends klar.

Und damit übermannte ihn die Trauer, die er eigentlich besiegt geglaubt hatte.

Denn vor gut zwei Jahren war seine Mutter gestorben, die

Frau, die ihn mit so viel Freundlichkeit und Güte großgezogen hatte. Er war das einzige Kind seiner Eltern, vielleicht war das der Grund für ihre zärtliche Fürsorge, denn in anderen Familien wurde der Schar der Sprösslinge weit weniger Aufmerksamkeit geschenkt.

Laurens hatte seine Mutter geliebt, und ihr Tod nach schwerer Krankheit hatte eine Wunde in seinem Herzen hinterlassen, die nicht aufhören wollte zu schmerzen.

Der Anblick der verwüsteten Stätte, das Wissen um das knappe Entrinnen vor einer weiteren Katastrophe, riss diese Wunde wieder auf.

Tränenblind schleppte Laurens sich zum Kloster und setzte sich dort mit zitternden Knien an die Pforte.

# 6

## Wickbold lernt fliegen

*21. August 1378,*
*vormittags*

Mirte hatte den etwas zu großen Kittel, den ihr Frau Alena geliehen hatte, mit der ebenfalls etwas zu großen Schürze so hochgebunden, dass der Saum nicht durch den Straßenschmutz schleifte. Es machte ihr nichts aus, dass die Kleider ihr nicht passten. Wann hatte sie jemals welche gehabt, die nicht zu klein oder zu groß gewesen wären? Diese hier aber waren schön sauber und ganz und gar ungeflickt. Frau Alena war ein überaus reinliches Weib, sie hatte ihr heute Morgen sogar einen kleinen Zuber mit warmem – tatsächlich warmem – Wasser bereitgestellt, damit sie sich von Kopf bis Fuß darin waschen konnte. Und noch viel wunderbarer, sie hatte ihr etwas gegeben, das sie Seife nannte, und die roch nach Rosen und Lavendel. Mirte musste immer noch hin und wieder an ihrem Zopf schnuppern. Das half ihr, die üblen Gerüche zu ertragen, die ihr vom Fischmarkt-Viertel entgegenwehten.

Große Hoffnung darauf, ihr Häuschen unversehrt wiederzufinden, hatte sie nicht, und als sie die verkohlten Reste sah, schickte sie der Heiligen Jungfrau Maria ein inniges

Dankgebet, dass sie ihre kleinen Geschwister noch rechtzeitig fortgebracht hatte.

Auch andere Bewohner des niedergebrannten Viertels hatten sich eingefunden und standen teils fassungslos, teils stumpf vor ihren zerstörten Heimen. Mirte fragte alle, die sie kannte, nach Vermissten und Opfern. Es waren zum Glück nur wenige Verletzte zu beklagen, dennoch überraschte es sie nicht sonderlich, dass niemand bisher ihren Vater gesehen hatte. Sie schlug sich zu der Taverne durch, die er meistens besuchte, und fand hier auch nur noch rußgeschwärzte Trümmer vor. Der dicke Wirt saß mit hängendem Kopf auf den Resten des gemauerten Kamins und schluchzte leise vor sich hin. Sein rundes Gesicht war mit Asche verschmiert, seine Kleider starrten vor Dreck.

»Alles verloren, alles«, murmelte er immer wieder leise vor sich hin.

Seine Frau stocherte mit einem Stecken in den verbrannten Rückständen der Tische und Bänke herum, auch sie trostlos und erschöpft.

Aber sie konnte Antwort geben, und als sie Mirte in die Augen sah, seufzte sie.

»Kam nicht mehr raus, der Joos. Er und zwei seiner Kumpane. Zu trunken, zu störrisch. Kannst nichts machen, Kind.«

»Wo ist er?«

»Die Wachen haben sie mitgenommen. Kommen ins Armengrab.«

Mirte wickelte ihre Hände in die Schürze und seufzte. Doch Tränen wollten nicht kommen. Es dauerte sie das Schicksal der Männer, die den Tod in den Flammen gefunden hatten, natürlich. Aber der Vater war nie gut zu ihr gewesen, er war ein jähzorniger Mann, der sie oft wegen nichts geprügelt hatte und der für sie und ihre Geschwister nichts als harte Worte übrig gehabt hatte.

Stumm entfernte sie sich von der Brandstätte, um ihrer Schwester von dem Unheil zu berichten. Auch die war zwar betroffen, aber mehr lag ihr daran, nicht noch mehr Last auf sich zu nehmen. Die beiden Kleinen konnten bei ihr bleiben, aber für Mirte, sagte sie, war kein Platz mehr in der engen Hütte.

Müde und erschöpft trottete sie also zurück zu Frau Alenas Haus, in der Hoffnung, sich bei ihr ein paar Münzen für ihr Essen verdienen zu können und sich dann irgendwo eine Schlafstelle zu suchen. Vielleicht gewährten ihr die Beginen für ein paar Tage Unterschlupf. Dann würde man weitersehen.

Mirte hatte schon fast das Heim der Buchbinderin erreicht, als ein Mann sie mit schnellen Schritten einholte.

»Mirte!«, rief er, und sie blieb stehen. Nicht sonderlich erfreut musterte sie den vierschrötigen Kerl mit den speckigen Haaren, der jetzt grinsend vor sie trat.

»Wickbold, ich grüße dich«, sagte sie nüchtern.

»Na, ich dich auch, kleine Mirte. Schöner Mist mit eurem Haus, was? Und deinen Vater hat's auch erwischt, hab ich gehört.«

»So sagt man.«

»Na, dann will ich mal den Handel einlösen, den er mir angeboten hat, kleine Mirte. Ich werde dich von jetzt an beschützen.«

»Ich benötige deinen Schutz nicht.«

»Aber natürlich brauchst du den. Eine vaterlose Maid ist großen Gefahren ausgesetzt in den Gassen.«

»In den Gassen kenne ich mich aus, und der Vater hat mich auch nie ... beschützt«, spie sie aus.

»Ei, nicht? Heißt das, du bist leicht zu haben, kleine Mirte?«

Der Flussschiffer trat näher, und Mirte machte einen Schritt rückwärts. Wickbold war gut einen Kopf größer als sie und bullig gebaut.

»Ich bin nicht zu haben, weder für dich noch für irgendwen, Wickbold«, fauchte sie.

»Das eine freut mich zu hören, das andere, kleine Mirte, wirst du dir schnell überlegen. Schließlich sollst du mein Weib werden.«

»Nicht wenn ich dazu etwas zu sagen habe.«

»Hast du aber nicht. Komm her, mein süßes Jungferchen!«

Er streckte seine Hände nach ihr aus und wollte sie an sich ziehen. Mirte entwand sich und lief mit klappernden Pantinen auf Frau Alenas Haus zu. Er machte einige große Schritte hinter ihr her und bekam sie kurz vor der Tür zu packen.

»Lass mich los!«, schrie sie.

Er lachte nur und drückte sie brutal an die Wand.

Sie trat ihn gegen das Schienbein, und er grunzte. Aber er hielt sie weiter fest.

»Störrische Frauenzimmer machen mehr Spaß. Ich werde dich schon bändigen«, knurrte er.

Er versuchte, sie zu küssen.

Sie spuckte ihn an.

Was immer er dann vorhatte, führte er nicht mehr aus.

»Sie hat Euch gebeten, sie loszulassen«, sagte eine kühle Stimme.

»Und wer seid Ihr, Weib?«, fragte Wickbold über die Schulter hinweg.

»Eine Freundin von Mirte. Und nun lasst sie los. Sonst müsste ich nachhelfen.«

Wieder grinste Wickbold und zeigte dabei eine Zahnlücke, die von vergangenen Raufereien zeugte.

»Ich seid ein hübsches Weib, und rote Haare, sagt man, verheißen große Leidenschaft.«

Er schubste Mirte noch einmal an die Wand und drehte sich zu Frau Alena um. Als er jedoch die Hand nach ihr ausstreckte, ergriff sie ihn am Handgelenk. Ihr Fuß machte eine schnelle Bewegung.

Mirte wollte ihren Augen nicht trauen.

Denn plötzlich wirbelte Wickbold durch die Luft und landete mit einem dumpfen Aufprall mit dem Rücken auf dem Pflaster.

»Öööch!«, sagte er, verdrehte die Augen und blieb regungslos liegen.

Frau Alena strich sich ein paar Locken unter das verrutschte Gebende und zwinkerte Mirte zu.

»Oder hattest du vor, seinen Antrag anzunehmen, Mirte?«, fragte sie.

»Ähm – nein.«

»Gut. Vermutlich wird er ihn nicht so bald wiederholen.«

»Weiß nicht, aber könnt Ihr mir zeigen, was Ihr da gemacht habt?«

»Wäre wahrscheinlich ganz nützlich für dich. Aber jetzt komm erst einmal herein und erzähl mir, wie es unten am Fischmarkt aussieht.«

»Ja. Ja, danke auch, Frau Alena.«

Nachdem Mirte bei einem Becher Apfelwein und einem

Quarkbrot Bericht erstattet hatte, nickte die Buchbinderin ihr freundlich zu.

»Natürlich könntest du zu den Beginen gehen, sie würden dir bestimmt helfen. Aber wenn du magst, kannst du auch das Kämmerchen unter dem Dach haben, in dem du heute Nacht geschlafen hast. Groß ist es nicht, aber es ist trocken und ganz gemütlich.«

»Ihr... Ihr bietet mir das Kämmerchen an? Ganz für mich alleine?«

»Deine Schwester kümmert sich doch um deine jüngeren Geschwister, oder?«

»Ja, das tut sie. Oh, wenn ich hierbleiben dürfte... Frau Alena, wenigstens so lange, bis ich mir ein bisschen Geld verdient habe.«

»Natürlich. Wir werden sehen, wie wir miteinander auskommen.«

»Ich helfe Euch, Frau Alena. Ich kann kochen und waschen und putzen und alles.«

Die rotbraune Katze kam von draußen hereingestromert und miaute an Frau Alenas Bein. Und mit maßlosem Erstaunen hörte Mirte, wie die Frau beinahe die gleichen Laute ausstieß und ihr Mina maunzend und gurrend antwortete. Darauf stand sie auf und goss ein wenig Milch in eine flache Schale, die die Katze schmatzend ausschleckte.

»Etwas Hilfe im Haushalt könnte ich wohl gebrauchen, Mirte«, sagte Frau Alena dann, aber Mirte hatte sich noch nicht wieder von den letzten Erlebnissen erholt. Erst hatte Wickbold sie angegriffen, dann hatte sie ihn plötzlich wie durch Zauberhand durch die Luft fliegen sehen. Und dann hatte sie gehört, wie sich die seltsame Frau in Katzensprache mit einem Tier unterhielt. Das war etwas zu viel auf einmal.

»Ich ... ich weiß nicht, ob ich länger bleiben kann.«

Mirte machte Anstalten aufzustehen, doch ein Blick aus Frau Alenas Augen ließ sie innehalten.

»Hast du Angst vor mir, Mädchen?«

Mirte zupfte an den Schürzenbändern.

»Glaubst du die Gerüchte, dass ich eine Zaubersche sei?«

Verlegen knüpfte Mirte einen Knoten in die Bänder.

»Nur weil ich wie eine Katze maunzen kann und aufdringliche Männer aufs Kreuz zu legen in der Lage bin? Oder weil ich wusste, dass ein Gewitter naht?«

Mirte schluckte trocken. Frau Alena war immer so gut zu ihr gewesen. Es war ganz bestimmt dumm von ihr, jetzt Angst zu haben. Ach Mist, selbst wenn sie eine Zaubersche war, dann doch eine, die es gut meinte, oder?

»Ver... versteht Ihr denn, was die Katze sagt?«

»Das, Mirte, ist gar nicht schwer. Mina mag Milch, Fischschwänze und gestreichelt werden. Und wenn sie von draußen hereinkommt, begrüßt sie mich, weil sie von mir all das erhält. Beobachtung, Mirte, bringt Verständnis. Jedes Wesen aus Gottes Schöpfung kann sich verständlich machen. Man muss nur darauf eingehen und gut beobachten.« Und dann lächelte Frau Alena wieder so liebevoll, dass es Mirte ganz warm ums Herz wurde. »Du tust es doch auch beständig – beobachten.«

»Ja, das stimmt wohl.«

»Also, willst du es wagen, bei mir zu wohnen?«

»Ja, und danke. Danke.«

Sorgsam nestelte Mirte den Knoten in den Schürzenbändern wieder auf.

»Gut, dann zeige ich dir jetzt meinen kleinen Garten. Darin gibt es das eine oder andere zu tun.« Frau Alena schob sie durch die Hintertür hinaus und ergänzte: »Gartenarbeit ist gut für die Seele, Mirte, und deine ist im Augenblick ein wenig ausgefranst.«

Fast hätte Mirte gekichert bei dem Bild ihrer wie ein zerrissenes Tuch ausgefransten Seele.

# 7

## Büßerhemd

*21. August 1378,
nachmittags*

»Laurens, was ist mit dir los?«

Bruder Lodewig führte Laurens in eine stille Ecke des Kreuzgangs und setzte sich neben ihn auf die steinerne Brüstung. Sie konnten sich hier ungestört unterhalten, denn die Mönche waren fast alle damit beschäftigt, die Kirche aufzuräumen und zu säubern. Teile des Vierungsturms waren durch die Gewölbe gebrochen, und der Schutt musste fortgeräumt werden, bevor man sich dort wieder zu den vorgeschriebenen Gebetsstunden zusammenfinden konnte.

Bruder Lodewig war bekannt als jemand, der sich gerne um schwere körperliche Arbeit drückte. Nicht dass er faul gewesen wäre, im Skriptorium gehörte er zu den unermüdlichsten Arbeitern. Nur wenn er sich vor körperlichen Anstrengungen drücken konnte, tat er das gerne. Der verstörte Laurens, den er an der Klosterpforte aufgelesen hatte, war ihm ein willkommener Anlass, sich von den Aufräumarbeiten zu entfernen. Verständnisvoll sah er also seinen Freund an, und der fragte endlich: »Es ist, Lodewig… Ist von euch niemand zu Schaden gekommen?«

»Nein, niemand. Wenn man mal von Bruder Joseph absieht, der sich den kleinen Finger geklemmt hat, als die Tür von der Sakristei zuflog. Und wir beide haben auch Glück gehabt, nicht wahr? Wären wir nur ein klein wenig länger auf dem Turm geblieben, hätte der Blitz uns geröstet.«

»Ja, das wäre geschehen.«

»Ist es das, was dir jetzt auf der Seele lastet, Laurens?«

Laurens nickte.

»Ja, dem Tod knapp entronnen zu sein, das kann einen schon nachdenklich machen«, stimmte Bruder Lodewig zu. »Ich hätte es besser wissen müssen, als bei einem Gewitter auf einen hohen Turm zu steigen. Und dann auch noch jemanden mitzunehmen. Mein Gewissen drückte mich auch, und ich habe heute Morgen mit dem ehrwürdigen Vater gesprochen.« Ein schiefes Lächeln zog sich über das rundliche Gesicht des jungen Mönches. »Zwei Wochen fasten.«

»Ich habe auch mit meinem Vater gesprochen. Er hatte mir nämlich verboten herzukommen.«

»Ach ja? Davon hast du gestern aber nichts gesagt.«

»Ich dachte, es wäre nicht wichtig. Ich glaubte doch, er hätte sich nur wegen des dräuenden Gewitters übermäßig Sorgen gemacht.«

Lodewig blickte zu dem zerstörten Turm auf, Laurens folgte seinem Blick und zuckte betroffen zusammen.

»Ich weiß ja, es war unrecht«, meinte Laurens bedrückt. »Und dann habe ich ihn auch noch in Gefahr gebracht. Aber er hat mich nicht dafür bestraft. Er hat sich sogar selbst die Schuld an meinem Ungehorsam gegeben«, murmelte er.

»Heiliger Benedikt, wie schrecklich für dich.«

Laurens bemerkte an Lodewigs Miene, dass sein Freund das völlig ernst meinte.

»Ja, das ist schrecklich. Ich fühle mich furchtbar. Aber stell dir vor, vorhin hat er mir erzählt, diese Buchbinderin Alena, der er das Häuschen vermietet hat, habe ihn nicht nur vor dem Gewitter gewarnt, sondern sogar vorhergesagt, dass im Viertel ein Feuer ausbrechen würde.«

»Und wenn du das gewusst hättest, wärst du nicht gekommen.«

»Ich weiß nicht. Wahrscheinlich hätte ich das ebenfalls nicht geglaubt. Auf jeden Fall muss ich jetzt zu ihr gehen und diese Tuchballen abliefern.«

Aus dem Augenwinkel bemerkte Laurens plötzlich, dass ein beleibter Mönch ganz in ihrer Nähe stand und mit leicht geöffnetem Mund lauschte. Als er sich entdeckt sah, trat er näher.

»Ein Weib hat den Brand am Fischmarkt vorhergesagt?«, wollte er wissen, und seine Augen leuchteten gierig auf.

»Ja, Bruder Notker. Das hat sie. Und mein Vater hat daraufhin die Wachen verständigt, auf dem Fischmarkt achtzugeben.«

»Also hat der Ratsherr der Prophezeiung Glauben geschenkt?«

Bruder Lodewig trat Laurens sacht ans Schienbein, doch zu spät.

»Das Unwetter konnte jeder vorhersagen. Zumindest hat es sich ja auch als hilfreich erwiesen«, sagte Laurens mit einem Schulterzucken. Auch wenn er Frau Alena nicht die besten Gründe unterstellte, hatte ihre Warnung doch Schlimmeres verhindert.

»Weiber, die Prophezeiungen machen, stehen mit den finsteren Mächten in Verbindung«, mahnte der dicke Mönch mit dumpfer Stimme.

Laurens schüttelte den Kopf.

»Um vorauszusehen, dass ein Gewitter an einem schwülen Sommertag aufzieht, dazu muss man nicht mit dem Teufel im Bunde stehen.«

»Nein«, kicherte Bruder Notker schmierig. »Aber um den Blitz in den Kirchturm zu lenken, dazu schon.«

»Warum hätte sie das denn tun sollen?«, fragte Laurens ungläubig.

»Weil der Teufel die Kirchen hasst, junger Mann.«

»Frau Alena ist zwar eine Fremde in der Stadt. Sie ist vielleicht eine Diebin oder eine Unehrliche, aber deswegen muss sie doch nicht mit dem Satan paktieren, ehrwürdiger Bruder.«

»Oh doch, das wird sie. Wie unser heiliger Augustinus schon sagt, muss man sich vor jeder Frau wie vor einer giftigen Schlange und einem gehörnten Teufel hüten.«

»Bruder Notker hat sehr strenge Ansichten über Frauen, Laurens«, versuchte Bruder Lodewig abzuwiegeln, aber Laurens konnte sich nicht zurückhalten.

»Ganz gewiss nicht jedes Weib, Bruder. Meine Mutter war eine freundliche, gottesfürchtige Frau. Und keine giftige Schlange.«

»Alle Weiber sind schwach und erliegen der Versuchung durch den Bösen!«

Laurens erhielt einen weiteren, ziemlich schmerzhaften Tritt ans Schienbein und hielt den Mund. Und da Bruder Lodewig aufstand, erhob er sich auch.

»Du wirst jetzt besser den Pflichten nachkommen, die dein Vater dir auferlegt hat, Laurens«, sagte der junge Mönch und schubste ihn sacht zur Klosterpforte.

»Ja, du hast recht.«

Laurens rückte das schwere Tuchbündel zurecht und folgte seinem Freund.

»Leg dich nicht mit Bruder Notker an, Laurens«, mahnte Lodewig. »Der ist ein bisschen eigen in seinen Meinungen. Er kannte deine Mutter nicht. Ich glaube, er hat einfach Angst vor Frauen.«

»Manche von ihnen sind aber auch besonders garstig«, meinte Laurens und dachte an die Kröte namens Mirte.

»Manche Männer sind auch garstig.«

Unversehens gewann Laurens seine Heiterkeit wieder.

»Ich nicht!«

»Denkst du«, frotzelte Bruder Lodewig und stieß ihm grinsend den Ellenbogen in die Rippen. »Komm in ein paar Tagen wieder, wenn du darfst. Ich habe da noch einen interessanten Folianten in der Bibliothek entdeckt, den wir studieren sollten. Den Almagest. Das ist ein Werk aus dem Morgenland, in dem die mathematischen Berechnungen der Planetenbahnen beschrieben werden. Das wird dich begeistern. Du verbiegst dir den Kopf doch so gerne an Winkelberechnungen und algebraischen Problemen.«

Das war nun wirklich eine der liebsten Beschäftigungen, denen Laurens sich hingab, und so aufgemuntert machte er sich auf den Weg zur Burgmauer, um den Dank seines Vaters und die Stoffe zu überbringen.

8

Der geheime Garten

*21. August 1378,
nachmittags*

Frau Alena hatte Mirte nach dem Mittagsläuten verlassen, um ein fertig gebundenes Buch bei einem Auftraggeber abzuliefern. Seit sie alleine im Haus war, hatte Mirte die Töpfe gescheuert, den Boden gefegt, das Kupfer poliert und allerlei kleine Arbeiten erledigt. Sehr behutsam war sie dabei mit den Werkzeugen der Buchbinderin umgegangen, die auf einem langen Tisch unter dem Fenster lagen. Die Leim- und Kleistertöpfe hatte sie nicht gewagt zu verrücken, die Falzmesser und Scheren hatte sie nur zur Seite geräumt, die Hanffäden und Leinenbänder nicht angerührt. Es war ihr völlig rätselhaft, wozu das alles benötigt wurde. Das einzige Buch, das sie je in der Hand gehalten hatte, war ein Brevier, das ihr die Meisterin der Beginen einmal zum Anschauen gegeben hatte. Und da waren es weit mehr die in leuchtenden Farben gemalten Bilder gewesen, die sie gefesselt hatten, nicht die Art, wie die Blätter zusammengehalten wurden.

Aber vielleicht würde ihr Frau Alena das ja erklären, oder sie durfte zuschauen, wenn sie ein Buch einband.

Ein Stapel loser Papierblätter lag auch auf dem Tisch,

und mit ganz spitzen Fingern hob Mirte das oberste an. Nein, so schöne bunte Gemälde wie in dem Gebetbuch waren darauf nicht abgebildet. Die Seiten waren einfach leer. Was das wohl werden sollte? Ein Buch mit unbeschriebenen Seiten? Und dann noch aus Papier? Sie hatte schon von diesem Stoff gehört, auf dem Markt gab es einen Händler, der das Zeug verkaufte. Es sah ein bisschen so aus wie Pergament, war aber rauer und faseriger. Billiger war es auch, hieß es. Sie selbst malte ihre Buchstaben mit dem Griffel auf ein Wachstäfelchen. Das hatte den Vorteil, dass man ein falsches Zeichen einfach wieder auslöschen konnte. Sich vorzustellen, mit Feder und Tinte auf Pergament oder Papier zu schreiben, war beängstigend. Da musste alles gleich ganz richtig gemacht werden.

Mirte hatte, seit sie neben dem Lesen auch das Schreiben lernte, höchste Achtung vor dieser Kunst.

Vom Anblick der Werkzeuge wanderte Mirtes Blick zu dem runden Weidenkorb, in dem auf einem Wolltuch die Katze zusammengerollt schlummerte. Es bot sich ihr ein hübsches Bild. Die rotbraune Mina hatte den schwarzen Schwanz über die Augen gelegt und hielt ihn mit einem Pfötchen fest. Die linke Hinterpfote, stellte Mirte fest, war weiß, genau wie der kleine Fleck auf der Brust. Zwischen den Ohren aber leuchtete das Fell an einer Stelle rot auf.

Vorsichtig streichelte Mirte das Tierchen und wurde mit einem schläfrigen Schnurren belohnt. Es entlockte ihr ein kleines Lächeln, und darum streichelte sie den seidigen Pelz noch ein wenig länger. Es war schön, ein solch sanftes Tier berühren zu dürfen. Katzen hatte sie bisher nur durch die Gassen streifen sehen, sie waren scheu, und anfassen ließen sie sich nie. Deren Fell wirkte meist auch viel rauer und struppiger.

Als Mina sich umdrehte und tiefer in den Schlummer versank, wandte Mirte sich der nächsten Aufgabe zu. Vorhin hatten sie Bohnen im Garten geerntet, die sie putzen wollte, um dann mit einem Markknochen und etwas Speck eine Suppe zu kochen.

Sie hatte sich gerade mit der Holzschüssel und dem Messer an den Tisch gesetzt, als es an der Tür klopfte. Sie zögerte. Sie war ganz alleine im Haus. Was, wenn Wickbold sie hier wegholen wollte? Dann wäre es besser, sich ganz ruhig zu verhalten, als wäre das Haus verlassen.

Andererseits könnte es auch jemand sein, der eine Botschaft oder einen Auftrag für Frau Alena hatte.

Mit dem Messer in der Hand ging sie zum Eingang und öffnete die Tür einen kleinen Spalt.

Ein Mann stand davor. Schlank, hochgewachsen, in einem sauberen weißen Leinenhemd und einem blauen Wams. Als ihr Blick höher wanderte, erkannte sie unter den lockigen, dunklen Haaren das Gesicht des Jungen, mit dem sie am Abend zuvor aneinandergeraten war.

»Laurens van Kerpen. Was willst du denn hier?«, fragte sie durch den Türspalt.

»Mirte Päckelsträgerin, was machst du denn hier?«, erwiderte er mürrisch.

»Das geht dich nichts an. Was willst du?«

»Ich habe eine Nachricht für Frau Alena.«

»Frau Alena ist nicht hier.«

»Ich muss sie aber sprechen.«

»Mhm. Hast du schon mal was davon gehört, dass man auch ›Bitte‹ sagen kann, wenn man etwas möchte?«

Mirte beobachtete, wie Laurens die Lippen zusammenkniff. Es schien ihm unsagbar schwerzufallen, dieses Wörtchen zu formen. Schließlich aber überwand er sich doch und sagte: »Ich möchte bitte mit Frau Alena sprechen. Wann kommt sie zurück?«

»Kann nicht mehr lange dauern. Möchtest du reinkommen und auf sie warten?«

»Wenn ich darf.«

Mirte, stolz auf ihren kleinen Sieg, lächelte ihm zu und öffnete die Tür einladend.

»Geht ja doch. Komm rein. Aber fass nichts an, hörst du!«

Laurens trat ein und legte den schweren Ballen auf der hölzernen Bank nieder. Dann sah er sich um, und Erstaunen zeichnete sich in seiner Miene ab.

»Ein reinliches Haus führt Frau Alena, nicht wahr? Du hast eine schmuddelige Räuberhöhle erwartet, was, Laurens, Sohn des Ratsherrn?«

»Das Haus gehört meinem Vater«, grummelte er. »Er hat es ihr billig vermietet.«

»Das war gewiss nett von ihm. Du kannst dich dorthin setzen.«

Mirte wies auf den Schemel am Tisch, wo sie die Bohnen zu putzen begonnen hatte. Er hockte sich zu ihr und sah sich weiter um.

»Wie geht es deinem Vater?«, unterbrach Mirte seine Inspektion.

»Er hat Schmerzen. Aber er lässt es sich nicht anmerken.«

»Er hätte weniger, wenn du nicht so ein Trantopf gewesen wärst.«

»Nun hör schon auf mit dem Genörgel.«

»Hast genug Abreibung gekriegt dafür? Na gut. Dann will ich mal gnädig sein.«

»Oh danke, wohledle Päckelchesträgerin, wie gütig von Euch.«

»Und schnippisch kannst du auch sein. Wenn das so ist, kannst mir auch helfen, Bohnen zu schnippeln.«

Mirte reichte ihm das Messer und holte ein Stückchen Speck aus der Vorratstruhe, das sie auf einem Brett in Würfel schnitt. Laurens saß, mit dem Messer in der Hand, hilflos vor den Brechbohnen.

»Die Zipfel abschneiden und in kleine Stücke brechen. Feine Herrchen wie du machen sich wohl nicht die Fingerchen mit der Küchenarbeit schmutzig, was?«

»Wir haben eine Köchin. Das ist keine Männerarbeit.«

Mirte arbeitete flink weiter, schälte eine Zwiebel, zerkleinerte eine Möhre, nahm sich dann der Bohnen an. Sie hängte einen Kessel an den Kesselhaken, ließ Schmalz, Speck und Zwiebeln in einem Topf andünsten, gab das Gemüse, den Knochen und Wasser hinzu und stocherte noch ein wenig in dem kleinen Feuer auf der Herdstelle.

»Wohnst du hier?«, fragte Laurens nach einem langen Schweigen.

»Frau Alena war so gut, mir ein Kämmerchen anzubieten. Mein Haus ist abgebrannt.«

»Das tut mir leid.«

»Tja«, sagte Mirte kurz. Sie hatte keine Lust, dem hochnäsigen Patriziersohn ihr ganzes Leid zu schildern. Sie brauchte es auch nicht, denn Mina erwachte und stiefelte zur Hintertür. Maunzend kratzte sie an dem Holz. Mirte warf einen prüfenden Blick auf das Essen im Kessel, das einige Zeit garen musste, und öffnete ihr dann die Tür.

»Komm mit in den Garten, Laurens. Der ist wirklich schön.«

Er folgte ihr, und sie stellte erfreut fest, dass er, genauso wie sie selbst vor kurzer Zeit, fasziniert war von dem, was Frau Alena aus dem kleinen ummauerten Areal gemacht hatte. Eine überwältigende Farbenpracht bot sich ihnen dar. Hohe Stockrosen, dunkelrot, rosa, weiß und gelb, lehnten an der grauen Mauer, violetter Lavendel wuchs in dicken Polstern dazwischen, gelbrote Ringelblumen, blauer Rittersporn, purpurner Fingerhut standen dicht bei dicht in einer Ecke. Dazwischen gediehen die graugrünen, zackigen Blätter der Wolldistel, Färberwaid und Schwarzwurzel. Zwischen Bohnen, Kohl und Möhren blühten weiße Margeriten, roter Mohn und blaue Glockenblumen. Manches hatte Frau Alena auch in Töpfe gepflanzt, die auf kniehohen Stücken von Baumstämmen standen oder an Hanfseilen von dem vorstehenden Dach hingen. Kresse, Efeu und einige andere grüne Ranken schaukelten leicht im Wind. An der Hauswand kletterte der Knöterich empor, und neben der Tür standen Tonkübel mit verschiedensten Kräutern, die man in der Küche benötigte. Petersilie, Salbei, Weinraute und allerlei Minzen kannte Mirte, manche der Pflanzen aber auch nicht. Sie zupfte ein paar Blättchen ab und zerrieb sie zwischen den Fingern. Mina knabberte ebenfalls genießerisch an einem der Kräuterbüsche, die Frau Alena Katzenminze nannte. Dann aber machte sie einen Satz auf die Mauer und ging ihren eigenen Geschäften nach.

»Den Garten gab es vorher nicht«, sagte Laurens. »Das war hier nur ein Hof, auf dem man Hühner hielt.«

»Das mag sicher praktisch sein. Das hier ist viel hübscher. Und Gemüse hat man auch gleich zur Hand.«

Die friedvolle Stimmung des bunten, duftenden Gartens, der nun, nachdem die Sonne die letzten Wolken vertrieben hatte, warm und heimelig wirkte, besänftigte ihrer beider Gemüter. Sie setzten sich einträchtig auf die Bank zwischen den Stockrosen und lauschten dem Summen der Bienen und Hummeln, die sich an dem reichen Angebot der Blüten bedienten.

»Ich habe Frau Alena vor zwei Jahren kennengelernt«, begann Mirte freimütig zu erzählen. »Zufällig, weil die Nachbarin hier nebenan in die Wehen kam und ich die Hebamme für sie holen sollte. Gevatterin Talea, kennst du die?«

»Nein, ich kenne keine Wehfrauen. Meine Mutter starb vor zwei Jahren, und Schwestern hab ich nicht.«

»Das tut mir leid, Laurens. Meine Mutter starb vor vier Jahren. Und mein Vater kam bei dem Brand um.«

»Oh«, war alles, was Laurens antwortete, und sie sah, dass er verlegen nach Worten suchte. Darum half sie ihm, indem sie weiter von ihrer Begegnung mit Frau Alena berichtete.

»Die Gevatterin ist ein zänkisches Weib und haderte erst noch mit einer Waschfrau, bevor sie sich auf den Weg machte, der werdenden Mutter beizustehen. Die Geburt ging aber sehr schnell vor sich. Jedenfalls war Frau Alena schon vor ihr bei der Nachbarin und hat ihr geholfen. Das gefiel der Gevatterin überhaupt nicht, vor allem weil Frau Alena sie eine grässliche schmutzige Vettel nannte, die der Gebärenden nur das Kindbettfieber anhängen würde. Hei, was haben die sich in die Haare gekriegt. Schließlich hat Frau Alena die Gevatterin Talea aus dem Haus geworfen und selbst der Kindsmutter beigestanden. Seither sind sie und Talea sich spinnefeind. Aber das Kind kam gesund zur Welt, und die Nachbarin hat kein Fieber bekommen.«

»Ist Frau Alena denn auch eine Hebamme? Ich dachte, sie sei Buchbinderin.«

»Ich weiß nicht. Ich bin damals dabeigeblieben, und mir schien sie sehr umsichtig. Aber sie ist auch ein gebildetes Weib. Sie bindet nicht nur Bücher, ich glaube, sie liest sie auch.«

»Oh. Können Frauen das denn?«

»Ich kann das auch.«

»Du?«

»Ich hab's bei den Beginen gelernt. Und jetzt lerne ich schreiben. Und rechnen kann ich auch!«

Zufrieden sonnte sich Mirte in Laurens' Erstaunen.

»Ich hab auch gerne gelernt«, murmelte er dann. »Ich habe die sieben freien Künste an der Domschule studiert. Aber der Vater wollte, dass ich bei ihm die Tuchhändlerlehre mache. Damit ich das Geschäft später übernehmen kann.«

»Aber da musst du doch auch rechnen und lesen und schreiben.«

»Das schon, aber man lernt noch viel mehr in der Schule. Im Trivium die Grammatik, die Rhetorik und die Logik und im Quatrivium die Arithmetik, die Geometrie, Musik und Astronomie.«

»Das alles hast du gelernt?«

Jetzt war es Mirte, die mit neuer Achtung zu dem Jungen an ihrer Seite aufschaute.

»Mhm. Und ich hätte so gerne die Astronomie weiterstudiert. Deshalb war ich ja gestern auch auf dem Turm. Wegen der Mondfinsternis, verstehst du?«

Mirte lächelte leicht.

»Doch kein völliger Schruutekopp, was?«

»Nur manchmal, ein bisschen.« Laurens zupfte einen Stängel Lavendel ab. »Ich hab mich blöd verhalten gestern. Aber – ich hatte... Mirte, ich hatte einfach Angst.«

»Es war ja auch grauenvoll, all diese brennenden Häuser und das Schreien und die Blitze und der Donner und alles.«

»Ja, und ich war schuld, dass der Vater überhaupt zum Kloster gekommen ist.«

»Ist dein Vater sehr streng mit dir?«

»Nein, eigentlich nicht. Er war mir noch nicht einmal sehr böse. Und ich verstehe ja, dass ich den Tuchhandel lernen muss. Und später werde ich auch auf Reisen gehen. Er erlaubt mir sogar, ein paar Stunden in der Woche bei den Mönchen von Groß Sankt Martin die astrologischen Schriften zu studieren.«

Mirte zupfte ebenfalls einen Lavendelstängel ab und zerrieb ihn zwischen den Fingern. Herber, würziger Duft stieg auf, und sie kräuselte schnuppernd die Nase.

»Ich glaube, Frau Alena kennt sich auch mit der Sternenkunde aus. Sie besitzt eine Himmelsscheibe.«

»Was!« Laurens fuhr von seinem Sitz auf, ließ sich aber gleich wieder zurücksinken. »Bist du sicher?«

»Zumindest hat sie diese komische Messingscheibe mit den seltsamen Zeichen darauf so genannt.«

»Ein Astrolabium? Sie hat ein Astrolabium?«

»Wenn das so heißt. Ich glaube, sie ist gerade nach Hause gekommen. Du kannst jetzt deine Nachricht überbringen und sie fragen.«

Das Klappern der Holzpantinen hatte Mirte richtig gedeutet, und gleich darauf stand Frau Alena in der Hintertür.

»Die Suppe sollte man hin und wieder mal umrühren, Mirte. Ah, ich sehe, du warst abgelenkt. Ich grüße dich, Laurens van Kerpen.«

Laurens erhob sich, vollführte eine sehr höfische und geschmeidige Verbeugung und brachte die Grüße seines Vaters vor. Er wies auch auf das Bündel hin, das er mitgebracht hatte, und als Frau Alena ihn ins Haus bat, überreichte er ihr die beiden Tuchballen.

»Für Euch, Frau Alena, und die Jungfer Mirte.«

Mirte schaute ihn sprachlos an.

»Für mich?«

»Feinstes flandrisches Wolltuch«, sagte Frau Alena und strich anerkennend über den feinen dunkelroten Stoff. »Das wird ein Festtagskleid für dich geben, was, Mirte?«

»So etwas Feines gebührt mir doch gar nicht.«

»Ich würde nicht zögern, es anzunehmen, Mirte. All deine Kleider sind verbrannt.«

»Der Vater hat mir außerdem aufgetragen, Euch zu fragen, ob er Euch sonst noch gefällig sein kann, Frau Alena.«

»Das ist sehr großzügig von ihm, richte ihm meinen Dank und meine besten Wünsche für seine Gesundheit aus. Wenn es genehm ist, würde ich ihn gerne in den nächsten Tagen einmal aufsuchen. Natürlich erst, wenn er sich wieder besser fühlt.«

»Ich werde es ihm überbringen. Und – ähm – Frau Alena...?«

»Du hast noch eine Frage?«

»Es ist wegen der Himmelsscheibe. Mirte hat gesagt, Ihr besäßet ein Astrolabium.«

Mirte beobachtete, wie ein vergnügtes Funkeln in den Augen von Frau Alena erschien.

»Und das würdest du gerne einmal benutzen?«

»Nur ansehen, wenn ich darf.«

»Du darfst, und wenn du willst, erkläre ich dir auch, wie man damit umgeht.«

Laurens wurde zu ihrem stammelnden Diener. Mirte lächelte noch immer darüber, als die Tür schon hinter ihm zugefallen war. Dann aber wurde sie plötzlich ernst.

»Frau Alena – mit diesem Astrolabium –, damit bestimmt man doch die Stellung der Sterne, habt Ihr mir gesagt.«

»Ja, unter anderem.«

»Konntet Ihr damit auch bestimmen, wann der Blitz in den Turm einschlagen würde?«

»Nein, Mirte. Das war nur so eine ganz allgemeine Vermutung, die ich dem Herrn van Kerpen mitteilen wollte, denn er gehört dem Rat an und konnte gewisse Vorkehrungen treffen. Aber sagen wir mal so, ich hatte gehofft, dass du nicht widerstehen könntest, den Brief zu lesen, und dass du daraufhin ein wenig vorsichtig sein würdest.«

»Oh.«

»Das Siegel war nicht sonderlich fest, nicht wahr?«

»Mhm. Nein.«

Also, Frau Alena war schon eine sonderbare Frau.

Aber nett.

# 9

## Aus dem Tagebuch
## von Frau Dr. Alena Buchbinder

*22. August 1378,*
*im Morgengrauen*

*Mein Kätzchen ist fort. Mina, die Vertrauensvolle, Mina, die Anhängliche. Ja, ich weiß, Katzen verbringen schon mal eine Nacht außer Haus. Aber ich habe ein schreckliches Gefühl bei der Sache. Auch hier habe ich wieder etwas verkehrt gemacht. Wie entsetzt Mirte mich angesehen hat, als ich mit Mina in gehobenem Katzenmiau gesprochen habe. Dabei ist das nun wirklich kein Hexenwerk. Aber es kommt den Menschen hier wohl so vor.*

*Ich habe Angst. Mehr Angst als in den ersten Monaten.*

*Denn jetzt hängt mein Herz an vielem. An Mina, an Mirte, die mir auf gleiche Weise vertrauensvoll begegnet. Sie hat es so verdammt schwer gehabt und hat sich doch eine seltene Herzenswärme bewahrt. Der junge Mann ist misstrauisch, aber ungeheuer intelligent und von bemerkenswert rascher Auffassungsgabe. Er hat auch viel von seinem Vater, obwohl er das noch nicht weiß. Und Adrian van Kerpen... Nein, darüber darf ich noch nicht mal nachdenken.*

*Warum ist Mina nicht zurückgekommen? Ist sie irgendwo*

*eingesperrt? Keller und unterirdische Gewölbe gibt es in dieser Stadt genug. Aber wenigstens noch keine Autos, die sie überfahren könnten. Dafür aber Katzenfänger, die auf das Fell aus sind.*

*Mir wird ganz übel, wenn ich mir das vorstelle.*

*Arme kleine Mina.*

*Sie hat mich über die allerersten Tage hinweggetröstet, das halb verhungerte Würmchen, das sich in den Hof vor einem sie hetzenden Hund geflüchtet hatte. Was war sie scheu anfangs. Aber mit Milch und Fisch und Wurstzipfeln ließ sie sich bald überreden, in mein Haus zu ziehen. Und nach drei Nächten hatte sie mein Bett erobert. Was war ich glücklich, diesen kleinen Flohpelz bei mir zu haben. Sie war die Einzige, zu der ich reden konnte. In meiner Sprache, über meine Gedanken. Sie kann so wunderbar zuhören. Ich sehe ihren Augen an, dass sie mich versteht. Katzen, so sagt man, haben viele Leben. Möglicherweise ist es ihr nicht fremd, dass ich aus einer anderen Zeit komme.*

*Sie streunt nicht herum, und es ist auch nicht die Zeit für ihre Rolligkeit.*

*Vielleicht spinne ich auch nur. Vielleicht sind meine Ängste nur deswegen so gewachsen, weil ich jetzt nur noch wenige Wochen unbeschadet überstehen muss? Vielleicht sehe ich Gespenster? Vielleicht bilde ich mir nur ein, dass sie auf den Märkten und Gassen flüstern, ich sei eine Zaubersche?*

*Ich wünschte, ich könnte mich nur einem einzigen Menschen anvertrauen.*

*Mir ist, als zöge sich eine Schlinge um mich zusammen.*

## 10

## Mina verschwindet

*23. August 1378,*
*nachmittags*

Laurens hörte seinem Vater an diesem Tag höchst aufmerksam zu. Er sah nun nicht mehr ganz so grau und schmerzgepeinigt aus. Der Ratsherr beantwortete ihm gerade die Frage, wie er Frau Alena kennengelernt hatte.

»Sie kam vor nicht ganz zwei Jahren zu mir und bat mich um das Häuschen an der Burgmauer. Sie hatte gesehen, dass es leer stand, und sich bei dem Schreinsmeister erkundigt, der die Ratsakten über die Grundstücke und Gebäude führt, wem es gehört. Auf mich wirkte sie sehr resolut und ehrbar, die Witwe eines Salzhändlers, der auf seiner letzten Handelsfahrt im Meer umgekommen war.«

»Woher stammt sie, Herr Vater? Sie ist doch keine Kölnerin?«

»Doch, geboren ist sie wohl hier, aber sie hat früh in die Ferne geheiratet und mit ihrem Mann im nördlichen Frankenland gelebt.«

»Ihr nehmt ihr das ab?«

»Warum sollte ich nicht? Sie hat den Mietzins immer pünktlich erstattet, übt ein ehrbares Gewerbe aus und macht auf mich den Eindruck einer klugen, freundlichen Frau. Soweit ich weiß, lebt sie zurückgezogen, besucht regelmäßig die Messe, und ihre gebundenen Bücher sichern ihr ein gutes Einkommen.«

»Sie hat ein Astrolabium, Herr Vater. Kann das denn sein, dass ein Weib die Astrologie studiert hat?«

»Warum nicht? Wenn ihr Ehemann zur See gefahren ist, wird er es vielleicht verwendet haben. Und manche Frauen, Laurens, sind überaus wissbegierig und lassen sich gerne solche Dinge erklären. Sie scheint den Witz dazu zu haben, es auch zu verstehen. Wozu sie es aber hier benötigt – das musst du sie schon selbst fragen.«

»Darf ich sie aufsuchen und mir die Himmelsscheibe von ihr erklären lassen?«

Sein Vater schmunzelte.

»Wenn du dich respektvoll und höflich zu betragen versprichst, mein Sohn.«

Laurens gab sein Wort und stand am selben Nachmittag wieder vor Frau Alenas Tür. Mirte öffnete ihm und bat ihn diesmal freundlich ins Haus.

»Frau Alena ist nicht hier. Aber sie wird bald wiederkommen. Sie sucht ihre Katze. Du hast sie nicht zufällig draußen herumstreunen sehen?«

»Nein. Wieso sucht sie denn die Katze?«

»Sie ist seit gestern Abend verschwunden.«

»Ja, aber die kommt doch von selbst zurück. Katzen streunen nun mal herum.«

»Das dachte ich auch immer, aber Mina ist etwas Besonderes, Laurens. Sie ist ein ganz zahmes Tier und hängt sehr an Frau Alena. Sie läuft nie weit weg und kommt immer, wenn sie sie ruft.«

»Wirklich? Das ist aber sehr ungewöhnlich. Aber trotzdem ist diese Katze nur ein Tier und wird tun und treiben, was sie will.«

»Ich weiß nicht, Laurens. Ich wohne jetzt seit drei Tagen bei ihr und habe die beiden beobachtet. Sie hängen wirklich sehr aneinander. Frau Alena hat Angst, dass ihr jemand die Katze gestohlen hat.«

»Himmel, wer stiehlt schon eine Katze, Mirte? Die laufen da draußen zu Hunderten herum.«

»Jemand, der Frau Alena wehtun will vielleicht?«

Laurens überdachte diese Bemerkung. Die Buchbinderin war eine eigenartige Frau. Sie war eine Fremde mit sonderbaren Angewohnheiten, das stand außer Frage. Aber auch viele andere Leute hielten sich Tiere. Sie waren nützlich, wie Hühner, die Eier legten, oder Schweine, die die Abfälle fraßen. Vor allem Hunde dienten dem Menschen recht hilfreich. Sie bewachten Haus und Hof, hüteten andere Tiere oder waren Begleiter bei der Jagd. Auch Pferde lebten eng mit ihren Herren zusammen – ja, das stimmte, manche Reiter sorgten für ihre Pferde besser als für das Gesinde. Katzen wurden gerne geduldet, weil sie die Schädlinge von den Vorräten fernhielten, aber sie hatten auch etwas sehr Unberechenbares an sich.

»Frau Alena versteht sogar, was Mina sagt«, murmelte Mirte und starrte unglücklich aus dem offenen Fenster.

»Wie bitte?«

»Sie versteht das Maunzen und Miauen. Sie kann es sogar selbst.«

Laurens bekreuzigte sich.

»Heilige Mutter Gottes, Mirte. Willst du damit sagen, dass sie ein Dämonentier beherbergt?«

»Quatsch. Wie kommst du denn darauf?«

»Der Bruder Notker, der hat gesagt, wer Vorhersagen macht, steht mit den finsteren Mächten in Verbindung.«

»Bruder Notker. Dein Freund aus dem Kloster?«

»Nein, nur einer der Mönche. Aber es könnte doch sein – ich meine, wenn diese Katze ein Teufelstier ist, dann hat sie Frau Alena vermutlich von dem Feuer berichtet.«

Mirte prustete verächtlich.

»Du hast Vorstellungen! Wenn Mina maunzt, will sie Futter oder raus oder gestreichelt werden oder spielen. Sie macht keine Vorhersagen.«

Aber Laurens war noch immer misstrauisch, und daher fiel seine Begrüßung auch nicht ganz so herzlich aus, als gleich darauf Frau Alena eintrat.

»Ich grüße dich auch, Laurens. Aber ich fürchte, heute werden wir uns nicht dem Astrolabium widmen können. Ich habe schon viel zu viel Zeit verloren und muss jetzt arbeiten.«

»Ihr habt Mina nicht gefunden?«, fragte Mirte, und traurig schüttelte Frau Alena den Kopf.

»Ich gehe sie auch noch mal rufen. Und den ehrenwerten Laurens van Kerpen solltet Ihr einfach rauswerfen. Der hat nur wirre Gedanken im Kopf.«

»Hab ich nicht. Du bist diejenige, die dummes Zeug verbreitet. Und Ihr, Frau Alena, bringt Euch mit der Katze auch nur in Verruf.«

»Tue ich das? Ja, das stand zu befürchten.« Frau Alena ließ die Schultern hängen und sah unsagbar verloren aus. »Sie werden behaupten, Mina sei die Vertraute einer Zauberschen, nicht wahr?«

»Ja, Frau Alena, das werden sie, wenn Ihr weiter durch die Gärten irrt und nach ihr ruft«, bestätigte Mirte ihr.

»Dieser Tranpott behauptet sogar, dass die Katze Euch von dem Brand am Fischmarkt berichtet hat.«

Frau Alena schüttelte den Kopf und sah Laurens an.

»Ich habe dich für klüger gehalten, junger Mann. Aber sei's drum, ich werde es nicht ändern können. Was ein Mensch glauben will, das glaubt er eben.«

Ein wenig unbehaglich wurde es Laurens nun doch. Es war eine Sache, sich über jemandes Verhalten zu wundern, ihn der Zauberei zu zeihen, das war eine ganz andere Sache. Sein Vater würde, wenn er davon hörte, ihm das Fell über die Ohren ziehen.

»Nein, Frau Alena, das habe ich nicht gesagt. Ich kenne nur niemanden, der mit Tieren sprechen kann.«

»Sie verstehen und sich verständlich machen, Laurens. Darum geht es. Und nun muss ich euch bitten, mich arbeiten zu lassen.«

Aber Mirte ließ sich nicht beirren.

»Gleich, Frau Alena. Nur hört mir zu. Ich kenne mich in den Gassen aus und weiß, wo ich die Ohren spitzen muss. Wenn Ihr mir sagt, wer Euch Böses will, dann werde ich bei demjenigen nach Mina suchen.«

»Mirte, es gibt immer Menschen, die einem anderen schaden wollen. Manchmal aus Rache, manchmal aus Böswilligkeit, manchmal, weil sie der Schabernack dazu treibt oder vielleicht auch aus Angst. Ich weiß nicht, was dahintersteckt. Aber ich fürchte inzwischen, dass jemand Mina fortgelockt hat.« Und dann seufzte sie und schlang die Arme um sich. »Das arme Tierchen. Sie ist so vertrauensvoll.« Sie setzte sich nieder und legte den Kopf auf die Arme. Laurens vermeinte, sie murmeln zu hören: »Zu Hause hatte ich auch ein Kätzchen...«

Mirte zupfte an seinem Ärmel und zerrte ihn zur Tür hinaus.

»Laurens, verbreitet irgendjemand den Unsinn, dass Frau Alena mit dem Teufel im Bunde steht? Dieser Bruder Notker, von dem du mir vorhin erzählt hast, möglicherweise?«

Er hob die Schultern. »Ich glaube nicht, dass er weiß, dass sie eine Katze hat. Er hat nur behauptet, sie habe vielleicht den Blitz in den Turm geleitet.«

»Warum hat der Blitz dann, bitte schön, nicht seinen Hohlkopf getroffen?«, fauchte Mirte. Dann wurde sie plötzlich ruhiger. »Wie kommt er darauf? Dass es einen Brand geben würde, stand doch nur in dem Brief an deinen Vater. Sie hat es den Mönchen doch nicht erzählt.«

»Ich hab's dem Lodewig erzählt, und der Bruder Notker hat gelauscht.«

Mirte gab einen äußerst farbenprächtigen Fluch von sich, bei dem Laurens das Gefühl hatte, seine Ohren müssten in Flammen aufgehen.

»Es hat ihr vermutlich wirklich jemand einen üblen Streich gespielt«, erklärte sie dann. »Und daran bist du nicht ganz unschuldig, wie mir scheint.«

Laurens begehrte auf, wehrte sich, Mirte zankte ihn aus und beschimpfte ihn, und schließlich, als sie einmal Atem schöpfen musste, fragte er: »Was willst du eigentlich?«

»Ich weiß nicht«, antwortete Mirte erschöpft. »Mina finden.«

»Hat Frau Alena in den Tagen, seit du hier wohnst, mit irgendwem Streit gehabt?«

»Nein.« Und dann plötzlich richtete Mirte sich auf. »Doch. Mist!«

»Was ist passiert?«

»Wickbold!«

Sie erzählte Laurens von ihm und der Auseinandersetzung zwischen ihm und Frau Alena. »Das war an dem Morgen nach dem Brand. Seither ist so viel passiert ... Ich hab es fast vergessen. Du, aber das könnte sein, der Kerl ist hinterhältig. Und die Gevatterin Talea ist seine Muhme. Vielleicht stecken die beiden dahinter. Wir müssen zu ihm!«

Das klang so sehr nach einer aufregenden Unternehmung, dass Laurens sofort einwilligte, Mirte zu begleiten.

Wickbold, sagte Mirte, bewohnte das Kellergeschoss eines der Häuser in der Hafengasse. Es war eine enge, ziemlich übel riechende Gasse, in der Tretmühlenarbeiter, Karrenschieber, Hafengesindel, Fischer und Schiffer hausten. Laurens hatte, obwohl er in Köln aufgewachsen war, diese Gegend nur selten aufgesucht. Er kannte sich besser in den Straßen aus, in denen die Steinhäuser der Vornehmen standen, die Gaffeln ihren Sitz hatten, die Kaufherren und Patrizierfamilien lebten, die reichen Stifte und Klöster ihre Mitglieder beherbergten. Auch wenn die Tagelöhner und Arbeiter nicht zu den ganz Armen, den Bettlern und Ausgestoßenen gehörten, so hatte doch kaum einer Kraft oder gar die Mittel dazu, die Häuser zu pflegen, den Unrat zu beseitigen oder die Ratten zu verscheuchen, die von ihm lebten. Ein paar räudige Hunde wühlten im Straßendreck, einige Frauen in grauen, schmutzigen Kitteln keiften mit balgenden Kindern, Lastträger rempelten Waschweiber an, die ihre Körbe zum Ufer trugen, ein hoch beladener Esel schrie misstönend seinen Protest heraus, ein Einbeiniger gab seinen eintönig wimmernden Bettelgesang von sich.

»Das ist ja scheußlich hier«, sagte Laurens entsetzt.

»Das kennt das wohledle Patriziersöhnchen nicht, was? So lebt das Volk, Laurens. Nicht in weichen Pfühlen und vor reich gedeckten Tischen.«

Laurens hielt wohlweislich den Mund und folgte Mirte zu einem der Fachwerkhäuser, die schmalbrüstig eng aneinandergelehnt standen. Bis zu fünf Stockwerke waren sie hoch, und ihre Giebel warfen tiefe Schatten über die ausgetretene Gasse. Um in ein Haus zu gelangen, musste man zur Tür eine Treppe hinaufsteigen, denn fast alle hatten einen Halbkeller, dessen Eingang einige Stufen nach unten lag. In den ewig feuchten, düsteren Kellerräumen hausten ganze Familien, oder es teilten sich mehrere Tagelöhner diese billigen Absteigen. Wickbold, erklärte Mirte unaufgefordert, wohnte alleine bei seiner Muhme, der Gevatterin Talea, unten im Haus. Die Wehfrau verdiente mit ihrem Gewerbe genug, um die beiden unteren Geschosse selbst zu bewohnen, die Stockwerke darüber hatte sie als Lagerräume vermietet.

»Woher weißt du das alles?«, wollte Laurens wissen.

»Ich verdiene mein Geld mit Botengängen. Da bekommt man vieles mit. Dort drüben ist es. Nun gilt es, vorsichtig zu sein.«

»Was willst du machen? Du kannst doch nicht einfach bei ihr reinstürzen und sie fragen, ob dieser Wickbold eine Katze geklaut hat.«

»Natürlich nicht. Aber die beiden stecken gewiss unter einer Decke. Ich werde mir etwas überlegen.«

»Ach ja?«

»Ja, ja, ich nutze meinen Kopf nicht nur dazu, um Haare drauf wachsen zu lassen.«

Sie trottete durch einen Durchgang, der zum Rhein hinunterführte, und blieb dort an die Mauer gelehnt stehen.

Laurens betrachtete die unzähligen Schiffe, die hier am Ufer lagen. Oberländer, schwerfällige, dickbäuchige Schiffe waren es. Sie transportierten Waren, die in Köln umgeschlagen wurden, nach Süden. Es herrschte ein geschäftiges Treiben um sie herum, und niemand schenkte zwei jungen Leuten besondere Beachtung. Der große Kran, in dessen Tretrad vier Männer schufteten, quietschte, als sich die Last langsam vom Boden hob, ein Frachtkarren mit zwei starken Pferden wartete darauf, sie aufzunehmen. Alles das wurde von gebrüllten Befehlen und Flüchen begleitet. Kreischende Flussmöwen schossen in wildem Flug vorbei, immer hungrig, immer auf der Suche nach Verzehrbarem. Ein Fischer mit vollen Netzen brachte seinen Kahn zum Kai, zwei Fischweiber mit einem Karren warteten schon darauf, ihm den Fang abzunehmen.

»So wird es gehen«, sagte Mirte plötzlich und lenkte Laurens' Aufmerksamkeit von dem Hafenleben ab.

»Wie wird es gehen?«

»Ich suche Gevatterin Talea auf und erzähle ihr, dass ich Arbeit suche. Sie wird mich in ihr Haus lassen, weil sie eine Klatschbase ist und sich an meiner Jammerei erfreut.«

»Und dann wird dir die Katze über den Weg laufen.«

»Nein. Aber wenn es so ist, wie ich es vermute, hat Wickbold sie zu ihr gebracht. Sie kann Frau Alena ja auch nicht leiden, und sie weiß vermutlich, dass sie an dem Tier hängt.«

»Woher das?«

»Weil die Nachbarn darüber schon geschwätzt haben. Du mit deinen gelehrten Büchern bekommst so was natürlich nicht mit.«

»Ich treibe mich ja auch nicht in solchen schmutzigen Gassen herum.«

»Nein, du bist mit einem silbernen Löffel im Maul geboren. Aber sei's drum. Ich gehe zu ihr, und wenn du mir helfen willst, betest du in der Zwischenzeit zwanzig Vaterunser.«

»Und der Herr wird dir die Katze in den Schoß legen.«

»Quark. Du wartest einfach diese Zeit ab, dann rennst du ganz aufgeregt zu ihrem Haus und klopfst wie wild an ihre Tür und spielst den aufgeregten Ehemann, dessen Weib in Wehen liegt.«

»Ich?« Laurens merkte, dass sich seine Stimme vor Empörung beinahe überschlug.

»Ja, du. Du siehst wie geschaffen dafür aus. Ein junger, hilfloser Geck, der vor lauter Angst kaum noch stammeln kann. Wird dir nicht zu schwerfallen, diese Rolle zu spielen.«

»Sag mal, kommt aus deinem Mund auch mal was anderes als giftige Verachtung raus?«

»Mhm. Ja, hin und wieder. Lieber Laurens, bitte tue das für mich und Frau Alena. Ich kann nämlich, während du sie an der Vordertür ablenkst, den Riegel von der Hintertür aufschieben. Sie wird dich begleiten, und wenn sie weg ist, schlüpfe ich wieder in das Haus und suche nach Mina.« Und dann sagte sie sehr ernst: »Ich hoffe, ich finde sie noch lebend.«

»Oh, na ja. Also gut. Aber was mache ich dann mit der Wehfrau?«

»Du führst sie durch die Gassen und verschwindest an geeigneter Stelle. Du hast doch wohl flinke Beine.«

»Ich glaub schon.«

»Gut, dann renn zur Dombaustelle. Da ist immer viel los. Da wird sie dich nicht entdecken. Warte dort auf mich.«

Mirte hatte sich ihr Sprüchlein zurechtgelegt und eine entsprechende Trauermiene aufgesetzt, als sie vor der Tür der Hebamme stand. Gevatterin Talea war zu Hause, worüber sie schon mal froh war.

»Ach, die Magistra Mirte lässt sich herab, mich zu besuchen«, wurde sie begrüßt.

»Ja, Gevatterin Talea. Ich komme...«, verlegen knäuelte Mirte die Hände in der Schürze. »Ich meine, Ihr habt doch gehört, was passiert ist.«

»Dein Haus ist abgebrannt und der Vater tot. Ja, ja. Das spricht sich rum.«

»Ja, ich hab nichts mehr außer diesem Kleid, das mir Frau Alena gegeben hat. Ich brauche Arbeit, Gevatterin.«

Listig musterte die Hebamme sie, dann nickte sie und deutete mit dem Kopf nach hinten.

»Vielleicht gibt es was. Bist ja nicht dumm.«

Mirte folgte der gedrungenen Frau, deren weißes Gebende sich straff um ihren Kopf schmiegte und ein teigiges Gesicht umgab. Anders als bei Frau Alena entschlüpfte der Kopfbedeckung keine einzige Strähne.

In dem Raum mit dem Kamin standen auch ein langer Tisch und zwei Holzbänke, und wie es aussah, war die Gevatterin eben dabei, aus Kräutern, Talg und Wachs Salben herzustellen. Es roch ranzig und scharf, und im Kessel blubberte eine schleimige Masse.

»Was ist mit deiner Schwester?«, wollte Talea wissen und musterte Mirte von oben bis unten.

»Die hat die beiden Kleinen, die kann mir nicht helfen. Aber ich kann Salben rühren und Kräuter verlesen und kochen und waschen. Aber ich brauche eine Schlafstelle, Gevatterin. Nur für eine Weile. Ihr habt so ein großes Haus. Habt Mitleid und bitte helft mir. Ich hab alles verloren.«

Mirte fühlte sich fast so jämmerlich, wie sie sich anhörte.

»Könnte dir ein Eckchen am Herd geben. Münzen kriegst du keine von mir. Aber vielleicht hilft dir ja der Wickbold aus, wenn du schön freundlich zu ihm bist.« Und mit einem schmierigen Grinsen fügte sie hinzu: »Ein besseres Plätzchen als hier am Herd würde er dir sicher auch bieten.«

Mirte ging um den Tisch herum zur Feuerstelle und dann Richtung Hintertür. Auf die Bemerkung zu Wickbold ging sie nicht ein, sondern begann wieder, ihr Leid zu klagen, und hielt dann mit einem Mal lauschend inne.

»Da weint ein Kind, Gevatterin«, unterbrach sie ihre Jammertirade.

»Hier weint immer irgendwo ein Kind. Was bleibt den Würmern auch übrig, wenn sie in dieses Jammertal geworfen werden?«

»Das stimmt wohl«, seufzte Mirte vernehmlich und lauschte weiter.

Ihr Leid wurde jählings durch ein heftiges Poltern an der Tür unterbrochen.

Gevatterin Talea knurrte etwas Unfreundliches und stapfte zum Eingang.

Mirte fand, dass Laurens seine Rolle als aufgeregter Kindsvater erstaunlich gut spielte. Er stotterte und stammelte aufgeregt vor sich hin, wischte sich den Schweiß von der Stirn und hatte einen solch ängstlich flehenden Blick, dass die Gevatterin sich sogar Mühe gab, ihn zu beruhigen. Mirte aber nutzte die Gelegenheit, leise den Riegel der Hintertür aufzuschieben und sich dann wieder neben den Tisch zu stellen.

»Kind, komm am Abend wieder«, sagte die Hebamme zu

ihr, dämmte mit schnellen Griffen das Herdfeuer ein und nahm ihre Tasche auf. »Sieht aus, als ob meine Dienste benötigt werden.«

»Ja, Gevatterin. Danke.«

Mirte schlüpfte mit ihr auf die Gasse und wählte die entgegengesetzte Richtung.

Kaum aber waren Laurens und die Wehmutter um die nächste Ecke verschwunden, bog sie ebenfalls ab. Hier in der Hafengegend hatten die Häuser keine Gärten und Höfe, hier führte der Hintereingang zur nächsten Gasse hinaus. So als hätte sie eine wichtige Botschaft zu überbringen, schritt Mirte aus und bemühte sich, nicht ängstlich um sich zu schauen, ob sie jemand beobachtete. Sie klopfte an die Hintertür und schob sie dann auf. Dann huschte sie ins Haus und sah sich um.

»Mina«, rief sie leise. »Mina!«

Das Jammern, das wie das Weinen eines kleinen Kindes klang, war wieder zu hören.

Von oben aus den Lagerräumen.

Also die hölzerne Stiege hinauf.

»Mina!«

Das Jammern wurde deutlicher. Es gab mehrere Türen, Kammern dahinter, voller Ballen, Kästen und Fässer.

»Mina!«

»Maumau!«

Zwischen einigen Tranfässern fand sie in eine enge Holzkiste gesperrt die Katze. Der Kasten war mit einem starken Seil verschnürt. Mirte nahm ihn auf und hastete die Treppen hinunter. Draußen aber bemühte sie sich wieder, einfach nur zielstrebig zu gehen. Eine Päckelchesträgerin mit einer schweren Kiste war ein ganz gewöhnlicher Anblick.

Als sie den halb fertigen Dom vor sich sah, lief ihr der Schweiß in Strömen unter dem Kittel hinunter. Ihr klopfte noch immer das Herz bis zum Hals. Mina aber war ganz still geworden. Als Mirte Laurens' blaues Wams erkannte, atmete sie tief auf. Er kam auf sie zugeeilt und nahm ihr die Kiste ab. Auch er sah zerrauft und erhitzt aus.

»Wir haben es geschafft, oder?«

»Ich glaube ja. Gut gemacht, Laurens.«

»Du hast es auch gut gemacht. Wirklich nicht nur Haare auf dem Kopf«, sagte er mit einem kleinen Lächeln.

Seite an Seite wanderten sie zu Frau Alenas Haus.

Die Buchbinderin war sprachlos, als Mirte den Kasten auf den Boden stellte und das Seil löste. Dann beugte sie sich vor, hob die zitternde rotbraune Katze heraus und drückte sie an ihre Schulter.

Und die Tränen rannen ihr über die Wangen.

»Das kann ich nie wiedergutmachen«, flüsterte sie.

»Das braucht Ihr auch nicht, Frau Alena.«

»Wo ... wo habt ihr sie gefunden?«

Sie erzählten es ihr, während Frau Alena das Kätzchen streichelte. Mirte stellte ihr ein Schälchen Milch hin, das dankbar ausgeleckt wurde.

»Ja, Gevatterin Talea ist nachtragend, und ich glaube, auch hinterhältig. Ich werde mich noch mehr vorsehen müssen mit allem, was ich sage oder tue.«

Mirte stimmte ihr zu: »Sie wird nicht lange brauchen, um herauszufinden, dass ich ihr die Katze wieder fortgenommen habe. Wir werden alle vorsichtig sein müssen. Mich kennt sie und dich nun auch, Laurens.«

# 11

## Anschuldigungen

*2. September 1378*

Die Sommersonne schien unvermindert heiß auf die Stadt, in den Straßen wirbelte der Staub unter den Schuhen auf, der Rhein legte seine kiesigen Ufer frei, Mensch und Tier suchten die schattigen Plätze auf.

Mirte hatte nach einem vormittäglichen Unterricht einen kühlen Ort gefunden, an dem sie für eine Weile innere Einkehr halten wollte. In der kleinen Kapelle, die zu dem Geviert gehörte, das die Beginen am Eigelstein bewohnten, drang das Sonnenlicht lediglich durch die farbenprächtige Rosette über dem Altar und malte bunte Lichter auf den glänzend gewachsten Holzboden.

Wie jedes Mal, wenn sie sich in diesem stillen Raum der Andacht aufhielt, versank Mirte in Betrachtung der beiden Schnitzwerke – dem einzigen Schmuck in dem ansonsten weiß gekalkten Innenraum. Auf dem Altar beugte sich, aus dunklem Ebenholz gearbeitet, die heilige Anna, Mariens Mutter, über ihre Tochter aus hellem Lindenholz, um ihr aus einem aufgeschlagenen Buch die Schrift zu lehren. Ein Lamm zu ihren Füßen wies auf das, was kommen sollte. Es war schlichte Schönheit, die dieses Paar ausstrahlte, Liebe,

Fürsorglichkeit und Verantwortung sprachen aus der Skulptur. Es war ein überaus passender Schmuck für die Kapelle lehrender und sorgender Beginen.

Die andere Figur aber fand Mirte bei Weitem faszinierender. Aus dem knorrigen Stück einer Eschenwurzel war unter den Händen des Künstlers eine grauenvolle Gestalt gewachsen. Ein ausgezehrtes Weib lehnte an einem Baumstumpf, verfilzt und zottig ihre Haare, zerstört ihr Gesicht, Fetzen von Lumpen umhüllten ihren grindigen Leib. Und aus den Falten lugten überall Ratten hervor.

Es war das Mahnmal der Vergänglichkeit, der Nichtigkeit äußeren Scheins. Dennoch hatte es etwas Anrührendes, denn die Kreaturen waren einander nicht feind. Die Ratten blieben die letzten und einzigen Freunde der Verlorenen.

Mirte war dankbar dafür, dass ihr eigenes Schicksal nicht dem der Dargestellten glich. Mochte auch ihr Heim zerstört, sie selbst zur Waise geworden sein, so gab es doch Menschen, die mit Freundlichkeit für sie sorgten. Die Beginen, zu denen sie auf Frau Alenas Anweisung nun wieder regelmäßig ging, hatten für sie zwei Cotten, knöchellange Untergewänder, genäht. Aus dem festen grauen Leinen, aus dem auch ihre Tracht bestand, hatten sie ihr einen Kittel angefertigt, und bei dem kostbaren Wollstoff des Ratsherrn hatten sie ihr geholfen, einen Surkot, ein vornehmes Obergewand zu schneidern. Ein paar lederne Bundschuhe hatten sich auch gefunden. Eigentlich war sie nun feiner gekleidet als je zuvor in ihrem Leben.

Sie bekam auch satt zu essen, hatte sogar ein eigenes, sauberes Kämmerchen und brauchte nicht mehr für zwei hungrige Kinder und einen jähzornigen, immer schlecht gelaunten Vater zu kochen und zu waschen.

Vor allem aber war da Frau Alena.

Für deren Sicherheit und Glück betete Mirte höchst inniglich.

Frau Alena mochte eine Fremde mit seltsamen Angewohnheiten sein, aber erstmals in ihrem Leben kümmerte sich jemand um Mirte mit liebevoller Zuneigung. Wie eine ältere Schwester oder – mochte Maria ihr verzeihen – wie eine Mutter behandelte sie sie. Bisher hatte sie selbst immer sorgen müssen, für die jüngeren Geschwister, den ewig trunkenen Vater, sich selbst. Es war ein neues Erlebnis für sie, dass jemand anderem ihr Wohlergehen am Herzen lag. In einigen Ansichten war Frau Alena natürlich streng. So musste Mirte sich morgens und abends waschen und sogar die Zähne putzen. Zu essen gab es oft rohes Obst oder gar rohes Gemüse. Ihre Kleider musste sie abends ausbürsten, die Untergewänder freitags auswaschen. Und Frau Alena bestand darauf, dass sie jeden Tag eine Seite mit Tinte und Feder aus einem Buch abschrieb. Eines mit den klugen Sprüchen des Dichters Freigedank. Auf der anderen Seite vergaß Frau Alena ständig das Tischgebet, band sich Schleier oder Gebende höchst schlampig über die Haare und arbeitete auch am heiligen Sonntag in ihrer Werkstatt. Und zur Messe ging sie nicht immer. Aber sie schimpfte nie mit ihr, sondern bedankte sich für jede kleine Handreichung, die sie für sie tat. Mirte half gerne, Hausarbeit war sie gewöhnt, Gartenarbeit machte ihr Spaß, aber sie wollte auch weiterhin ihr eigenes Geld verdienen. Darüber hatte es einen kleinen Disput gegeben. Frau Alena hätte es gerne gesehen, wenn sie nicht mehr als Päckelchesträgerin arbeitete. Doch Mirte hatte ihr respektvoll erklärt, dass sie die Verbindung zu ihren Freunden nicht aufgeben wollte. Schließlich hatten sie sich darauf geeinigt, dass Mirte an vier Nachmittagen ihren Botendiensten nachgehen durfte.

Heute war einer davon.

Als sie aus dem kühlen Inneren der Kapelle trat, sprach Frau Clara sie auch sogleich an. Die Meisterin der Beginen reichte ihr ein Päckchen mit feinen Seidenstoffen, das an das Weib eines Pelzhändlers geliefert werden sollte. Und die Apothekerin wünschte, etwas Alaun von Meister Krudener am Neuen Markt abgeholt zu bekommen. Mirte machte sich auf den Weg, übergab den Stoffpacken bei dem Händler, und als sie durch die Schildergasse wanderte, um die Apotheke am Neuen Markt aufzusuchen, erspähte sie zwischen den Handwerkern, die hier die Wappenschilde malten, einen alten Bekannten. Pitter, der Päckelchesträger, war häufig bei den Beginen anzutreffen, auch er hatte dort die Kunst des Lesens gelernt. Doch er war inzwischen so etwas wie der Oberaufseher der Botenjungen und -mädchen in seinem Revier geworden. Und das erstreckte sich auf das ganze Gebiet innerhalb der alten Burgmauer vom Dom bis zum Römerturm, von Pantaleon bis Maria Lyskirchen. Er war der Quell aller Neuigkeiten, er war derjenige, dem man, was immer bemerkenswert war, zutrug. Mirte lächelte, als sie ihn sah. Mochte er auch ungefähr genauso alt wie Laurens sein, war er doch kleiner und ungemein drahtig. Und schmuddeliger. Sein Gesicht war noch bartlos, und das Grinsen verschwand selten daraus. Aber wenn man ihn näher ansah, dann merkte man, dass er mehr von den Menschen gesehen haben musste, als es seinem Alter entsprach. Er kannte Abgründe, Laster, Frevel und Hinterlist in all ihren sündigen Spielarten. Und er kannte, das wusste Mirte von ihm aus vielen Gesprächen, ebenso Selbstlosigkeit, Güte, Vergebung und Aufrichtigkeit. Er hatte scharfe Augen und große Ohren, er hatte gelernt, die Bedeutung zwischen den Worten zu hören, die gesprochen wurden, und den Gedanken, die sie verbargen. Er konnte mit großer Treffsicherheit die Menschen einschätzen, mit denen er es zu tun hatte. Man hätte ihn frech nennen können mit seinen unverfrorenen Bemerkungen, aber kaum jemand tat das.

Als Mirte ihm zuwinkte, kam er auf sie zu.

»Na, Magistra Mirte, vertändelst du deine Zeit in den Gassen?«

Wenn er sie Magistra nannte, dann hörte sich das zum Beispiel freundlich neckend an.

»Wie immer, genau wie du, wohledler Herr Pitter.«

»Hab ein Schreiben zu dem Pfaffen von Aposteln zu bringen.«

»Und ich eine Besorgung am Neuen Markt zu machen. Gehen wir ein Stück zusammen.«

»Klar.«

Er setzte sich in Bewegung, und Mirte folgte ihm.

»Ich erzähl's dir, wenn wir unsere Aufträge erledigt haben«, murmelte er.

»Ist recht«, stimmte Mirte zu.

An dem Tag, als sie Mina aus dem Haus der Gevatterin Talea geholt hatten, hatte sich Mirte umgehend auf die Suche nach Pitter gemacht, um ihm einige Fragen zu stellen. Er hatte zugestimmt, die Ohren offen zu halten, ob bösartige Gerüchte über die Buchbinderin die Runde machten. So wie es aussah, hatte er etwas in Erfahrung gebracht.

Pitter trabte zur Pforte von Sankt Aposteln, Mirte besuchte den komischen Kauz von Apotheker. Meister Krudener hatte eine hohe, krächzende Stimme und trug ein Gewand mit weiten Ärmeln, die ihn wie graue Flügel umflatterten. Eigentlich hätte er bei jeder seiner ruckartigen Bewegungen Töpfe und Tiegel von den Regalen und Borden fegen müssen, und Mirte hielt jedes Mal den Atem an, wenn er zu einem der Gefäße griff. Doch sooft sie ihn nun auch schon aufgesucht hatte, es war nie etwas zu Bruch gegangen. Er erkundigte sich auch immer freundlich nach den Beginen, und nachdem er ihr das gewünschte Päckchen gereicht hatte, zögerte sie einen winzigen Augenblick, bevor sie sich verabschiedete.

Er sah sie von seiner hageren Größe herab an und blinzelte dann wie eine Eule.

»Dazu bist du inzwischen viel zu alt«, bemerkte er mit papiertrockener Stimme, und Mirte biss sich auf die Unterlippe. Sie hatte nichts gesagt, aber die Gier musste ihr wohl in den Augen gestanden haben. Meister Krudener verfügte nämlich über eine ganz besondere Leckerei, die er hin und wieder an Kinder verschenkte. Aber natürlich war sie inzwischen zu alt dafür.

Dennoch holte der Apotheker die kleine Holzschachtel unter der Theke hervor und öffnete sie. Mit spitzen Fingern nahm er eine kandierte Kirsche heraus und steckte sie sich genießerisch zwischen die Lippen.

»Andererseits«, sagte er dann, »ist man dafür nie zu alt.«

Mirte nahm ebenfalls eine Kirsche aus dem Kästchen und bedankte sich lächelnd.

Nein, für eine solche Süßigkeit würde kein Mensch je zu alt werden.

Pitter wartete schon auf sie vor der Apotheke, und gemeinsam schlenderten sie ein Stück hinter die Kirche, wo die Weingärten des Klosters begannen. Hier arbeiteten nur die Mönche zwischen den Reben und beachteten sie nicht weiter. Sie setzten sich auf die niedrige Umfassungsmauer und ließen die Beine baumeln.

»Du hast richtig vermutet, Magistra. Da gärt etwas, das nicht gut für deine Frau Alena ist«, begann Pitter die Unterhaltung.

»Ich bin zu wenig auf den Gassen, um mich gründlich umzuhorchen. Aber auf dem Markt gestern haben einige Leute einen Bogen um uns gemacht.«

»Kann sein, dass sie Angst vor ihr haben. Es wird herumerzählt, Frau Alena würde seltsame Vorhersagen machen, um die Leute mit ihren Zauberkräften zu beeindrucken.«

»Mit Zauberkräften.«

»Die ihr vom Teufel in Katzengestalt verliehen wurden.«

»Aber sie hat keine Zauberkräfte. Und den Blitz hat sie nicht in den Kirchturm gelenkt.«

»Nein, das denken viele andere auch nicht. Sie glauben vielmehr, dass Frau Alena den Brand selbst gelegt hat, um ihre Macht zu beweisen, weil der Blitz den Turm getroffen hat und nicht ins Fischerviertel fuhr, wie sie es vorausgesagt hat.«

»Was für ein unglaublicher Quark!«

»Sie ist selbst schuld daran, sie hat eine solche Vorhersage gemacht. Und du hast deinen Teil auch dazu beigetragen, denn du hast das Teufelstier befreit, das Wickbold und Talea verbrennen wollten.«

»Heilige Mutter Gottes.«

»Es wäre schon ganz gut, wenn ihr euch in der nächsten Zeit recht unauffällig verhalten würdet.« Pitter berichtete Mirte, wer alles Bemerkungen dieser Art fallen gelassen hatte, und wie es schien, war die Quelle dieser Gerüchte überwiegend im Hafenviertel zu suchen. Gut, das mochte daher stammen, dass viele Bewohner des Fischmarkts dort Unterschlupf gefunden hatten und nur zu gerne jemandem die Schuld an den Verlusten geben wollten, die sie durch den Brand erlitten hatten. Vor allem aber wohnte Gevatterin Talea in der Gegend.

»Die Hebamme hatte einen Streit mit Frau Alena. Aber das ist schon einige Zeit her«, sinnierte Mirte.

»Hörte ich auch. Angeblich hat sie sie bei den Wöchnerinnen angeschwärzt und rumerzählt, die Wehfrau verstünde nichts von ihrem Gewerbe.«

»Davon weiß ich nichts. Aber das wäre natürlich ein Grund für diese üble Nachrede.«

»Gefährliche Gerüchte zu verbreiten ist die böseste Art der Zauberei«, knurrte Pitter. Und dann grinste er plötzlich breit. »Und Schmeichelei die hinterhältigste. Aber du könntest mir zum Dank für meine Mühen einen süßen Kuss geben, denn du hast bestimmt eine kandierte Kirsche von Meister Krudener bekommen.«

»Wenn du nur einen Kuss von mir haben willst, weil meine Lippen süß schmecken, dann wirst du lange darauf warten können.«

»Ich schmeichle eben nicht, ich bin die Aufrichtigkeit in Person.«

»So wie ich auch. Du bekommst genug Leckereien von den Mädchen, Pitter. Dir bedeutet ein Kuss nichts. Aber wenn du bei Gelegenheit bei Frau Alena vorbeikommst, werde ich dir einen Honigkuchen geben.«

»Das ist mal ein Angebot!«

Pitter sprang von der Mauer, und Mirte tat es ihm nach.

»Ja, Zeit, wieder an die Arbeit zu gehen. Ich muss rüber nach Pantaleon.«

»Und ich zu den Beginen am Eigelstein.«

»Pass auf dich auf, Magistra. Und auf deine Buchbinderin.«

»Mach ich.«

Doch es war schon zu spät.

Als Mirte zum Vesperläuten die Tür zu dem Häuschen an der Burgmauer öffnete, fand sie es leer. Das war ungewöhnlich, denn sonst kümmerte Frau Alena sich um diese Zeit immer um das Essen. Auch Mina kam nicht wie üblich mit einem Begrüßungsmaunzen auf sie zu.

Angst drückte Mirte auf den Magen.

»Frau Alena? Seid Ihr oben?«

Es kam keine Antwort.

»Mina?«

Und kein Miau.

Mirte öffnete die Tür zum Hof. Auch hier werkelte Frau Alena nicht zwischen den Pflanzen.

»Mina?«, fragte sie leise. »Mina?«

Die Angst legte sich nun auch um ihr Herz.

Mit wenigen Schritten durchquerte sie den kleinen Garten und lugte über die Mauer. Die Nachbarin nebenan wiegte ihre kleine Tochter in den Armen und streute gleichzeitig Körner für die Hühner aus.

»Frau Nachbarin«, sprach Mirte sie an. Die Frau zuckte zusammen und wollte in ihrem Haus verschwinden. »Frau Nachbarin, bitte. Habt Ihr Frau Alena gesehen?«

Angstvoll blickte die Frau um sich, kam aber dann doch zur Mauer.

»Besser, du verschwindest von hier. Die Büttel haben sie geholt«, flüsterte sie und entfernte sich dann mit eiligen Schritten.

Die Angst drückte Mirte jetzt auch die Kehle zu.

Kein Wunder, dass die Nachbarin so furchtsam war. Wenn jemand von der Obrigkeit geholt wurde, dann war er so gut wie ausgestoßen, und niemand wollte in den Verdacht geraten, irgendwas mit ihm zu tun gehabt zu haben.

Mirte ballte ihre Rechte zur Faust und biss sich in die Knöchel. Was sollte sie jetzt nur tun? Wahrscheinlich war es das Klügste, dem Rat der Nachbarin zu folgen und einfach fortzugehen.

Es raschelte leise neben ihr unter den Blättern der Kresse, und Mirte stockte vor Schreck der Atem. Doch das jämmerliche, kaum hörbare »Mau« veranlasste sie, sich niederzubeugen. Zwei grüne Augen sahen sie ängstlich aus dem Blätterversteck an.

»Ach, Mina, arme Kleine.«

Zutraulich streckte die Katze ihre Nase Mirtes Hand entgegen.

»Sie haben dich nicht erwischt. Wie klug von dir, dich hier zu verstecken.«

Während sie Minas Kopf streichelte, begann Mirte wieder etwas ruhiger zu überlegen. Man hatte Frau Alena irgendeiner Tat beschuldigt. Das passte mit dem zusammen, was sie gerade eben von Pitter erfahren hatte. Die aufgebrachten Bewohner vom Fischmarkt mochten ihrer Wut auf diese Weise Luft gemacht haben. Das war nicht unüblich. Es reichte, wenn ein, zwei Leute mit einer Klage über jemanden zum

Turmmeister gingen, schon sandte der die Büttel aus, um die Beschuldigte zu befragen. Und dann entschieden der Rat und die Schöffen, ob eine offizielle Anklage erhoben werden musste. So hatte Mirte es bisher immer gehört.

Unruhig schritt sie im Garten auf und ab und versuchte, die Möglichkeiten abzuwägen. Sollte sie selbst zum Turm gehen? Nein, darin lag eine Gefahr. Sie wohnte bei Frau Alena, was, wenn die Wachen sie gleich mit einsperrten?

Half es, Pitter noch einmal aufzusuchen?

Nein, gewiss nicht, auch der würde sich vom Turm fernhalten.

Die Beginen, ja, die könnten helfen. Drei von den Frauen waren nahe Verwandte von Ratsherren oder Patriziern. Sie würden möglicherweise für Frau Alena gutsprechen.

Aber dann kam Mirte ein viel besserer Gedanke.

Der Rat musste über die Anklage entscheiden.

Da könnte direkt eine Möglichkeit bestehen, Frau Alena zu helfen.

Warum nicht Laurens, dem Sohn eines Ratsherrn, von dem Vorfall berichten!

Er war nach Minas Befreiung zweimal bei Frau Alena gewesen und hatte sich das Astrolabium erklären lassen. Mirte hatte den Eindruck, dass er inzwischen große Achtung vor ihr empfand. Ob er natürlich bereit war, einer Angeklagten zu helfen, war eine andere Sache. Aber sein Vater, der Herr Adrian van Kerpen, gehörte zu den einflussreichen Männern der Stadt.

Er kannte Frau Alena, und vor allem hatte sie ihn in der Brandnacht gerettet.

»Bleib du hier in deinem Versteck, Mina. Ich glaube, ich werde noch einmal zum Neuen Markt gehen.«

Doch es erforderte ihren ganzen Mut, sich auf den Weg zu machen. Sie hatte die Ratsherren der Stadt schon dann und wann in der Kirche oder auf den Plätzen gesehen, aber noch nie mit einem gesprochen. Ratsherren waren vornehme Männer, in deren Händen die Verantwortung für die ganze Stadt lag. Ob ein Herr van Kerpen einer Päckelchesträgerin zuhören würde, daran zweifelte sie Schritt um Schritt mehr, je näher sie dem Patrizierhaus kam.

Als sie vor der schön geschnitzten Tür stand, war sie fast ganz verzagt.

Zögernd betätigte sie den Türklopfer, und kurz darauf öffnete ihr ein grauhaariger, sehr würdevoller Majordomus. Sie kannte ihn, denn ihm hatte sie bisher immer die Botschaften abgeliefert, die dem Ratsherrn galten.

»Werter Herr, ich... ich habe eine Nachricht für den wohledlen Ratsherrn.«

»Nun, dann gib sie mir, Mirte. Du sollst sogleich deinen Botenlohn bekommen.«

»Ich... ich muss...« Mühsam versuchte Mirte, ihre Hände daran zu hindern, ihre Schürze zu einem Stoffklumpen zu wringen. »Ich muss ihn selbst sprechen. Bitte, es ist wichtig.«

»Der Ratsherr ist im Kontor, Jungfer, und darf nicht gestört werden.«

»Bitte, dann richtet ihm aus, es geht um Frau Alena. Bitte. Es ist dringend.«

Der Majordomus betrachtete sie nicht unfreundlich und nickte dann.

»Ich will ihn fragen. Warte einen Augenblick hier.«

Er ließ sie in die Eingangshalle eintreten und verschwand durch eine der Türen.

Holzgetäfelte Wände, ein mit weißen und braunen Fliesen ausgelegter Fußboden, hohe Bogenfenster mit rautenförmigem Glas verschlossen, eine schimmernd gewachste Treppe – der Raum strahlte unaufdringlichen Wohlstand und Gediegenheit aus. Mirte sah auf ihren grauen Kittel hinunter und war froh, dass er einigermaßen sauber war und sie noch eine frische Schürze darübergebunden hatte. Ob Frau Alena auch aus einem solch vornehmen Haus stammte? Sie war immer so reinlich. So wie auch hier alles reinlich wirkte. Eigentlich wusste sie viel zu wenig von der Buchbinderin. Sie war zwar immer gut zu ihr, aber von sich selbst hatte sie bisher nichts erzählt. Nur von Laurens hatte sie erfahren, dass sie das Weib eines Salzhändlers gewesen war. Nun, Salz war teuer, und vermutlich waren diejenigen, die mit diesem Gewürz handelten, eben auch reich.

Aus ihren Mutmaßungen holte sie der Majordomus heraus, der sie bat, ihm zu folgen.

Der Ratsherr Adrian van Kerpen saß an einem Schreibpult, ein großes Buch aufgeschlagen vor ihm, Tintenfass und Feder daneben. Sein Gewand war aus feinstem, samtbesetztem Wolltuch, seine dunklen Haare von einem Samtbarett bedeckt.

Mirte knickste tief und suchte nach den passenden Worten der Begrüßung. Doch er erhob sich und kam mit einem freundlichen Lächeln auf sie zu, das sie ganz kurz an Laurens erinnerte. Daraus schöpfte sie Mut.

»Jungfer Mirte, was führt dich zu mir? Eine dringende Botschaft von Frau Alena, sagte man mir?«

»Ja, wohledler Herr. Aber es ist eine schlimme Botschaft.«

»Dann sprich, Kind.«

»Die Büttel haben sie heute Nachmittag abgeholt, wohledler Herr. Und weil ich Angst um sie habe... Ihr kennt sie doch, wohledler Herr. Sie hat den Brand am Fischmarkt nicht gelegt.«

»Behauptet man dies?« Der Ratsherr sprach zwar ruhig, aber seine Miene wurde grimmig. »Setz dich, Jungfer, und erzähl mir mehr.«

Mirte hockte sich auf die Kante eines Schemels, und er nahm auf dem Ledersessel Platz. Sie atmete tief ein und berichtete dann so ausführlich wie möglich, was sie getan und von Pitter erfahren hatte.

»Dummes Gewäsch«, grollte der Ratsherr, und Mirte verknotete ihre Finger. »Nein, nein, nicht, was du erzählt hast, sondern diese Gerüchte.« Er rieb sich über die Nase und versank in Nachdenken. Dann sah er auf.

»Ich kümmere mich darum, Jungfer Mirte. Aber du könntest ebenfalls helfen, wenn du dich traust.«

»Frau Alena hat mir geholfen. Ich werde ihr auch helfen.«

»Braves Kind. Dann versuche, in ihrer Nachbarschaft Leute zu finden, die bezeugen können, dass sie an jenem Abend zu Hause war. Das war Frau Alena doch, oder?«

»Sie war es, als ich zu ihr gelaufen bin, gerade nachdem der Blitz in den Turm eingeschlagen hat. Aber sie war zum Ausgehen bereit.«

»Mhm. Aber das war nach dem Blitzeinschlag.«

»Ja, weil ... Ich wollte ihr doch sagen, dass sie recht hatte. Wohledler Herr, ich habe nämlich den Brief gelesen, den ich Euch überbringen sollte. Ich weiß, es war falsch ...«

»Hast du mit jemandem über den Inhalt gesprochen?«

Das klang sehr streng, aber Mirte schüttelte den Kopf. »Nein, ganz bestimmt nicht. Ich habe mich doch geschämt, dass ich so neugierig gewesen war.«

»Neugierde scheint eine deiner hervorragendsten Eigenschaften zu sein. Nutze sie, und finde Zeugen für Frau Alenas Unschuld.«

»Ja, wohledler Herr. Obwohl die Nachbarn Angst haben, eine Aussage zu machen.« Aber dann fiel ihr etwas ein: »Da war eine Frau, die gefallen ist. Der hat Frau Alena geholfen, als es anfing zu brennen. Vielleicht finde ich die.«

»Das kannst du später versuchen. Erst einmal die Nachbarn, Jungfer Mirte, und hüte derweil das Haus gut. Ich sage Laurens, dass er bei dir vorbeikommen und sich ebenfalls nützlich machen soll.«

»Danke, wohledler Herr. Habt vielen Dank.«

»Und nun, Kind, besänftige deine Sorgen. Es braucht mehr als nur ein paar dumme Gerüchte, um einen unbescholtenen Menschen in den Kerker zu bekommen.«

»Aber sie werden sie befragen. Und die Folter...«

»Dazu wird es nicht kommen. Ich gebe dir mein Wort.«

# 12

# Überredungskünste

*3. September 1378*

Die Tuchballen waren schwer, und Laurens keuchte, als er den blauen Stoff auf den großen Tisch wuchtete. Gutes englisches Kammgarntuch hatten sie geliefert bekommen, und wenn er auch nicht mit Begeisterung den Ausführungen des Meisters lauschte, so hatte er doch inzwischen die unterschiedlichen Qualitäten zu erkennen gelernt. Diese hier war hochwertig, aus langen Wollfasern gewebt, gewalkt und gefärbt. Andere Tuche, aus weniger langfädigem Garn, mussten nach dem Walken aufgeraut und anschließend geschoren werden, sodass sie eine ansprechend glatte Oberfläche bekamen.

Das vorliegende Tuch, so teilte ihm der Meister mit, als er es aufgerollt und inspiziert hatte, war einwandfrei gewebt, von ebenmäßig gesponnenem Garn und ohne Knötchen. Auch die Färbung war gleichmäßig und fleckenlos.

Viel mehr als das Herumwuchten der Ballen hatte Laurens bisher noch nicht tun dürfen. Die Aufgaben des Gewandschneiders erforderten weit mehr Fachwissen als das, was er in den vergangenen vier Monaten erworben hatte. Jetzt musste er die Elle holen, mit der das Tuch auf Maßhaltigkeit geprüft wurde. Dabei durfte er schon mal die Abmessung vornehmen, doch die scharfen Scheren, mit denen der Meister dann die Stücke so zurechtschnitt, wie sie von den Schneidern benötigt wurden, hatte er nicht anzurühren.

»Gut, Herr Laurens, und jetzt legt den Stoff zusammen, und dann seid Ihr entlassen«, sagte der Meister nun. »Euer Herr Vater hat einen anderen Auftrag für Euch.«

Dankbar, dem immer leicht nach feuchtem Schaf riechenden Lager zu entkommen, wandte sich Laurens zum Kontor, ein wenig neugierig, was sein Vater von ihm wünschte.

»Es handelt sich um Frau Alena, Laurens. Sie wurde gestern von den Bütteln zur Befragung in den Frankenturm abgeholt«, erklärte der Ratsherr, als er vor ihm stand.

»Was hat sie sich zuschulden kommen lassen, Herr Vater? Ich habe Euch ja schon gewarnt, dass sie eine – recht eigenartige Frau ist.«

»Das ist sie gewiss, aber man hat Frau Alena der Brandstiftung am Fischmarkt beschuldigt und vor den Turmvogt gebracht. Das ist absoluter Blödsinn. Natürlich hat sie damit nichts zu tun, aber sie muss Zeugen benennen, die für ihre Unschuld bürgen. Man hat mir erlaubt, mich mit ihr zu unterhalten. Sie hat mir gesagt, dass sie an jenem Abend mit der Nachbarin und dem Geldwechsler, der auf der anderen Straßenseite wohnt, einen Schwatz gehalten hat. Vermutlich haben auch andere Bewohner der Gasse sie gesehen oder sie gesprochen.«

»Seid Ihr denn ganz sicher, dass sie den Brand nicht gelegt hat, Herr Vater?«

Laurens hatte zwar inzwischen einigen Respekt vor der gebildeten Buchbinderin erworben, aber ganz geheuer war ihm das Weib noch immer nicht.

»Ganz sicher, Sohn. Nenn mir einen Grund, warum sie dort Feuer gelegt haben sollte.«

Laurens scharrte mit den Füßen. Nein, es gab keinen Grund. Und wenn er sich recht erinnerte, hatten die Strohdächer der Häuser auch erst angefangen zu brennen, als die glühenden Trümmer des Kirchturms sich über sie verteilten.

»Ihr habt recht, Herr Vater. Ich habe ja selbst gesehen, wie der Brand begann. Nur – das haben die anderen dort auch? Wieso sagen sie denn plötzlich, dass Frau Alena das Feuer gelegt hat?«

»Weil die Dummtröpfe immer einen Schuldigen brauchen und glauben, was sie glauben wollen.«

Eine ähnliche Bemerkung hatte die Buchbinderin ihm gegenüber auch schon mal gemacht, und er war deswegen sehr verschnupft gewesen.

»Aber man kann doch nicht die Unwahrheit glauben«, murrte er leise.

»Du würdest dich wundern, was die Menschen alles zu glauben bereit sind, Laurens. Deshalb gilt es, einen kühlen Kopf und einen klaren Verstand zu wahren und immer genau abzuwägen, was jemand einem als Wahrheit verkaufen will. Nun sei so gut und begib dich zu Frau Alenas Haus und hilf der jungen Mirte, Zeugen aus der Nachbarschaft aufzutreiben. Und nimm das hier mit.« Der Ratsherr reichte seinem Sohn eine Börse. »Goldstücke machen oft die Zungen geschmeidiger und besiegen abergläubische Ängste.«

Im Vergleich zu der stumpfsinnigen Arbeit im Tuchlager war das ein vergleichsweise angenehmer Auftrag, und darum machte Laurens sich nach dem Sextläuten auch sogleich auf den Weg.

Er traf Mirte, kochend vor Wut.

»Dieser Schnüssemiebes, dieser Bangendresser, dieser Fieselskääl!«, schäumte sie und marschierte vor dem Kamin auf und ab, dass die Becher und Kupfertöpfe auf dem Sims schepperten.

»Und wer ist dieser Miesmacher, Feigling und erbärmliche Wicht?«

»Der Geldwechsler, dieses Aaschjeseech!«

»Was tat er, um deinen Unwillen so zu erregen, werte Magistra?«, fragte Laurens, leicht belustigt über die schnaubende und fauchende Mirte.

»Nichts, das ist es ja. Er weicht mir aus, er hat mir die Tür vor der Nase zugemacht. Genau wie diese Bangmarie nebenan.«

»Und warum?«

»Weil ich von ihnen wissen wollte, ob sie Frau Alena am Abend gesehen haben, als der Blitz einschlug.«

»Und weil du seither bei ihr wohnst, werden sie glauben, dass du gemeinsame Sache mit ihr gemacht hast.«

»Das wird es sein. Mögen die Heiligen ihnen die Grütze in ihren Hirnen austrocknen. Frau Alena hat den Brand nicht gelegt. Sie war hier. Ich hab sie doch selbst abgeholt. Und danach erst ist der Turm eingestürzt!«

»Ist ja gut, Mirte, ist ja gut. Ich weiß das auch, mich brauchst du nicht anzubellen. Mein Vater hat mich geschickt, dir zu helfen. Er hat mit Frau Alena gesprochen.«

Mirte setzte sich erschöpft auf die Bank.

»Er versprach, sich darum zu kümmern. Richte ihm meinen Dank aus, Laurens.«

»Mach ich.«

»Wie geht es ihr? Hat man sie ... schon peinlich befragt?«

»Nein, nein. Sie ist gesund und unverletzt. Und sie hat gesagt, die Nachbarin und der Geldwechsler haben an dem Abend mit ihr geredet.«

»Dacht ich es mir doch. Aber das wollen diese Bangendresser nicht zugeben.«

»Dann lass uns überlegen, wie wir die Bangendresser eben dazu kriegen, für Frau Alena gutzusprechen.«

Er setzte sich neben Mirte, und für einen winzigen Moment flog ihn der Wunsch an, ihr den Arm um die Schultern zu legen und sie tröstend an sich zu ziehen. Aber das traute er sich dann doch nicht.

»Der Nachbarin hat sie bei der Geburt beigestanden und hilft ihr auch oft mit ihrem Kind. Aber was macht das Weib jetzt? Es schließt sich angstbibbernd im Haus ein. Ich weiß ganz genau, dass sie da ist, aber weder auf Klopfen noch Rufen macht sie auf.«

»Dann werde ich erst einmal bei ihr auch damit nichts erreichen«, meinte Laurens und zeigte die pralle Börse vor.

»Richtig. Sie wird auch dir nicht öffnen. Sie weiß ja, dass du hier häufig zu Gast bist.«

»Was ist mit dem Geldwechsler?«

»Macht auch die Tür nicht auf.«

»Nur dir nicht, oder auch seinen Kunden nicht?«

»Mir nicht«, knurrte Mirte.

»Na, dann werde ich wohl mal Geld wechseln müssen«, meinte Laurens und wollte aufstehen. Mirte hielt ihn am Wamszipfel fest.

»Halt. Lass uns vorher überlegen. Du kannst nicht einfach rübergehen und mit deinen Münzen strunzen und ihn fragen, ob er Frau Alenas Unschuld bezeugen kann.«

»Er wird schon...«

»Wird er nicht. Sowie er merkt, worauf es hinausläuft, bist du schneller wieder auf der Gasse, als du gucken kannst.«

Laurens wollte schon aus Prinzip aufbegehren, aber dann blitzte ein Gedanke in ihm auf.

»Gut.«

Er setzte sich wieder auf die Bank und stützte das Kinn in die Hand. Mirte machte sich am Kamin zu schaffen, während er die Fetzchen sortierte, die wild in seinem Kopf umherschwirrten. Als diese ein fertiges Bild ergaben, grinste er.

»Sehr gut«, meinte er. »Ich versuch's mal.«

»Was hast du vor?«

»Geld zu wechseln.«

»Laurens, ich hab dir gesagt...«

»Ich weiß, dass du mich für einen Tranpott hältst, aber diese Sache erledige ich auf meine Weise.«

»Du wirst nur alles kaputt machen.«

»Vielen Dank für dein Vertrauen«, erwiderte Laurens säuerlich. »Dann gehe ich am besten zu meinem Vater und berichte ihm, dass du meine Hilfe nicht benötigst.«

Mirte starrte ihn an, schüttelte dann den Kopf und fuhr sich mit beiden Händen über das Gesicht.

»'Schuldigung. Das mit der Katze hast du auch gut gemacht. Dann geh und viel Glück.«

Besänftigt nickte Laurens. »Wie heißt der Mann?«

»Hinrich Oepen, aber er lässt sich gerne mit Magister Hinrich anreden.«

Laurens verließ das Haus durch die Hintertür und den Garten, um durch die Gasse zum Geldwechsler zu gehen. Der musste ja nicht gerade sehen, dass er gradewegs aus dem Haus der Angeklagten kam.

Der Mann öffnete ihm auch beflissen, und als Laurens umständlich zwei Goldmünzen aus dem Gürtel nestelte und bat, sie in kleine Kupfer- und Silberstücke zu wechseln, hieß er ihn, an dem Tisch mit der Goldwaage und dem Abakus niedersetzen.

»Viel Geld für einen jungen Mann«, bemerkte der Wechsler trocken, als er die Münzen zählte und prüfte.

»Ehrlich erworben, Magister Hinrich. Aber ich verstehe Eure Bedenken. Gerade nach einem solchen Unglück wie dem, was den Fischmarkt heimgesucht hat, sind sicher viele unrechtmäßig zu Geld gekommen.«

»Pah, junger Mann, Ihr seid aber wohl wirklich mit dem silbernen Löffel im Mund geboren. Goldmünzen im Fischerviertel! Das Gesindel dort kratzt allenfalls ein paar Kupferlinge zusammen.«

Laurens reckte sich und setzte eine wissende Miene auf.

»Wenn Ihr Euch da mal nicht täuscht, Magister Hinrich. Oder – wollt Ihr mich täuschen?«

Der Geldwechsler fuhr auf.

»Was meint Ihr damit – Euch täuschen?«

»Nun ja, es gibt schon noch einige am Fischmarkt, die nur nach außen hin ärmlich wirken wollen, wenn Ihr versteht, was ich meine. Ein paar aber horten auch dort Schätze unter den Betten. Man sagt, dass deswegen einige Leute ein ganz gutes Geschäft bei diesen Bränden machen, nicht wahr?« Er nahm die beiden Münzen wieder an sich und warf sie spielerisch von einer Hand in die andere. »Es gibt Gerüchte, dass gerade Geldwechsler da ihre Börsen aufbessern.«

Der Mann vor ihm lief dunkelrot an.

»Ihr wollt mir unterstellen, dass ich mich an Plünderungen beteilige?«, brüllte er los.

»Aber nein, nein, Magister Hinrich. Ihr doch nicht. Euer Ruf ist doch ohne Tadel. Und Ihr könnt ganz gewiss beweisen, dass Ihr an jenem Abend hier in Eurem Kontor gewesen seid, nicht wahr?«

»Aber selbstverständlich. Jeder hier wird Euch das bezeugen. Ich habe an diesem verdammt schwülen Abend vor dem Haus gesessen und mich mit den Nachbarn unterhalten. Fragt jeden in der Gasse!«

»Jeden? Hat Euch auch die Buchbinderin gesehen?«

»Aber natürlich. Junger Mann, was soll diese Fragerei? Ich habe mir nichts zuschulden kommen lassen.«

»Nein, Ihr nicht, aber Frau Alena auch nicht. Und darum solltet Ihr Euch bereit erklären, vor dem Turmmeister zu bezeugen, dass sie sich an jenem Abend hier aufhielt und nicht das Feuer am Fischmarkt gelegt hat.«

»Warum sollte ich das machen? Ich will nichts mit dem Turmvogt zu tun haben.«

»Nein? Ihr fürchtet um Euer Geschäft?«

»Niemand will die Aufmerksamkeit der Wachen erregen. Und nun raus hier.«

»Gerne, Magister Hinrich. Nur, wisst Ihr, ich war an jenem Abend im Kloster von Groß Sankt Martin, und mir war, als hätte ich Euch dort zwischen den Häusern umherstreichen sehen.«

Magister Hinrich schnappte nach Luft wie ein Fisch auf dem Trockenen. In das Schweigen hinein bemerkte Laurens: »Vielleicht fällt es Euch doch noch ein, Frau Alena zu entlasten.«

Und mit diesen Worten verließ er die Wechselstube.

Erst als er wieder auf der Gasse war, erlaubte er sich ein triumphierendes Lächeln. Natürlich hatte er den Geldwechsler an jenem Abend nicht gesehen, aber sein kleiner Schwindel hatte die gewünschte Wirkung gezeigt. Vermutlich hatte den Pfennigfuchser doch ein schlechtes Gewissen gezwackt, weshalb auch immer.

Als Laurens die Tür zu Frau Alenas Garten öffnete, fand er Mirte an der Mauer zum Nachbarhaus. Sie stand auf Zehenspitzen, um über den Rand schauen zu können, und unterhielt sich mit einem blonden Mann, dessen Ohren erstaunlich weit abstanden. Er machte ein ernstes Gesicht, schien aber geduldig zu antworten. Als Laurens näher kam, hörte er ihn sagen: »Ja, sicher werden wir für sie aussagen, Mirte. Und ich denke, Schwester Josepha wird es auch tun. Sie hat an jenem Abend ebenfalls bei meinem Weib und Frau Alena gestanden. Sogar noch, als es schon laut donnerte und die ersten Tropfen fielen.«

»Ich danke Euch sehr, Herr. Ich wollte Eurem Weib keine Angst machen.«

»Ich weiß, aber man hat einst ihren Bruder eingekerkert, und – je nun, nicht immer siegt die Gerechtigkeit.«

Er verabschiedete sich, und Mirte wandte sich an Laurens.

»Du grinst, als hättest du einen Topf Honig ausgeschleckt.«

»Ich habe Magister Hinrich – ähm – überredet, Frau Alenas Hiersein zu bezeugen.«

»Einfach so?«

»Einfach so.«

Zweifelnd sah Mirte zu ihm auf, aber er lächelte nur.

»Oh, nun gut. Man kann sich offensichtlich auf dich verlassen.«

Laurens fühlte sich unerwartet stolz nach dieser Bemerkung.

»Du scheinst ja auch jemanden überzeugt zu haben«, meinte er mit einem Kopfnicken zum Nebenhaus hin.

»Ja, den Nachbarn. Er ist ein Bandkrämer und war einige Tage unterwegs, seine Waren zu verkaufen. Heute ist er zurückgekommen, und er sagt, an jenem Abend sei er hier gewesen. Er weiß sogar von einer Nonne, die ebenfalls mit Frau Alena geschwatzt hat.«

»Dann will ich meinem Vater berichten. Er wird wissen, was zu tun ist.«

»Weiß er bestimmt.«

»Trotzdem, Mirte, es kann noch ein paar Tage dauern, bis Frau Alena wieder hier ist.«

»Ich hüte das Haus.«

»Gib auf dich acht, Magistra Mirte.«

»Ja. Und danke.«

Beschwingt von seinem Erfolg, machte sich Laurens auf den Heimweg.

## 13

## Seltsame Fundstücke

*3. September 1378,*
*nachmittags*

Mirte sah Laurens nach, der die Gasse hinunterging. So recht wusste sie nicht, was sie von ihm halten sollte. Mit den jungen Männern, mit denen sie bisher zusammengekommen war, hatte sie immer eine kumpelhafte Freundschaft gepflegt, so wie etwa mit Pitter oder Jens, der nachts als Fackelträger arbeitete. Oder sie hatte sie nicht weiter beachtet, weil sie zu dumm oder zu rüpelhaft auftraten. Einmal hatte sie sich allerdings wegen eines Schustergesellen zur Närrin gemacht. Bis sie herausgefunden hatte, dass dessen Schmeicheleien nur darauf zielten, sie zu unsittlichem Tändeln zu verleiten. Und nicht nur sie. Zwei andere Mädchen hatte er dazu gebracht, eine davon hatte nun einen kleinen Bastard im Bauch.

Laurens aber war irgendwie anders als die Gassenjungen und Handwerker-Lehrlinge, die sie bisher kannte. Scholaren, Kaufmannsgehilfen, Patriziersöhne – mit denen hatte sie nie etwas zu tun gehabt. Oder wenn, dann nur als namenlose Botin, die man von hier nach da schickte.

Sie hatte Laurens bisher als einen verweichlichten, hochnäsigen Jüngling eingestuft, und beim ersten Zusammentreffen hatte er sich auch genau so verhalten. Aber Frau Alena hatte ihn in Schutz genommen, und wie es schien, hatte er eine schnelle Auffassungsgabe. Bei den Lektionen über die Himmelsscheibe war Mirte einmal kurz dabeigeblieben, aber sie hatte so gut wie kein Wort von dem verstanden, was Frau Alena Laurens da erklärte, sodass sie sich lieber in den Garten verzog, um Unkraut zu rupfen und Blätter, Samen oder Blüten zu sammeln.

Offensichtlich war Laurens ein heller Kopf.

Einen hübschen Kopf hatte er auch, wenn sie es recht betrachtete.

Eigentlich war er fast noch ansehnlicher als der Schustergeselle. Aber das konnte natürlich auch an der feinen Kleidung liegen, die er trug.

Aber eine Närrin würde sie deshalb noch lange nicht aus sich machen, schloss Mirte ihre Gedanken ab, die in diese Richtung zu schweifen drohten.

Es gab andere, wichtigere Dinge zu bedenken.

Den vergangenen Tag und auch den heutigen hatte sie sich so viele Sorgen um ihre Zukunft gemacht, dass sie sich nicht um ihr Essen, nicht um ihre Kleidung und kaum um Mina gekümmert hatte. Jetzt wo ihr die Last ein wenig von den Schultern genommen worden war, beschloss sie, das Haus für Frau Alenas Rückkehr aufzuräumen und von oben bis unten zu putzen. Mit dem Besen und einem Wischlappen begab sie sich die Stiege hinauf. Ihr eigenes Kämmerchen war schnell gerichtet, aber sie hängte die Decke, unter der sie schlief, zum Lüften im Garten auf und klopfte die Strohmatratze und das Polster gründlich durch.

Das Gleiche wollte sie auch in Frau Alenas Schlafkammer tun.

Mirte hatte den Raum bisher noch nie betreten. Sehr viel aufwändiger als ihr eigener war er nicht eingerichtet, doch es standen zwei große Truhen darin, an dem Haken an der Wand hingen zwei Gewänder aus gutem Tuch, darunter standen zwei Paar Schuhe, sehr fein gearbeitet. Auf einem Ständer befand sich die Waschschüssel, daneben die Wasserkanne, Leinentücher zum Waschen und Abtrocknen hingen über einem hölzernen Gestell. Auch das, was Frau Alena Seife nannte, lag in einem Klumpen in einer Keramikschale. Sie hatte ihr erklärt, wie man dieses schäumende Zeug aus Aschenlauge, Talg und Olivenöl herstellte. Aber selbst gemacht hatte sie die Seife nicht, sondern von einem Italienhändler gekauft.

Mirte schnupperte daran und erfreute sich an dem Rosenduft, der ihr entströmte. Überhaupt, Frau Alena roch immer so gut. Sie hatte viele Kräuter, die in ihrem Garten wuchsen, getrocknet und in Leinenbeutel eingenäht, die sie in die Polster und auch in ihre Kleider steckte. Weshalb es wohl auch kein Ungeziefer in ihrem Haus gab. Das fand Mirte bemerkenswert und eigentlich sehr erfreulich.

Sie trug die Decken und Kissen nach unten, um sie ebenfalls in dem sonnigen Garten zu lüften, und klopfte auch die Matratze aus. Dann aber heftete sich das Teufelchen Neugier plötzlich wieder an ihren Schürzenzipfel und begann, leise in ihr Ohr zu wispern, dass es doch auch ganz gut wäre, den Inhalt der Truhen mal durchzusehen, ob etwas gewaschen, gelüftet oder geflickt werden musste.

»Nein!«, sagte Mirte laut zu sich und dem Teufelchen Neugier und fegte gründlich die Ecken in der Schlafkammer aus. Auch das Bettgestell, die Truhen und das Tischchen neben dem Bett musste man abwischen. Und dabei das Buch anheben, das darauf lag.

Ein seltsames Buch, kleiner als die großen Folianten, die Frau Alena unten band.

Das Teufelchen zupfte an dem Schürzenband.

Ob sie wohl entziffern konnte, was in diesem Buch drinstand?

Mirte klemmte den Wischlappen in den Schürzenbund und griff mit spitzen Fingern nach dem Buch. Es war in braunes Leder eingebunden, ohne Zierrat, nur ganz einfach.

Ein Brevier? Mit hübschen Bildern?

Sie klappte den Deckel auf und staunte. So zierliche kleine Buchstaben hatte sie noch nie gesehen. Und so dünnes, glattes Papier auch nicht. Und wie ebenmäßig die Schrift war. Was für ein Kunstwerk!

Sacht strich sie darüber und zwinkerte dann mit den Augen, um das Wort zu buchstabieren, das auf der ersten Seite stand.

W – ö – r – t – e – r – b – u – c – h.

Wörterbuch. Ja, Wörter standen in einem Buch. Manchmal auch Zahlen, wie sie inzwischen wusste. In den Registerbänden, die die Kaufleute führten, um darin ihre Ausgaben und Einnahmen zu verzeichnen.

Wörter hatten aber viele Bedeutungen. Es gab heilige Wörter, wie Gebete. Und es gab – und hier schauderte Mirte ein wenig – gefährliche Wörter. Zaubersprüche und Flüche.

Was mochten es für Wörter sein, die in diesem Buch standen?

Das Teufelchen Neugier ruckte und zupfte weiter an ihrem Kittel.

Ein Buch mit schadenbringenden Wörtern würde Frau Alena bestimmt nie offen in ihrer Kammer liegen lassen.

Mirte buchstabierte auch die nächste Zeile.

»Mittelhochdeutsch.«

Was mochte das denn nun schon wieder sein?

Neugierig blätterte Mirte weiter und fand die Seiten auf das Allerfeinste beschriftet, doch gänzlich ohne Bilder. Aber manche Wörter waren dicker geschrieben als andere. Und willkürlich begann sie, eines zu entziffern.

»arebeiten – mit Anstrengung streben.«

Ja, das war es wohl – Arbeit war meistens anstrengend.

Sie blätterte weiter, fand andere Wörter, die dick geschrieben waren ihr bekannt, die Erklärungen dazu erschienen ihr meist unverständlich, auch wenn sie hier und da glaubte, Ähnlichkeiten mit ihren gewöhnlichen Ausdrücken zu erkennen.

Es war fast so, als ob dieses Wörterbuch die Beschreibung einer anderen Sprache darstellte.

»Ja, natürlich«, entfuhr es Mirte plötzlich.

Frau Alena kam aus der Fremde, sie drückte sich manchmal eigenartig aus. Sie hatte wohl die Sprache erst hier richtig gelernt. Laurens, so erinnerte sie sich, hatte das Lateinische lernen müssen, so wie es auch die Priester sprachen. Und die fremden Kaufleute und Reisenden, die sie oft genug durch die Straßen der Stadt führte, verständigten sich auch in vielen ausländischen Zungen.

Aber dass es Wörterbücher dazu gab – erstaunlich. Und dann auch noch so fein geschriebene. Das musste eine große Kostbarkeit sein.

Andächtig legte Mirte das Buch wieder auf das Tischchen neben dem Bett.

Das Teufelchen Neugier aber war noch nicht zufrieden.

Ob Frau Alena wohl noch mehr so erstaunliche Bücher besaß?

Man könnte ja mal neue Kräuterbeutel in die Truhen legen. Der Lavendel, den sie neulich geerntet hatte, war inzwischen getrocknet...

Und schon war der Deckel der ersten Truhe aufgeklappt.

Weißes Leinen für Gebende, Strümpfe, und – hoppla, was sollte das denn bedeuten?

Mit unbändigem Staunen hob Mirte eine Bruche aus der Truhe. Eine Bruche? Wozu brauchte Frau Alena eine Männerhose? Und nicht nur eine, nein, gleich fünf Stück besaß sie davon? Trug sie etwa unter ihren Gewändern solche Hosen?

Hilflos kichernd legte Mirte das Kleidungsstück wieder zusammen. Wirklich komische Sitten hatte die Buchbinderin. Frauen trugen Unterkleider – Cotten – und keine Hosen!

Dennoch klaubte sie die Leinenbeutelchen heraus und legte sie beiseite, um sie später mit frischen Kräutern zu füllen. In der anderen Truhe befanden sich ein dicker Umhang, eine Fellweste und andere warme Kleidungsstücke, die im Winter vor der Kälte schützen sollten. Auch hier roch es nach Lavendel, Wolle und Leder. Als Mirte die Kleidungsstücke ausschüttelte, entdeckte sie auf dem Boden der Truhe das zweite Buch.

Und das war noch weitaus seltsamer. Dem Teufelchen Neugier hatte sie keinen Willen mehr entgegenzusetzen, sie nahm es auf und betrachtete den Einband. Schwarz, ganz dünnes Leder, eine Schlaufe an der Seite, in der ein hölzerner Griffel steckte. Sie schlug es auf und erkannte, dass hier Frau Alena mit eigener Hand die Seiten beschriftet hatte. Und zwar nicht mit Feder und Tinte, sondern mit etwas anderem, Schwarzem. Vielleicht dem Griffel?

Ein klein wenig zauderte Mirte, doch dann konnte sie nicht widerstehen. Was schrieb Frau Alena in ein Buch aus so feinem Papier?

Ein Datum.

*»10. Juli 1376«*

Wie pietätlos. Das hieß doch »Im Jahre des Herrn 1376«. Aber nun gut, fremde Sitten eben.

*»Seit drei Tagen bin ich nun hier, und tatsächlich überaus erleichtert, dass meine Nachforschungen in den Schreinsakten mir die richtigen Fakten lieferten. Das Häuschen stand leer, Adrian van Kerpen ist geneigt, es mir zu vermieten. Aber an das Leben in dieser Welt muss ich mich wirklich noch gewöhnen. Vor allem muss ich lernen, meinen Mund zu halten. Himmel, diese dreckige Hebamme mit ihren Schmuddelhänden. Igitt! Kein Wunder, dass die armen Weiber hier bei der Geburt wie die Fliegen sterben. Man muss sich sogar wundern, dass so viele doch noch überleben.«*

Mirte hielt inne. Sie verstand eben gerade die Hälfte von dem, was sie gelesen hatte. Es schien, dass Frau Alena in ihrer eigenen Mundart ihre Eintragungen machte. Sprechen tat sie ja schon so wie alle, wenn auch manchmal mit komischen Formulierungen.

»Wart mal fünf Minuten«, hatte sie neulich gesagt. Was immer Minuten waren. Sie hatte ihr erklärt, eine Minute sei die Zeit, die man benötigt, um zwei Vaterunser zu beten. Aber warum sie das Minuten nannte, konnte sie nicht erklären. Einmal hatte sie auf den Sermon eines Theriakhändlers, der seine Allheilmittel auf dem Alter Markt anpries, gemurmelt: »Ich versteh nur Bahnhof.«

Bahnhof – Mirte hatte nicht nachgefragt, es war wohl auch so ein ausländischer Begriff.

Sie blätterte ein wenig weiter, weil das Teufelchen ihre Finger führte.

»*30. Juli 1376*

*Gestrandet. Mein Gott, gestrandet. Zwei schlaflose Nächte habe ich verbracht, aber ich glaube, nun habe ich eine Lösung gefunden. So könnte es gehen. Ich werde mein Hobby zum Beruf machen, das wird mir helfen, hier zu überleben. Nur gut, dass ich diese Kurse in Buchbinden belegt habe. Ich werde sehen, ob ich das hier auch anwenden kann. Und meinem Namen damit alle Ehre machen. Einen Garten werde ich auch anlegen, aber so wie es aussieht, wird es zwei Jahre dauern, bis ich alles beisammenhabe, um wieder zurückzukehren. Eine aufwändige Arbeit steht mir damit bevor, dieser Lehmboden sieht hart und zäh aus. Ich werde ihn mit Sand und – ach ja – Pferdeäpfeln auflockern.*

*Nun, das wird mich wenigstens ablenken.*

*Denn was hilft's, alles Jammern und Klagen bringen mich nicht weiter.*«

Ratlos schüttelte Mirte den Kopf. Hobby? Was mochte das nun schon wieder sein? Und was war da passiert, dass Frau Alena sich so große Sorgen machen musste? Sie würde sie fragen, wenn sie zurückkam. Oder besser nicht. Es war wirklich nicht recht, dass sie in den Sachen der Buchbinderin herumschnüffelte.

Sorgsam schloss Mirte das Buch wieder und legte es unten in die Truhe, faltete die Kleider wieder ordentlich und legte sie hinein.

Aber wenn Frau Alena wieder aus dem Turm zurückkam, dann würde sie sie wenigstens mal danach fragen, woher sie stammte. Leute, die weit gereist waren, hatten immer aufregende Geschichten zu erzählen. Sie selbst war aus Köln noch nie herausgekommen, außer ein paar Mal bis vor die Stadttore und zwei, drei Mal nach Deutz rüber. Aber die Kaufleute fuhren auf den Schiffen den Rhein hinunter bis zum nördlichen Meer und von dort nach England oder noch viel weiter entfernte Länder. Oder sie fuhren nach Süden, von wo diese ganzen kostbaren Waren stammten, die seltenen Gewürze und zierliches Geschmeide aus dem Morgenland, feinste Glaswaren und Seidenstoffe aus Italien, dunkle Weine und Safran aus dem fernen Spanien.

Manchmal, wenn Mirte unten am Rhein stand und zusah, wie die Schiffe entladen wurden, packte sie der Wunsch, mehr über die weite Welt zu erfahren.

Ja, sie würde Frau Alena bitten, ihr von ihrer Herkunft zu berichten.

So ein Geheimnis konnte das doch nun wirklich nicht sein.

## 14

## Befreiung

*3. September 1378*

Als Laurens seinem Vater später im Kontor berichtete, wie er den störrischen Magister Hinrich – ähm – überredet hatte, seine Aussage zu machen, brach der Ratsherr in schallendes Gelächter aus.

»Ganz fein war das nicht, mein Junge, aber sehr wirkungsvoll. Nun, dann wollen wir mal sehen, wie wir Frau Alena aus dem Frankenturm herausbekommen. Ich habe die Kerkermiete für sie entrichtet, und so bekommt sie wenigstens dreimal am Tag ordentliches Essen, Wein und auch zwei Decken, um sich zu wärmen.«

»Scheint so ungemütlich nicht zu sein, der Kerker.«

»Junge, das würdest du anders sehen, wenn du dort gefangen gehalten würdest.«

Laurens merkte, wie seine Miene wieder verstockt wurde. Er konnte nichts dagegen tun. Ihm gefiel es einfach nicht, wie sehr sein Vater sich um diese Fremde kümmerte, auch wenn sie vermutlich unschuldig war.

»Warum tut Ihr das eigentlich für sie, Herr Vater?«, brach es aus ihm heraus.

Langmütig betrachtete der Ratsherr seinen Sohn.

»Der Begriff der Nächstenliebe sollte dir geläufig sein.«

»Ja, schon. Aber um andere Gefangene kümmert Ihr Euch nicht.«

»Ich kümmere mich sehr wohl um die Fälle, die in meine Verantwortung fallen. Jene, die eine wirkliche Untat begangen haben, müssen bestraft werden, solche, die unschuldig angeklagt werden, erhalten meinen Beistand. Zufällig, mein Sohn, kenne ich Frau Alena und weiß, dass sie keine Brandstifterin ist.«

»Ihr scheint sie verdammt gut zu kennen«, murmelte Laurens trotzig.

»Stört es dich?«

Laurens zuckte zusammen. Sein Vater hatte die Wunde berührt, die er selbst noch gar nicht erkannt hatte. Ja, es störte ihn, dass er ein Weib mit allzu freundlichen Augen betrachtete. Ein Weib, das just drei Monate nach dem Tod seiner Mutter hier in Köln aufgetaucht war. Eine Fremde mit ungewöhnlichen Angewohnheiten, gebildet wie ein Mann.

»Laurens, sie kam von weit her und wünschte, das Häuschen zu mieten. Ich habe ihr Hilfe angeboten, nicht dass sie diese über Gebühr in Anspruch genommen hätte. Nur ihre ersten Aufträge zum Binden von Büchern habe ich ihr erteilt, danach hat sie sich schnell selbst einen guten Ruf als Handwerkerin gemacht. Aber wann immer ich sie traf, habe ich Gefallen an der Unterhaltung mit ihr gefunden.«

Unbehaglich trat Laurens von einem Bein auf das andere. Natürlich hatte sein Vater recht. Aber das änderte nichts an seinen Gefühlen.

»Habe ich Eure Erlaubnis, wieder an die Arbeit zu gehen?«, fragte er daher verschnupft.

Wieder lachte sein Vater leise.

»Wenn du dich schon nach dem Tuchlager sehnst, muss dich meine Haltung sehr verdrießlich stimmen. Nein, Laurens, bleib noch eine kurze Weile bei mir. Ich möchte mit dir noch über eine weitere Frage disputieren.«

»Ja, Herr Vater?«

»Frau Alena aus dem Kerker zu holen ist die eine Sache. Die andere ist, sie zukünftig vor weiterem Ärger dieser Art zu schützen. Wer, mein Junge, steckt hinter diesen Anfeindungen? Du hast mit ihr und der Jungfer Mirte einige Zeit verbracht. Ist dir dabei etwas zu Ohren gekommen?«

Die Tatsache, dass der Ratsherr ihn wie einen Mann um Rat fragte, glättete die gekräuselten Wellen von Laurens' Gemüt unverzüglich, und er setzte sich auf einen einladenden Wink hin auf den zweiten Stuhl vor dem Schreibpult.

»Ich glaube... nein, eigentlich hat Mirte sich umgehört. Also, sie meint, die Hebamme, die Gevatterin Talea, ist diejenige, die solche Gerüchte verbreitet.«

»Gevatterin Talea, eine Wehfrau. Ja, Frau Alena erwähnte sie schon einmal. Sie hatten einen Streit, gleich als sie hier eintraf.«

»Wir haben auch schon überlegt, warum sie so nachtragend ist, Herr Vater. Frau Alena pfuscht ihr doch gar nicht ins Handwerk, sagt Mirte.«

»Hebammen, Laurens, sind für die Weiber so etwas wie Beichtiger. Sie vertrauen ihnen viele Geheimnisse an, die sie einem Mann nie offenbaren würden«, sagte der Ratsherr nachdenklich.

»Ihr denkt, die Gevatterin Talea weiß um ein Geheimnis von Frau Alena, eine Sünde, die sie nie beichten würde?«

»Nein, Junge, so habe ich das nicht gemeint. Ich habe

nicht den Eindruck, dass Frau Alena die Dienste einer Wehfrau benötigt hätte, und wenn, dann sicher nicht die einer Gevatterin Talea.«

»Aber sie hat Geheimnisse.«

»Jedes Weib ist ein Mysterium, Laurens. Das macht sie ja so reizvoll.«

Laurens schluckte. Er wollte, dass die Welt für ihn erklärbar war, von logischen Gesetzen regiert, durchschaubar und ordentlich in Gut und Böse aufgeteilt. Mysterien waren ihm unheimlich.

»Ich finde das gar nicht reizvoll«, murmelte er.

»Mag sein, dennoch sollten wir herausfinden, warum diese Talea üble Gerüchte verbreitet. Sie wünscht ja ganz offensichtlich, dass Frau Alena Schaden zugefügt wird.«

»Sie wollte Frau Alenas Katze als Teufelstier verbrennen«, nuschelte Laurens, der seinem Vater dieses Abenteuer noch nicht berichtet hatte.

»Wie bitte? Erzähl!«

Kopfschüttelnd, aber schweigend hörte ihm sein Vater zu.

»Ihr seid ein Schelmenpaar«, meinte er dann mit einem kleinen Lachen. »Aber sei's drum, es bestätigt nur, dass diese Wehfrau die Quelle allen Übels ist. Und wer zu derartigen Verleumdungen greift, muss vor irgendetwas Angst haben. Man sollte der Gevatterin Talea wohl etwas genauer auf die Finger schauen.«

»Ihr meint, ich solle...«

»Nein, Laurens, nicht du. Und nicht jetzt. Aber du hast mir einige Dinge zum Nachdenken gegeben. Danke, mein Sohn. Und nun darfst du wieder zu deiner Arbeit im Tuchlager zurückkehren.«

»Wie gütig, Herr Vater.« Laurens stand auf, und auch sein Vater erhob sich. Er legte ihm die Hand auf die Schulter und meinte: »Du machst deine Sache nicht schlecht.«

Nicht ganz sicher, worauf sich das Lob bezog, trottete Laurens wieder zu den Stoffballen.

Zwei Tage später forderte sein Vater ihn dann auf, ihn zum Frankenturm zu begleiten und Frau Alena dort abzuholen. Ihre Nachbarin, der Geldwechsler und Schwester Josepha hatten vor dem Turmmeister bezeugt, dass die Buchbinderin an jenem Gewitterabend zu Hause gewesen war und mitnichten einen Brand am Fischmarkt gelegt haben konnte. Außerdem hatten sich noch zwei weitere Zeugen gemeldet, die gesehen hatten, wie die Trümmer des Vierungsturms die Strohdächer entzündet hatten. Auch das Weib, dem Frau Alena geholfen hatte, als es gestürzt war, hatte für sie gutgesagt.

Die Buchbinderin war sehr still, als der Ratsherr sie aus dem Turm geleitete. Ihr Gebende hatte sie abgelegt, ihre roten Haare waren zu einem unordentlichen, kurzen Zopf geflochten, ihr Gewand staubig und fleckig, ihr Gesicht geisterhaft blass. Mit gesenktem Haupt schritt sie zwischen ihren beiden Begleitern die Gasse an der Burgmauer entlang bis zu ihrem Häuschen.

Mirte öffnete ihnen auf das Klopfen, und als sie in der Stube standen, drehte sich die Buchbinderin zu dem Ratsherrn um und sagte mit gebrochener Stimme: »Ich danke Euch, wohledler Herr.«

Und dann schlug sie die Hände vor das Gesicht und begann zu weinen.

Laurens sah Mirte hilflos an, die aber schüttelte den Kopf.

Adrian van Kerpen hingegen wusste, was zu tun war. Er zog Frau Alena an seine Brust, strich ihr sanft über den Rücken und grummelte tröstende Worte.

»Auf, Laurens, wir gehen Wasser holen. Ich will für Frau Alena ein Bad richten.«

Laurens konnte sich kaum von dem Anblick losreißen, den sein Vater und dieses Weib boten. Eng umschlungen standen sie da, und er koste sie, während sie sich an seine Schulter klammerte.

»Laurens!« Mirte zog ihn am Ärmel. »Wasserholen! Da steht der Eimer, vor der Tür ist der Brunnen.«

Sie drückte ihm das Schaff in die Hand und schubste ihn aus dem Haus. Murrend schleppte er viermal Wasser herbei, das ihn Mirte anwies, in den großen Kessel über dem Herdfeuer zu gießen. Sein Vater hatte sich inzwischen neben Frau Alena gesetzt, seinen Arm um ihre Schultern gelegt und redete sanft auf sie ein. Sie sah noch immer völlig verstört aus, und einmal meinte er zu hören, wie sie sagte: »Ich hatte solche Angst, nie wieder nach Hause zu kommen.«

Und dieser Satz entzündete plötzlich den Funken des Mitgefühls in Laurens.

Sie war im Kerker des Turms eingesperrt, beschuldigt einer Tat, die sie nicht begangen hatte, auf die aber die Todesstrafe stand. Sie hatte keine Familie, die für sie sorgte, und dass Freunde und Nachbarn nicht zuverlässig waren, war ihr sicher auch klar geworden. Laurens hätte sich gerne vorgestellt, wie er selbst in dieser Situation irgendeine heldenhafte Tat vollbringen würde – die Flucht aus dem Kerker oder eine flammende, überzeugende Darstellung seiner Unschuld. Aber wenn man es recht betrachtete, war alles das wohl nur machbar, wenn man Helfer hatte.

Hatte man keine, musste man tatsächlich darum bangen, nie wieder nach Hause zu kommen.

Etwas sanfter gestimmt, kehrte Laurens mit dem letzten Eimer Wasser ins Haus zurück und bemerkte, dass sein Vater sich nun alleine mit Mirte unterhielt. Frau Alena schien sich in ihre Kammer begeben zu haben.

»Ja, ein heißes Bad wird ihr guttun«, sagte er eben. »Und sie wird es dir auch vergelten, wenn du dich etwas um sie kümmerst, Jungfer Mirte. Habt ihr genug Geld, um Einkäufe zu tätigen?«

»Ja, Herr, Frau Alena hat eine ordentliche Börse, und ich verdiene mir auch meinen Botenlohn.«

»Dann verlassen wir euch jetzt. Wenn ihr Hilfe braucht, schickt mir Nachricht.«

»Ja, wohledler Herr.« Und dann sah Mirte zu Laurens hin: »Könnte sein, dass es ihr Freude macht, dich weiter im Gebrauch des Astrolabiums zu unterrichten. Sie hat gesagt, dass du ganz helle bist.«

»Ganz helle«, schnaubte Laurens.

»Na, so richtig eine Tranfunzel bist du ja nicht, und wenn's ihr doch hilft, das Stroh in deinem Kopf zum Leuchten zu bringen, dann solltest du dich nicht dagegen wehren.«

»Jungfer Mirte, du wetzt deine scharfe Zunge recht kräftig an meinem Sohn«, erklärte der Ratsherr.

»Er verträgt es. Stimmt's, Laurens? Er ist aus härterem Holz geschnitzt, als man annehmen möchte.«

»Hartes Holz brennt hell und lange«, erwiderte Laurens und grinste.

Manchmal konnte diese Mirte fast nett sein.

## 15

## Geständnisse

*5. September 1378,
nachmittags*

Mirte hatte den Zuber mit dem heißen Wasser gefüllt, kühles hinzugegossen und ein paar Blütenblätter hineingetan. Duftschwaden zogen durch die Stube, und sie erklomm die Stiege, um Frau Alena zu melden, dass ihr Bad bereit war. Sie fand sie auf ihrer Bettkante sitzend, die Hände im Schoß gefaltet. Ob sie wohl betete? Sie zögerte, sie zu stören, doch dann würde das Wasser wieder abkühlen.

»Frau Alena«, flüsterte sie also vorsichtig.

Die Buchbinderin sah auf.

»Ich habe Euch ein Bad gerichtet. Kommt, ich helfe Euch, die Haare zu waschen. Sie sind ganz ohne Glanz.«

»Ja, ja, das wird gut sein.«

»Und frische Kleider wollt Ihr bestimmt auch anziehen.«

»Ja, sicher.«

Müde stand sie auf und nahm Handtücher und ihre Seife auf. Mirte hob die saubere Cotte vom Haken und das hellbraune Gewand, das daneben hing. Dann folgte sie Frau Alena nach unten und half ihr, sich zu entkleiden. Als sie im Zuber saß, wusch sie ihr schweigend die Haare und trug dann die Kleider fort, um sie später am Brunnen zu waschen. Danach machte sie sich in der Vorratskammer zu schaffen, schnitt Brot in Scheiben, raspelte eine Gurke und eine Möhre in eine Schale und würzte sie mit etwas Öl, Essig und Pimpernelle, wie Frau Alena es mochte, legte ein wenig von dem reifen Käse dazu und füllte einen Becher mit gewürztem Wein, den sie vor einigen Tagen angesetzt hatte.

Inzwischen hatte Frau Alena sich abgetrocknet, die Kleider angelegt und war dabei, sich die Haare auszukämmen. Sie waren nicht so lang wie Mirtes, reichten ihr nur bis gerade über die Schultern, als hätte sie sie vor einer Weile kurz abgeschnitten. Dann setzte sie sich an den Tisch und aß schweigend auf, was Mirte ihr vorsetzte. Schließlich legte sie mit einem Seufzer den Löffel nieder.

»War es so schrecklich, Frau Alena?«

»Schrecklich genug. Nein, sie haben mich nicht schlecht behandelt, Mirte, und da der Ratsherr für mein Essen bezahlt hat, brauchte ich nicht Not zu leiden. Aber ich hatte solche Angst, Mirte. Solche Angst!«

Sie zitterte wieder, und Mirte setzte sich dicht neben sie. Auf leisen Pfoten kam auch Mina angeschlichen, hüpfte auf die Bank und maunzte leise, als sie auf Alenas Schoß kroch.

»Mina – sie haben sie nicht erwischt, Gott sei Dank!«

»Nein, sie hatte sich unter den Büschen versteckt. Sie ist ein kluges Tier.«

»Ja, das ist sie.«

»Frau Alena...?«

»Ja, Mirte?«

»Der Herr van Kerpen hat Euch sicher gesagt, dass die Gevatterin Talea Euch beschuldigt hat.«

»Ja, das sagte er. Und ich muss nicht nur ihm, sondern

auch dir und Laurens unendlich dankbar sein. Ich weiß nicht, wie ich euch eure Hilfe und Freundschaft vergelten kann.«

»Das braucht Ihr auch diesmal nicht. Aber Ihr solltet einem von uns ein wenig mehr vertrauen. Die Gevatterin Talea wird nicht aufhören, Euch schaden zu wollen. Wir müssen herausfinden, warum sie das tut. Und dazu müsstet Ihr uns erzählen, womit Ihr ihren Hass bewirkt habt. Frau Alena, hängt es mit Eurer Herkunft zusammen?«

»Das mag sein. Ja, das ist der eigentliche Grund. Aber...« Frau Alena schüttelte den Kopf. »Es ist zu schwierig, das zu verstehen, fürchte ich.«

»Wenn schon. Hört, Laurens ist wirklich nicht dumm, und der Ratsherr, der Euch sehr wohlgeneigt ist, scheint mir ein sehr kluger Mann zu sein. Und ich habe schon mit vielen eigenartigen Menschen zu tun gehabt. Viele Reisende, Fremde aus fernen Ländern, mit wunderlichen Sitten und Angewohnheiten, einige waren noch nicht mal Christen, sondern Mauren oder gar Heiden. Versucht es doch, uns oder – wenn Ihr wollt – auch nur mir zu erklären, was Ihr meint, verbergen zu müssen.«

Frau Alena sah aus der offenen Hintertür hinaus in den sonnigen Garten, in dem zwischen den farbenprächtigen Blüten die Bienen summten.

»Der Garten der Zeit«, sagte sie leise. »Das da ist der Garten der Zeit. Vor einigen Jahren, Mirte, fand ich ein uraltes Buch, ein Kräuterbuch, wie es zunächst erschien. Ich hatte mich schon immer für Kräuter interessiert, weil ich meine Speisen gerne mit ihnen würzte. Manche, das wusste ich auch schon, haben Heilkräfte. Andere halten Ungeziefer fern, manche duften einfach nur schön. Aber in dem Buch standen auch noch ganz andere Dinge über diese Pflanzen verzeichnet.«

»Zaubermittel?«

»Wenn du so willst – ja, ein Zaubermittel.«

Mirte hielt dem Blick stand, mit dem Frau Alena sie nun ansah. Nein, sie hatte keine Angst vor ihr.

»Dann habt Ihr einen Zaubergarten angelegt.«

»Ja, Mirte, ich habe einen Zaubergarten angelegt.«

»Und Gevatterin Talea weiß das?«

Frau Alena schnaubte.

»Die weiß gar nichts. Die weiß weniger als nichts. Das ist es ja, was sie so gefährlich macht. Zauber, Mirte, wirkt ganz anders, als ihr es euch vorstellt.«

»Ihr wirkt ihn mit Wörtern?«

»Mit Wörtern? Nein. Wie kommst du darauf?«

»Weil... ich habe... na ja, ich wollte Eure Kammer schön sauber machen. Und ich sah das Büchlein...«

»Das Büchlein? Oh, ich verstehe, das ›Mittelhochdeutsche Wörterbuch‹. Nein, damit zaubert man auch nicht. Das brauchte ich, um mich hier verständlich zu machen und zu verstehen, was man spricht. Aber gut, ich werde versuchen, dir zu erklären, woher ich komme. Ob du es glauben kannst, wird sich zeigen. Nur versprich mir eins – selbst wenn du mich anschließend für eine durchgeknallte Irre hältst –, rede nicht darüber. Zumindest sechs Wochen lang nicht.«

»Was mag nun schon wieder eine durchgeknallte Irre sein? Ihr verwendet manchmal sehr seltsame Ausdrücke, Frau Alena. Vermutlich meint Ihr wohl ein Weib von Witz und Sinnen.«

»So kann man es auch nennen.«

»Ich verspreche Euch zu schweigen, und ich glaube auch nicht, dass Ihr von Sinnen seid.«

Frau Alena schnaufte. Dann straffte sie ihre Schultern und sagte: »Mirte, ich stamme nicht aus einem anderen Land, sondern aus einer anderen Zeit. Ich verließ sie im Jahre des Herrn 2008.«

Mirte klappte den Mund auf und dann wieder zu.

»Äh.«

»Ja, ich weiß, es hört sich wie ein Hirngespinst an, aber es ist wahr – sechshundertdreißig Jahre von heute entfernt habe ich gelebt, und wäre alles gut gegangen, wäre ich auch schon lange wieder dort.«

»Ähm«, mehr wollte nicht über Mirtes Lippen kommen. Dann schüttelte sie sich und stammelte: »Warum? Warum, Frau Alena?«

»Warum ich gekommen bin?«

»Ja. Und wie? So wie Thomas der Reimer? Habt Ihr eine Fee getroffen? In einem Garten?«

Jetzt war es an Frau Alena, fassungslos dreinzuschauen.

»Tom der Reimer?« Und dann fing sie an zu lachen. »Mirte, warum habe ich je an dir gezweifelt. Du kennst die Geschichte von Tom dem Reimer?«

»Ja, die hat uns mal einer in der Taverne vorgetragen. Ein Englandfahrer. Seid Ihr auch von einer Fee entführt worden?«

»Nicht ganz. Denn dies hier ist ja nicht das Feenland oder die Anderwelt. Aber ganz offensichtlich ist dir das Konzept der Zeitreise nicht ganz unbekannt.«

Konzept und Zeitreise, na gut. Aber trotz dieser komischen Wörter hatte Mirte plötzlich eine Erkenntnis.

»Thomas der Reimer hat immer die Wahrheit gesagt,

hieß es in der Geschichte. Er wusste, was geschehen würde. So wie Ihr auch, nicht wahr? Ich meine, mit dem Brand und so.«

»Auch so ähnlich.« Frau Alena stand auf und goss sich noch einen Becher Würzwein ein, nahm einen zweiten und reichte ihn Mirte. »Ich glaube, ich muss es einfach jemandem erzählen. Ich habe fast zwei Jahre geschwiegen und mir große Mühe gegeben, mich an das Leben hier anzupassen. Aber manchmal war es schier unerträglich schwer.«

»Ihr müsst Euch sehr fremd gefühlt haben.«

»Ja, Liebes, das war das Schlimmste daran. An manchen Tagen wollte ich fast verzweifeln. Aber besser, ich fange von vorne an, nicht wahr?«

Mirte nippte an dem mit Honig und Gewürzen versetzten süßen Wein und lehnte sich zurück. Eine Geschichte. Sie liebte Geschichten, und Frau Alena würde eine ganz besonders ungewöhnliche berichten.

»Ich fand das Buch über die Kräuter, Mirte, in einem verstaubten Archiv. Es stammt aus einer Zeit noch vor der heutigen, und es war recht mühsam, es zu entziffern. Vermutlich hat sich keiner von meinen Zeitgenossen je die Mühe gemacht herauszufinden, wovon es handelte. Kräuterbücher, Rezeptbücher sind nicht besonders wichtig, dachte man wohl, aber mich interessierte es. Es beinhaltete überwiegend sehr nützliche Hinweise zum Gebrauch von Pflanzen, ihren Wurzeln, Blüten und Samen, und weil ich einen kleinen Garten besaß, habe ich angefangen, darin diese Pflanzen anzubauen.«

»So einen wie hier draußen?«

»Ja, ganz ähnlich. Und dann stieß ich eines Tages auf ein sehr ungewöhnliches Rezept für ein Räuchermittel. Ich hatte damit auch schon ein wenig herumgespielt – ich habe es gerne, wenn es im Haus gut riecht, weißt du.«

»Oh ja, und hier riecht es immer frisch und sauber. Das habe ich schrecklich gerne.«

»Ich auch. Na, jedenfalls war diesem besonderen Rezept auch eine astrologische Skizze beigefügt, die auf eine ganz bestimmte Konstellation von Mond, Sonne, Mars und Jupiter hinwies. Ich dachte erst, das sei eine Angabe, wann diese Pflanzen gesät oder geerntet werden sollten, aber das passte alles nicht zusammen. Und es passte auch nicht zu dem Hinweis, dass man diesen Weihrauch nur an ganz bestimmten Stellen verbrennen sollte. Noch eigenartiger kamen mir die Mischungsverhältnisse vor, die für die getrockneten Samen, Wurzeln und Blätter der Pflanzen genannt wurden. Besonders viel Wert auf Wohlgeruch schien der Verfasser nicht gelegt zu haben, sondern er schrieb immer etwas mir zunächst Unverständliches von Sonnenumläufen dazu. Es hat eine ganze Weile gedauert, bis mir die Bedeutung aufging, dass es sich um Zeiträume handeln musste. Außerdem fragte ich mich, warum der Verfasser die Mischung ›Propheten-Rauch‹ nannte und den neunzigsten Psalm zitierte: ›Denn tausend Jahre sind vor dir wie der Tag, der gestern vergangen ist, und wie eine Nachtwache. Du lässest sie dahinfahren wie einen Strom, sie sind wie ein Schlaf, wie ein Gras, das am Morgen noch sprosst.‹ Deswegen vermutete ich zunächst, dass der Rauch möglicherweise hellsichtig machen könnte oder die Möglichkeit eröffnete, zukünftige Ereignisse vorherzusehen. Aber als ich die Texte dann noch einmal unter diesem Blickwinkel las, tat sich für mich ein gewaltiges Wunder auf – man konnte offensichtlich mit dieser Kräutermischung unter gewissen Umständen durch die Zeit reisen.«

»Und dann habt Ihr das gleich getan?«

»Oh nein, Mirte. Ich habe das Buch weggelegt und mir geschworen, nie wieder daran zu denken. Es liegt eine gewaltige Gefahr darin, sich in eine andere Zeit zu begeben, denn was immer man tut, kann die Geschichte verändern. Stell dir vor, du triffst einen Vorfahren von dir und verursachst durch ein Missgeschick seinen Tod. Dann löschst du deine eigene Existenz aus. Nein, leichtfertig reist man nicht durch die Zeit. Und leicht ist es auch nicht.«

»Und dennoch seid Ihr hier.«

»Ja, dennoch bin ich hier.« Frau Alena seufzte noch einmal. »Es wäre besser, ich hätte es nicht getan. Aber...«

Von großem Verständnis gepackt, seufzte auch Mirte.

»Das Teufelchen Neugier, was?«

»Das kennst du auch?«

»Zupft oft genug an meiner Schürze. Zum Beispiel als ich Euren Brief dem Ratsherrn gebracht hatte. Oder als ich Eure Kammer sauber gemacht habe.«

»Ja, es kam das eine zum anderen, und plötzlich erschien es mir eine ausgesprochen gute Idee, diesen Weihrauch herzustellen und seine Wirkung auszuprobieren. Ich habe nicht allzu fest daran geglaubt, Mirte. Aber ich habe Sicherheitsvorkehrungen getroffen. Eine davon war herauszufinden, wo ich wohnen konnte. Die Schreinsakten, die vom Rat geführt werden, fand ich im Archiv und suchte mir ein Haus, das zu der Zeit, in die ich reisen wollte, keinen Bewohner hatte. Ich besorgte mir alte Goldmünzen, damit ich bezahlen konnte, was immer ich brauchte, Kleider, wie sie hier und heute getragen werden, das Astrolabium, um den richtigen Zeitpunkt für die Rückkehr bestimmen zu können, und vieles andere mehr.«

»Ist es sehr anders in sechshundert Jahren?«

»Sehr, Mirte. Ungeheuer viel hat sich geändert. Nur die Menschen sind geblieben mit all ihren Launen und Gefühlen, ihren Zweifeln und ihrem Glauben.«

»Und woher wusstet Ihr dann, wie alles hier ist?«

»Weil das mein Beruf ist, Mirte. Ich habe die Historie studiert.«

»Studiert? Ihr? Ein Weib?«

»Oh ja, das ist eine der Änderungen, die sich ergeben haben. Frauen studieren und sind in vielen Berufen tätig. In meiner Welt nennt man mich sogar Doktor Alena. Und ich war dabei, eine gelehrte Abhandlung über das Leben der Frauen in den mittelalterlichen Städten zu schreiben, als ich auf diesen Weihrauch mit seinen Möglichkeiten stieß. Du kannst dir gar nicht vorstellen, wie verlockend es plötzlich für mich war, eine echte Feldforschung zu betreiben. Ähm – mir das alles live anzusehen. Ähm – also die Zeit selbst zu erleben.«

Mirte war gefesselt, und zahllose Fragen wollte sie auf einmal stellen. Aber sie merkte, dass Frau Alena erschöpft aussah.

»Ich verstehe Euch ein bisschen mehr. Ja, Ihr seid eine Fremde, und natürlich habt Ihr hier weder Familie noch Freunde.«

»Es scheint, als hätte ich doch eine Freundin gefunden.«

Mirte schmiegte ihren Kopf an Frau Alenas Schulter und wurde in den Arm genommen. Das hatte schon seit Jahren niemand mehr getan. Ihre Mutter war keine besonders zärtliche Frau gewesen, nur ihre Schwester hatte sie dann und wann getröstet, wenn der Vater sie wieder verprügelt hatte. Eine Weile saß sie ganz still und von Gefühlen überwältigt da.

Dann hob sie den Kopf.

»Werdet Ihr zurückkehren?«

»Ja, Mirte. Ich bin schon viel zu lange hier. Du hast ja selbst gemerkt, wie gefährlich es für mich ist.«

»Warum seid Ihr dann überhaupt so lange geblieben, Frau Alena? Ich meine, die Neugier ist es doch jetzt nicht mehr.«

Frau Alena lachte leise.

»Och, neugierig bin ich noch immer, und aufregend finde ich es auch in dieser Zeit. Aber ich wollte nur einen Monat bleiben, so war es berechnet. Aber dann ist ein Unglück geschehen, und der Weg wurde mir versperrt. Erst jetzt wird er für mich wieder gangbar sein.«

»Was für ein Unglück?«

»Ich hatte mir eine Weihrauchmischung mitgenommen, die mich wieder in meine Zeit führen sollte, Mirte. Aber dieser Weihrauch wurde vernichtet. Immerhin war ich so klug, für diesen Fall auch die Samen all der Pflanzen mitzunehmen, die ich benötigte, um ihn erneut herzustellen. Nur – die meisten Pflanzen, die man dafür benötigt, tragen erst nach zwei Jahren Blüten und Früchte. Sie wachsen alle hier in dem Garten, Mirte – das ist der Garten der Zeit. Und in wenigen Wochen stehen auch die Gestirne wieder günstig. Dann werde ich mich auf den Heimweg machen. Hoffentlich.«

Frau Alena stand auf und trat hinaus in den Garten, in dem sich jetzt die Abendsonne fing. Sie zupfte hier ein Blättchen ab, dann dort eines. Zerrieb sie zwischen den Fingern und roch daran.

Mirte blieb still in der Stube sitzen und schaute ihr nach. Ihre Vorstellungskraft war groß, und ihr Vermögen, sich in die Buchbinderin zu versetzen, weckte ein schmerzliches Mitgefühl in ihr. Es fiel ihr nicht schwer, ihr zu glauben. Vieles war möglich, bestimmt. Gebete wurden erhört, Heilige wirkten Wunder, die Berührung von Reliquien konnte Kranke heilen. Alles das geschah selten und sicher auch immer unter ganz besonderen Bedingungen. Warum also sollte eine so starke und kluge Frau wie Alena nicht auch durch die Zeit gereist sein? Es erklärte zumindest viele seltsame Dinge. Es gab Geschichten darüber, genau wie es über jene anderen Wunder Geschichten gab. Manche standen sogar in der Bibel.

Bestimmt würde ihr Frau Alena mehr darüber erzählen, aber heute wirkte sie so erschöpft, dass Mirte sich nicht traute, sie weiter auszufragen.

Morgen aber, oh ja, morgen wollte sie noch mehr wissen. Und was sie alles fragen wollte, das würde sie sich jetzt überlegen.

# 16

# Aus dem Tagebuch
# von Frau Dr. Alena Buchbinder

*7. September 1378*

*Soll ich lachen oder weinen? Ich wollte wissen, wie sich das vierzehnte Jahrhundert anfühlt. Jetzt weiß ich es ganz genau. Vor allem weiß ich jetzt, was Kerkerhaft bedeutet. Eine Erfahrung, die ich nicht wiederholen möchte. Obwohl ich mit den beiden Ratten in dem fauligen Stroh schon fast Freundschaft geschlossen hatte.*

*Irgendwann, wenn ich etwas mehr Abstand zu diesen angsterfüllten Tagen habe, werde ich darüber einen Bericht verfassen, nüchtern, distanziert, wissenschaftlich. Aber noch sitzt mir das Grauen zu tief in den Knochen. Tage voller Todesangst zehren die Seele auf.*

*Und darum habe ich wohl alle Vorsicht fahren lassen und habe Mirte, der fürsorglichen, tapferen, selbstlosen Mirte, meine Herkunft gebeichtet. Wie gelassen sie es aufnahm. Der Wunderglaube birgt offensichtlich doch Vorteile.*

*Aber was ansonsten hier gelaufen ist – unbeschreiblich.*

*Ich habe es ja geahnt, dass diese dämliche Vorhersage Folgen haben würde. Und wie gefährlich das Mobbing hierzulande ist, habe ich jetzt am eigenen Leib erfahren.*

*Brandstiftung haben sie mir unterstellt. Diese elende Talea mit ihren schmierigen Fingern und ihrer Tratscherei.*

*Was mich weit mehr erschüttert, als ich es für möglich gehalten hatte, war die Anklage wegen Brandstiftung. Ich hatte Angst, man würde mir Zauberei unterstellen, aber Brandstiftung? Es ist unfassbar, zu welch wirren Vorstellungen die Menschen kommen, wenn sie jemandem die Schuld an ihrem Unglück zuweisen wollen.*

*Ich kann nur hoffen, dass sie jetzt Ruhe gibt, nachdem meine Unschuld bewiesen ist.*

*Nur noch neununddreißig Tage, dann ist es so weit.*

*Neununddreißig Tage muss ich durchhalten, mich so unauffällig wie möglich verhalten, niemandem auf die Zehen treten, gleichgültig welchen Anfeindungen ich ausgesetzt bin. Dann kann ich heimkehren.*

*Trotzdem – wie gerne würde ich dieser Engelmacherin das Handwerk legen. Nur was hilft's – ich bin nicht mehr hier, wenn sie meine Aussage brauchen.*

*Auch wenn bitterschwarze Wut in mir hochkocht – ich muss sie gewähren lassen.*

*Ich habe Mirte erlaubt, Laurens von meiner Herkunft zu berichten. Er wird daran zu knabbern haben, denn so leicht wird er es nicht akzeptieren. Ich habe ja auch bis zum letzten Augenblick an der Wirkung des Weihrauchs gezweifelt.*

*Er wird es vielleicht seinem Vater sagen.*

*Ich würde mich auch gerne Adrian anvertrauen. Als ich vorgestern an seiner Schulter lehnte, wurde mir bewusst, wie sehr ich mich nach ihm sehne. Ich mag ihn, diesen weitblickenden Ratsherrn. Mein Leben hat in den letzten Jahren wenig an Zärtlichkeit enthalten.*

*Er hat mir angeboten, in seinem Haus zu wohnen, weil ich*

*hier nicht mehr sicher bin. Aber das Angebot musste ich ausschlagen. Zum einen, weil hier mein Garten ist und ich nun endlich meinen Weihrauch herstellen kann. Und zum anderen ... sei ehrlich, Alena, der Mann ist viel zu sexy, um mit ihm unter einem Dach zu leben.*

*Denn ich muss zurück.*

*Am fünfzehnten Oktober kehre ich heim.*

*Oh Mann, wie soll ich die zwei Jahre »Forschungsreise« erklären?*

# 17

# Unglauben

*11. September 1378*

Laurens hatte den Nachmittag im Kloster zusammen mit Bruder Lodewig verbracht und höchst angeregt mit ihm über einigen Schriften zur Himmelskunde gesessen. Vor allem über die immer wieder im August auftretenden Erscheinungen der fallenden Sterne hatten sie disputiert. Jeden Abend im August war dieses Schauspiel zu beobachten – »die Tränen des heiligen Laurentius« nannte man sie, nach dem Märtyrer, der auf einem glühenden Rost hingerichtet worden war. Die Meinungen, woher sie stammten, waren sehr unterschiedlich. Er selbst neigte zu der Erklärung, dass es Teile von Sternen waren, die wie Kerzen leuchteten und deren Dochte hin und wieder geputzt wurden, sodass die Schnuppen wie Fünkchen über das Firmament zogen. Andere Gelehrte waren der Meinung, dass sie irdischen Ursprungs waren, etwa Lichterscheinungen aus feuerspeienden Bergen oder eine Art steinerner Hagel, der sich in großer Höhe in den Wolken bildete.

Noch wesentlich aufregender allerdings waren die Schweifsterne, die zu gänzlich unregelmäßigen Zeiten am Himmel erschienen. So etwa wie der Stern von Bethlehem.

Natürlich waren das Zeichen Gottes, die die Menschen führten, aber irgendwoher mussten sie ja kommen, und irgendwohin verschwanden sie wieder. Über dieses Phänomen wollten Lodewig und er bei nächster Gelegenheit Nachforschungen betreiben.

In Sinnen versunken, schlenderte Laurens zum Rhein hinunter, um noch eine Weile seine Gedanken zu ordnen, bevor er nach Hause zurückkehrte. Doch die Ruhe war ihm nicht vergönnt.

»Laurens! Laurens, so warte doch!«

Er blieb stehen und wäre beinahe mit einer Wäscherin zusammengeprallt, die ihren schweren Korb mit gebleichten Tüchern am Arm trug. Sie hatte einige sehr herbe Worte für ihn übrig.

»Döskopp«, sagte auch Mirte zu ihm, aber sie lächelte dabei. »Grillen fangen an einem schönen Sommerabend, Laurens?«

»Ich habe wichtige Thesen zu bedenken.«

»Ja, ich sehe es. Deine Stirn liegt in Falten, und die ersten grauen Haare sprießen schon an deinen Schläfen. Wird Zeit, dass du mal auf dumme Gedanken kommst.«

Sie hängte sich in seinen Arm ein und zerrte ihn vom Ufer fort. Unwillig entwand er sich ihr.

»Was soll das, Mirte? Kannst du einen Mann nicht in Ruhe lassen?«

»Richtige Männer lasse ich immer in Ruhe.« Herausfordernd grinste sie ihn an.

Also gut, sie wollte zanken. Irgendwie fand Laurens das inzwischen sogar ganz lustig.

»Dreiste Maiden sollten auch keine jungen Herren belästigen.«

»Siehst du hier irgendwo einen Herrn?«

»Ich sehe vor allem eine dreiste Maid!«

Er zupfte sie an ihrem Zopf, und sie kicherte.

»Schon viel besser. Jetzt sind die grämlichen Falten weg, und jetzt kannst du mich auch auf einen Becher Apfelwein im Gasthaus ›Zum Adler‹ einladen.«

»Warum sollte ich das tun?«

»Weil ich durstig bin?«

»Hat Frau Alena kein Wasser mehr?«

»Doch, Wasser, Würzwein, Kräuteraufgüsse. Aber ich muss mit dir reden, Laurens, und das würde ich gerne im Adler tun. Wenn du kein Geld hast – ich hab ein paar Münzen verdient heute Nachmittag.«

»Schon gut. Wär ja noch schlimmer, wenn ich mich von einer dreisten Maid freihalten lassen würde. Im Adler gibt es einen guten Eintopf, hört man.«

»Ja, und einen guten Geschichtenerzähler.«

»Ich dachte, du wolltest mir eine Geschichte erzählen?«

»Ich auch, aber er zuerst.«

Einträchtig wanderten sie am Rheinufer entlang und bogen dann kurz vor der Stadtmauer in das Gewirr der Gässchen ab. Der Gasthof »Zum Adler« lag nahe dem Eigelsteintor und wurde daher gerne und viel von den Reisenden aufgesucht. Außerdem war eine Schmiede angeschlossen, und die Wirtin hatte den Ruf, wenn auch selbst eine Kratzbürste zu sein, so doch reichhaltiges Essen zu kochen und ein ausgezeichnetes Bier zu brauen.

Im Schankraum herrschte, wie zu dieser Abendstunde zu erwarten, ein reges Treiben. Fuhrleute, Rheinschiffer, Handwerker, Scholaren, Händler aller Art hatten sich an langen Bänken niedergelassen und verleibten sich dicke Brote mit

Schinken, kaltem Braten oder Käse ein, Schüsseln mit einem Brei aus Fleisch und Gemüse wurden herumgereicht, zwei Mägde brachten Kannen mit Bier und anderen Getränken an die Tische, der Duft von Gebratenem hing im Raum, über die mehr oder minder lautstarke Unterhaltung hin trillerte ein Flötenspieler seine Liedchen, und eine schrille Stimme schimpfte den Schmied einen lahmen Tropf, der besser seinen Hintern in die Werkstatt bewegen sollte, statt ihn am Herdfeuer platt zu sitzen und die besten Stücke vom Kapaun zu fressen. Das Gekeife ging in Gelächter über, und mit roten Wangen stob Frau Franziska, die Wirtin, aus der Küche.

»Himmel, was für eine Kneifzange«, sagte Laurens.

»Die haben erst vor einem Jahr geheiratet«, erklärte Mirte. »Die meinen das nicht so. Die sind sich sehr zugetan.«

»Na, wenn das Zuneigung ist...?«

»Gibt wohl unterschiedliche Formen. Schau, da drüben wird ein Platz frei. Und wie schön, Meister Klingsohr ist auch da.« Mirte wies auf den Flötenspieler, der gerade einen Humpen Bier und ein Schmalzbrot von der Wirtin gereicht bekam.

Als Laurens sich neben Mirte auf die Bank gequetscht hatte, kam Frau Franziska auch sogleich zu ihnen und begrüßte Mirte freundlich mit Namen.

»Alle Päckelches abgeliefert? Und hungrig wie ein Tretmühlenarbeiter, was? Gibt einen feinen Erbsentopf, in den sich das Beste vom Schwein hineinverirrt hat. Schöne dicke Fettaugen lachen mich aus dem Kessel an. Sollen sie dir auch zuzwinkern oder reichen dir die schönen Augen dieses hübschen Jünglings?«

»Der magere Kerl – zum Anbeißen ist der noch nicht, Frau Wirtin. Bringt uns zwei Portionen aus dem Kessel und von Eurem Apfelwein.«

»Und tut etwas Honig hinein, Frau Wirtin, damit dieses magere Hühnchen einen sanfteren Schnabel bekommt.«

»Da hört Euch den an, Frau Wirtin. Dem passt mein Schnabel nicht.«

»Und Euch seine schönen Augen nicht, Mirte.« Frau Franziska stemmte die Hände in die Hüften und sah von einem zum andern. »Das sieht mir ganz nach einer kleinen Liebelei aus.«

»Nach der Art der Kratzbürsten, genau«, bestätigte Laurens und war recht zufrieden mit sich, als Mirte ihm in die Rippen knuffte. Ja, doch, allmählich fand er Gefallen an ihren Neckereien. Es war auch nicht allzu arg hier in dem Gasthaus. Er besuchte nicht oft die Tavernen, weil ihm das raue Gebaren dort wenig zusagte. Hin und wieder ging er mit den Gesellen seines Vaters auf einen Schoppen aus, aber wesentlich lieber saß er über seinen Studien oder unterhielt sich mit den gebildeten Mönchen in Groß Sankt Martin.

Das Essen war hier allerdings wirklich vortrefflich, der Apfelwein süß und süffig und die Gäste weniger ungehobelt als in den Hafenschenken. Als Mirte ihren Napf leergelöffelt hatte, stand sie auf und setzte sich zum Flötenspieler. Laurens beobachtete, wie sie auf ihn einredete, schmeichelte und lächelte und ihm schließlich ein Geldstück in die schwielige Hand drückte. Er war ein buckeliger Gnom mit wirren braungrauen Haaren und einer roten Knollennase, aber als er den Mund öffnete, verstummten augenblicklich alle Gespräche. Er hatte eine schöne, klare Stimme und setzte seine Worte mit ruhiger Gewandtheit.

»Tief im Wald, drüben in den sieben Bergen, findet man das Kloster Heisterbach, in dem sich eine ungeheuerliche Geschichte zugetragen hat.« Einige Triller auf seiner Flöte ließen an die Gesänge der Vögel denken. Doch gleich darauf fuhr er mit seiner wohlklingenden Stimme fort, und augenblicklich wurde Laurens in den Bann seiner Geschichte gezogen.

»In diesem stillen Kloster lebte einst ein Mönch, ein großer Gelehrter der Heiligen Schrift. Auch andere Wissenschaften betrieb er, immer auf der Suche nach einer Erklärung für Gottes Schöpfung. Doch wie das bei so gelehrten Männern ist, verrannte er sich mehr und mehr darin, und nagende Zweifel versetzten ihn in beständige Unruhe. Was immer er einst geglaubt hatte, stellte er infrage. Ja, an Gott selbst begann er zu zweifeln, und die Worte der Heiligen Schrift erschienen ihm wie unlösbare Rätsel. Vor allem verwirrte ihn der Psalmenspruch: ›Tausend Jahre sind vor Gott wie ein Tag.‹ Versunken in seine Grübeleien, wanderte der Mönch eines Tages im Klostergarten umher. Hier aber riss ihn der Gesang eines ihm unbekannten Vogels aus seinen Gedanken, und er verließ den ummauerten Garten und folgte dem aufflatternden Vogel tiefer und tiefer in den Wald hinein.«

Wieder ließ Meister Klingsohr sein Flötenspiel ertönen, das an das Tirilieren und Jubilieren der gefiederten Sänger gemahnte. Dann setzte er das Instrument ab und berichtete weiter:

»Bald schon wusste der Mönch nicht mehr, wo er sich befand, und schließlich wurde er müde. Auf einem Baumstumpf setzte er sich nieder und schlummerte auch gleich darauf ein. Erst als ein Windhauch sein bloßes Haupt berührte, erwachte er wieder und erinnerte sich daran, dass es

Zeit war zurückzugehen. Er fand den Weg zum Kloster und betrat den Garten. Doch hier packte ihn das Erstaunen. Es hatte sich so vieles verwandelt hier – andere Bäume wuchsen dort, neue Gebäude waren errichtet worden, selbst die Klosterkirche hatte einen Anbau erhalten. Bestürzung packte den Mönch, er trat auf einen Bruder zu, der sich in den Beeten zu schaffen machte, und fragte ihn, warum alles so verändert sei. Doch der lachte nur und meinte, er sei nun schon seit zwanzig Jahren im Kloster, und nichts habe sich in dieser Zeit besonders verändert. Und dann fragte er neugierig, woher er denn käme, dass ihm das sonderbar erschien. Das verwirrte den Mönch noch weit mehr, und er eilte auf die Kirche zu, um über das Wunderliche nachzudenken.«

Meister Klingsohr stimmte mit seiner Flöte eine getragene Melodie an, die wie der Gesang der Psalmen klang. Er schloss jedoch mit einem kleinen, mutwilligen Triller und fuhr fort:

»In der Kirche hatten sich alle Brüder zum Gebet versammelt, doch als der Mönch sich umsah, erkannte er keinen von ihnen. Schließlich trat der Abt auf ihn zu und grüßte ihn als Fremden. Der Mönch begehrte auf und sagte, er sei doch kein Fremder, sondern nur eben kurz in den Wald gegangen. Verwundert schüttelte der Abt den Kopf und fragte nach seinem Namen. Als er ihn nannte, trat ein weiterer Bruder hinzu und erklärte, ein Mann dieses Namens sei in den Annalen verzeichnet. Vor dreihundert Jahren sei er in den Wald gegangen und nie mehr zurückgekehrt. In diesem Augenblick begriff der Mönch die Worte, über die er einst gegrübelt hatte: Denn tausend Jahre sind dir wie ein Tag, der gestern vergangen ist, und wie eine Nachtwache. Und als er dies erkannte, brach er tot vor dem Altar zusammen.«

Eine geisterhaft traurige Melodie schloss diese Erzählung, und anschließend herrschte noch für eine Weile Schweigen im Schankraum. Erst nach und nach wurden leise wieder die Gespräche aufgenommen und in dem hölzernen Schüsselchen an Klingsohrs Tisch versammelte sich eine hübsche Anzahl von Münzen.

»Nette Geschichte«, meinte Laurens und trank seinen Wein aus. »Aber doch wohl ein Märchen.«

»Ja, vielleicht. Komm, wir gehen zum Rhein hinunter. Dann erzähle ich dir noch eine.«

»Ich würde jetzt lieber nach Hause gehen, statt in der Dämmerung herumzulaufen. Und auch du kehrst besser zurück zu Frau Alena.«

»Hast du Angst im Dunkeln?«, stichelte Mirte, und Laurens schnaubte verächtlich.

»Also. Komm mit, und hör zu. Frau Alena hat mir erlaubt, dir etwas von dem zu erzählen, was sie in ihre missliche Lage gebracht hat.«

Eine gewisse aufkeimende Neugier konnte Laurens nicht verleugnen, und er folgte dem Mädchen die Gassen hinunter zum Ufer des Flusses, wo sie sich auf die noch vom Tag warmen Basaltsteine des Kais setzten. Noch leuchtete der Himmel blassblau, zeigten die Wolken im Westen rosige Ränder, doch auf der anderen Seite des Stromes ging bereits die Sichel des zunehmenden Mondes auf. Leise plätscherten die Wellen an das kiesige Ufer, an dem sich eine Schar Enten versammelt hatte, die ihr Gefieder zur Nachtruhe aufplusterten.

Es herrschte eine beschauliche, ruhige Stimmung, und sie erfasste auch Laurens, als er so dasaß, wohl gesättigt und ein wenig schläfrig.

»Sie hat einen gewaltigen Streit mit Gevatterin Talea gehabt, viel größer, als ich bisher annahm«, erzählte Mirte leise, und beinahe widerwillig tauchte Laurens aus seinem Wohlbefinden auf.

»Das war doch wohl klar«, murrte er.

»Nicht unbedingt. Sie hat, kurz nachdem sie in Köln eingetroffen war, der Nachbarin bei der Geburt ihres Kindes geholfen und dabei die Gevatterin eine schmutzige alte Vettel genannt. Talea war daraufhin so wütend, dass sie zwei Tage später bei Frau Alena eingebrochen ist und in ihren Sachen herumgewühlt hat. Frau Alena ist aber gerade noch rechtzeitig zurückgekommen und hat sie erwischt. Daraufhin hat es ein fürchterliches Gezeter gegeben, bei dem sie die Wehfrau beschuldigt hat, eine Engelmacherin zu sein und unbedarften Frauen und Mädchen das Geld für wirkungslose Liebestränke aus der Tasche zu ziehen. Die Gevatterin hat vor Wut begonnen, mit Töpfen und Schüsseln zu werfen, wobei auch ein kostbares Döschen kaputtging und sein Inhalt in der Zugluft vor der offenen Tür verwehte. Das wiederum hat Frau Alena so wütend gemacht, dass sie die Wehfrau blau und grün geprügelt hat.«

»Uh!«, stieß Laurens hervor.

»Ja, gut, nicht? Das kann sie nämlich. Ich hab ja gesehen, wie sie den Wickbold aufs Kreuz gelegt hat.«

»Aber Frauen prügeln sich doch nicht…?«

»Wo lebst du eigentlich, Patriziersöhnchen? Mag ja sein, dass man sich in deinen hochwohlgeborenen Kreisen allenfalls vor Wut mit Daunenfederchen bewirft, aber auf der Gasse geht es anders zu.«

»Könnte ja sein, dass das ein Zeichen von guter Erziehung ist, oder?«

»Eine gute Erziehung hat Frau Alena auf jeden Fall genossen, und gebildet ist sie auch. Oder willst du das abstreiten?«

»Nein, natürlich nicht. Aber warum um alles in der Welt hat sie die Gevatterin eine Engelmacherin genannt?«

»Vermutlich weil sie eine ist«, meinte Mirte trocken.

»Ja, aber weshalb hat die sich dann so darüber aufgeregt?«

»Laurens!«

Der nachsichtige Tonfall führte dazu, dass Laurens sich wie der dümmste Simpel fühlte, und das gefiel ihm gar nicht. Trotzig antwortete er: »Frau Alena kann in deinen Augen wohl nie etwas falsch machen.«

»Doch, kann sie wohl. Und sie hat auch etwas falsch gemacht. Laurens, eine Hebamme zu beschuldigen, eine Engelmacherin zu sein, ist mehr als gefährlich.«

»Was soll das denn? Was heißt das denn?«

»Oh, ach so. Ja, lieber Laurens, deine Bildung mag der eines Magisters gleichkommen, aber vom Leben verstehst du nichts. Eine Engelmacherin ist eine Frau, die ungewollte Kinder gleich nach der Geburt zu Engeln macht. Um es ganz deutlich auszudrücken – sie umbringt.«

»Waaas?«

»Nicht immer ist auf dieser Welt ein Kind erwünscht, Laurens. Manche Weiber sind zu arm, noch ein weiteres durchzufüttern, andere haben eines der Sünde empfangen – es gibt verschiedene Gründe.«

Das zu verdauen fiel Laurens nicht leicht. Vor allem weil es aus Mirtes Mund so mitleidlos klang. Aber er verstand das Gewicht der Anklage. Frau Alena hatte die Gevatterin Talea eine Kindsmörderin genannt. Und das war nicht nur eine Todsünde, sondern auch ein schweres Verbrechen.

»Aber wenn sie das doch wusste, warum hat sie das nicht dem Turm gemeldet, Mirte?«, fragte er einigermaßen fassungslos.

»Wer, glaubst du denn, würde die Anklage unterstützen, du Einfaltspinsel? Keines der Weiber, die sie gebeten haben, einen unliebsamen Bastard aus der Welt zu räumen, wird das zugeben, auch kein Vater, der keinen weiteren Mund zu stopfen wünschte. Keine der Huren, keine der Pfarrkonkubinen, keine der frommen Schwestern würde je gegen die Gevatterin sprechen, weil eine jede von ihnen sich damit desselben Verbrechens schuldig macht.«

Die Worte seines Vaters gingen Laurens wieder durch den Kopf – das hatte er wohl damit gemeint, dass eine Hebamme für die Frauen so etwas wie ein Beichtiger war und dass sie Geheimnisse zu hüten hatte, die die Frauen keinem anderen Menschen anvertrauen würden. Das war ja grauenvoll.

Und Frau Alena hatte eines dieser dunklen Geheimnisse laut ausgesprochen.

Das war tatsächlich ein gewaltiger Fehler, und damit musste sie sich den Hass der Gevatterin zugezogen haben. Ob die nun eine Engelmacherin war oder nicht.

»Ist sie eine?«, fragte er verstört.

»Ja, man munkelt es.«

»Verdammt.«

»Tja.«

Laurens wusste nicht so recht, was er sagen sollte, aber dann fiel es ihm wieder ein.

»Und was hat das nun mit der Geschichte von dem Mönch zu tun, der dreihundert Jahre verpennt hat?«

»Ein bisschen was, das schwer zu erklären ist. Etwas, das

Frau Alena mir unter dem Siegel der Verschwiegenheit anvertraut hat.«

»Weshalb du es jetzt überall herausplapperst.«

»Dir darf ich es erzählen. Sie hat es erlaubt. Aber du musst schwören, dass du es für dich behältst.«

»Wenn es eine Sünde ist, muss ich es beichten. Und wenn es ein Verbrechen ist, werde ich es meinem Vater erzählen.«

»Es ist weder das eine noch das andere. Also schwörst du?«

Hin- und hergerissen zwischen Neugier und dem Wunsch, sich nicht in irgendwelche trüben Angelegenheiten verwickeln zu lassen, verknotete Laurens seine Finger wieder und wieder. Inzwischen war es fast dunkel geworden, und einige trunkene Schiffer schwankten hinter ihnen zu ihren Unterkünften. Niemand aber schenkte ihnen Beachtung.

Laurens ordnete seine Gedanken. Frau Alena war natürlich ein freundliches Weib, sicher. Und sie hatte auch keine großen Ansprüche an seinen Vater gestellt. Dass sie ein Geheimnis hütete, war das Einzige, das er ihr vorwerfen konnte. Aber augenscheinlich waren alle weiblichen Wesen dieser Art. Und, verflixt, es war doch für einen Mann eine Herausforderung, diese Mysterien aufzudecken, oder nicht?

»Also gut, ich schwöre.«

»Bei der Jungfrau Maria und dem Vater und dem Sohn und dem Heiligen Geist?«

»Ja, ich schwöre.«

»Gut. Dann hör genau zu. Als die Gevatterin Talea bei Frau Alena eingebrochen ist, ging ein kostbares Döschen zu Bruch. Dieses Döschen enthielt einen noch weit kostbareren Weihrauch.«

»Ein Räuchermittel? Ja, das Zeug ist teuer.«

»Mehr als das, es war unbezahlbar. Denn durch diesen Rauch, Laurens, ist Frau Alena zu uns gekommen.«

»Blödsinn«, entfuhr es Laurens.

»Nein, vermutlich kein Blödsinn. Ist dir nicht auch dann und wann aufgefallen, dass Frau Alena ungewöhnliche Wörter verwendet?«

»Sie ist eben nicht von hier. Sie hat lange in der Fremde gelebt.«

»Ja, sie ist nicht von hier, aber nicht Meilen entfernt hat sie gelebt, sondern Jahre entfernt. Sie kommt aus einer Zeit, mehr als sechshundert Jahre nach uns. Und gereist ist sie mit diesem Weihrauch.«

»Dann ist sie eine Irre, und du glaubst ihr auch noch. Bei der Heiligen Jungfrau, Mirte, wie einfältig kann ein Mädchen nur sein?«

»Nicht einfältiger als ein Junge, der nicht weiß, was eine Engelmacherin ist. Sie hat die Wahrheit gesagt, und das musst du begreifen, sonst verstehst du ihre Schwierigkeiten nicht.«

»Die gehen mich nichts an. Und dich auch nicht. Wenn du auch nur einen Rest von Verstand besitzt, dann hältst du dich von ihr fern!«

Laurens sprang auf und zerrte auch Mirte mit hoch.

»Du hast überhaupt nichts verstanden, du Tropf. Weshalb habe ich dich wohl in den Adler mitgeschleift, mh?«

»Um mir ein dummes Märchen anzuhören. Das hat doch nichts mit dieser Närrin zu tun. Die ist doch von Sinnen, die gehört in die Tollkammer zu den Idioten!«

»Hör auf, hier so rumzubrüllen«, fauchte Mirte ihn an.

»Ich werde doch wohl sagen dürfen, was ich von diesem Aberwitz halte«, brüllte Laurens zurück. »Und du bleibst von ihr fern, hast du mich verstanden?«

»Du bist nicht zu überhören, du Tröte. Willst du, dass ganz Köln erfährt, was ich dir erzählt habe? Worüber du bei der Heiligen Dreifaltigkeit geschworen hast zu schweigen? Soll der Herr dich mit dem nächsten Blitz treffen, weil du dein Wort nicht hältst?«

Mirte sprach leise, aber es klang wie das Zischen einer Schlange. Immerhin brachten ihre Worte Laurens so weit zur Vernunft, dass auch er seine Stimme senkte.

»Ich habe geschworen, und ich bedaure es zutiefst. Aber ich werde schon einen Weg finden, dieser Lügnerin das Handwerk zu legen, verlass dich drauf.«

»Du wirst alles unterlassen, was ihr schaden könnte, Laurens. Oder ich besuche selbst deinen Vater und erzähle ihm, was für ein von Grund auf verderbter Bursche du bist.«

Vor Wut schnappte Laurens nach Luft. Er griff nach Mirtes Schulter und schüttelte sie, dass ihr die Zähne klapperten.

»Wie blöde bist du eigentlich?«

Und dann zuckte er schmerzgepeinigt zusammen. Mirtes Holzpantine hatte ihn mit Wucht auf dem Schienbein getroffen.

»Lass mich los, wenn du nicht im Rhein landen willst, du Hornochse.« Er lockerte seinen Griff, und sie entwand sich ihm augenblicklich. »Du bist nur feige, Laurens, du bist zu feige, einen Menschen, der nicht in deine beschränkte klitzekleine Vorstellungswelt hineinpasst, anzuerkennen. Gottes Wunder sind groß, aber du maßt dir an, genau wie dieser Mönch von Heisterbach, sie mit deinem ach so gewaltigen Geist beurteilen zu können. Leb weiter mit deinen Scheuklappen, Laurens, aber halte dich an dein gegebenes Versprechen. Und komm nicht mehr in meine oder Frau Alenas Nähe. Haben wir uns verstanden?«

Sie wartete nicht auf seine Antwort – die ihm sowieso im Hals stecken geblieben war –, sondern verschwand mit schnellen Schritten im Dunkel der Gassen.

Wütend auf die dreiste Maid, die hinterlistige Alena und dummerweise auch auf sich selbst, stelzte Laurens ebenfalls nach Hause.

# 18

## Wünsche

*14. September 1378*

»Die Blätter müssen gefalzt werden, genau hier in der Mitte. Und dann musst du sie mit dem Falzbein glatt streichen, damit der Knick ganz scharf wird.«

Mirte klappte sorgfältig den Bogen auf Eck zusammen und fuhr mit dem geschliffenen Knochen vorsichtig über die Falzstelle.

»Fester, Mirte, fester.«

Sie gab sich Mühe, hatte aber Angst, das Papier zu verletzen. Frau Alena ergriff ihre Hand und führte sie mit dem Falzbein fest und mit gleichmäßigem Druck über das Material.

»Keine Angst, das geht nicht so schnell kaputt. Und es ist ja auch nur ein unbeschriebenes Blatt für ein Registerband.«

»Ja, aber Papier ist doch auch teuer.«

»Schon, aber mit irgendwas musst du ja üben. Beschriftete Pergamente fasst du aber besser noch nicht an.«

Seit einigen Tagen – eigentlich genau seit dem Zeitpunkt, da Frau Alena aus dem Turm zurückgekommen war – hatte sie begonnen, Mirte in ihr Handwerk einzuweisen. Und das war etwas, das Mirte auf das Höchste beglückte.

»Bücher«, hatte Frau Alena gesagt, »sind die Zukunft. Bücher gehören zu den wichtigsten Dingen, die in den nächsten Jahrhunderten eine Rolle spielen werden. In meiner Zeit lernen alle Menschen schon als Kinder lesen und schreiben. Und alles Wissen ist in Büchern aufgeschrieben, die jedem, der sie lesen möchte, zur Verfügung stehen.«

»Alles Wissen, Frau Alena?«

»Alles, was man zu jener Zeit weiß, was der Autor – das ist der Mann oder die Frau, die das Buch schreibt – an Wissen hat. Es gibt Bücher über Heilkunde und über Pflanzen, über Mathematik und über Alchemie, über das Recht und die Gesetze und auch die Sternenkunde.«

»Das würde Laurens bestimmt freuen«, nuschelte Mirte.

»Ja, ihn würde es bestimmt sehr reizen, was man so alles über die Gestirne herausgefunden hat. Und du würdest dich ganz bestimmt daran erfreuen, dass man nicht nur über die Wissenschaften Bücher verfasst, sondern auch Geschichten aller Art schreibt.«

»Geschichten?«

»Ja, natürlich. Solche, wie sie heute von Geschichtenerzählern und Balladensängern mündlich weitergegeben werden. Geschichten über Abenteuerfahrten und Reisen in ferne Welten, Geschichten über Liebe und Freundschaft, über böse Taten und ihre Aufklärung, aber auch solche über Feen und Drachen und Trolle und Zauberer.« Und dann lachte Frau Alena. »Ich sehe schon, du bekommst ganz leuchtende Augen.«

»Oh ja, ich mag Geschichten so sehr. Wer kennt die nur alle, und sind die auch alle wahr?«

»Manche sind es, andere nicht. Aber das wissen jene, die sie lesen.«

»Habt Ihr auch Bücher geschrieben, Frau Alena? Mit Geschichten?«

»Ja, ich habe auch ein Buch geschrieben, aber nicht mit Geschichten, sondern über Wissenschaft.«

Mirtes Hochachtung für Frau Alena war ins Unermessliche gestiegen, und ihre Begeisterung, das Buchbinden zu lernen, war damit natürlich auch geweckt.

Den nächsten Bogen falzte sie schon etwas mutiger, und nach zehn weiteren Blättern ging ihr diese Tätigkeit leicht von der Hand. Frau Alena beschäftigte sich derweil mit einem weit komplizierteren Vorgang. Sie hatte einen Stapel fertig gefalzter und gehefteter Bögen zu einem Block aufgeschichtet und begann nun, an der Heftlade die Papierlagen an den quer aufgespannten Hanfschnüren zu befestigen. Das alles sah sehr schwierig aus, aber offensichtlich hatte Frau Alena reichlich Übung darin.

»Habt Ihr das Buch, das Ihr geschrieben habt, auch selbst gebunden?«, fragte Mirte, während sie aufmerksam zuschaute.

»Oh nein. Das Buch ist mehrmals kopiert worden, und große Buchbindereien haben diese Kopien gebunden. Weißt du, man hat – mhm – andere Werkzeuge erfunden, die das hier erleichtern. Und man hat sich auch eine Vorrichtung ausgedacht, die das Kopieren der Texte schneller möglich macht.«

»Schnellere Federn oder so? Das wäre schön. Ich bleibe mit diesem Gänsekiel so oft hängen und mache Tintenspritzer. Und immer muss man ins Tintenfass stippen, und das kleckst auch.«

Frau Alena kicherte ein bisschen.

»Ja, schnellere Federn gibt es auch. Aber noch viel bedeutender ist es, dass man ganze Buchseiten drucken kann. Hast du schon mal gesehen, wie man mit einem Holzschnitt druckt?«

»Nein, zugesehen habe ich noch nicht, aber ich hab mal ein paar Gesellen zugehört, die davon erzählt haben. Ihr habt recht, wenn man ein Bild in Holz schnitzt und es dann mit Tinte bestreicht, dann kann man das auf Papier drücken und hat ein Abbild davon.«

»Genauso ist es. Und auf eine solch ähnliche Weise werden in meiner Zeit Bücher hergestellt.«

Während sie nun beide schweigend weiterarbeiteten, hing Mirte verträumten Gedanken nach, in denen Reihen um Reihen Bücher eine Rolle spielten, in denen unendlich viel Wissen und die wundersamsten Geschichten verborgen waren. Was musste das für eine herrliche Zeit sein, in der man jederzeit eine aufregende Erzählung ganz für sich alleine haben konnte!

Und in diese schöne Träumerei schlich sich leider auch ein Tröpfchen Wehmut.

Sie ärgerte sich selbst darüber, aber eigentlich hätte sie sich gerne mit Laurens darüber unterhalten, was Frau Alena da über Wissen und Bücher erzählt hatte. Und über einige andere Dinge auch, die sie bisher über die Zukunft zu sagen wusste. Nicht dass Alena sehr gesprächig in der Hinsicht war. Viel zu oft antwortete sie auf eine ihrer neugierigen Fragen, dass es besser wäre, dazu nichts zu wissen. Manches, sagte sie, ginge über ihren Verstand hinaus und würde sie nur verwirren. Aber eines hatte sie ihr doch entlocken können – die Stadt Köln gab es noch, und sie war weit größer als heute. Aber das schönste und größte und in aller Welt berühmte Gebäude, das war der Dom. Zwei spitze Türme würde er haben, genau wie die Beginen es behauptet hatten, und durch die hohen, bunt verglasten Fenster würde das Licht strömen, und der goldene Schrein der Heiligen Drei Könige würde auch in weit über sechshundert Jahren noch schimmern wie heute. Doch einen Wandel gab es schon, und fassungslos hatte Mirte gestaunt, als sie hörte, dass der Dombauhütte, die auch in der Zukunft weiterbestehen würde, eine Dombaumeisterin vorstehen würde. Eine Baumeisterin, man stelle sich das mal vor. Eine Frau! Und das war noch nicht alles. Nein, als Mirte gefragt hatte, welcher König denn in Frau Alenas Zeit herrschen würde, da hatte sie erfahren, dass es keine Könige mehr gab, sondern das Volk sich seinen Herrscher alle vier Jahre wählte. Oder so ähnlich zumindest. Und dass auch hier eine Frau die Macht in der Hand hielt.

Unbeschreiblich, das!

Obwohl, Frauen hatten durchaus auch jetzt schon einiges zu kamellen. Zwar waren sie nicht im Rat der Stadt vertreten, aber nicht wenige führten ihr eigenes Siegel und betrieben selbstständig Geschäfte. Es gab Zunftmeisterinnen bei den Seidenweberinnen und den Goldstickerinnen. In Stiften, Klöstern und Konventen saßen gebildete Frauen, die lesen und schreiben konnten, und einige von ihnen waren anerkannte Ratgeberinnen der hohen Herren. Wenn man nur ein Stückchen weiterdachte, ja, dann war das so unwahrscheinlich gar nicht, dass in späteren Zeiten auch die Weiber an die Herrschaft kamen.

Bei dem Gedanken musste Mirte grinsen. Armer Laurens. Dem würde das vermutlich gar nicht gefallen. Der mit seiner blödsinnigen, weltfremden Auffassung. Der konnte sich ja überhaupt nichts vorstellen, was nicht durch die Gesetze seiner so hochgelobten Logik erklärbar war.

Das Grinsen schwand aus Mirtes Gesicht, und eine ungewisse Traurigkeit erfasste sie.

Warum musste der Junge nur so stur und engstirnig sein? Eigentlich hatte er auch seine guten Seiten. Ja, und einfallsreich war er auch gewesen, als er geholfen hatte, Mina zu retten und den Kniesbüggel von Geldwechsler zu überreden.

Und man konnte ihn so nett necken. Hin und wieder hatte sie fast gedacht, dass er sie sogar mochte. Ein bisschen vielleicht.

So wie sie ihn eben auch eigentlich ein bisschen mehr mochte als die anderen jungen Männer, die sie so kannte. Aber natürlich stammte er aus einer angesehenen Familie, und sie war nur eine Päckelchesträgerin.

Das Falzbein in der Hand, starrte Mirte an die Wand vor sich.

»Worüber grübelst du?«, fragte Frau Alena und legte ihr die Hand auf die Schulter. »Macht dir etwas Sorgen, das ich gesagt habe?«

»Nein, nein.«

»Vermisst du deine Familie?«

»Nein. Ich hab meine Schwester gestern aufgesucht. Es ist alles in Ordnung.«

»Dann denkst du über die Zukunft nach?«

»Ja, manchmal.«

»Und die siehst du so düster, dass sich deine Stirn umwölkt und deine Hände kein Papier mehr falzen können?«

Es klang leicht und freundlich, und gerade darum entwich Mirte ein kleiner Seufzer.

Der Druck auf ihrer Schulter wurde fester.

»Wir beide haben Laurens hier schon lange nicht mehr gesehen, nicht wahr?«

Ein weiteres Seufzerchen ließ sich nicht unterdrücken.

»Aha, daher weht der Wind.«

»Er ist so stur«, nuschelte Mirte.

»Nein, er ist ein junger Mann. Und die haben es nicht immer leicht. Du hast ihm von mir erzählt?«

»Mhm.«

»Und er glaubt es nicht?«

»Mhm.«

»Komm, wir lassen die Arbeit einen Augenblick liegen und gehen in den Garten.«

Mit einem sanften Schubser wurde Mirte in Richtung Tür gedreht und ging gehorsam in den bunt blühenden, ummauerten Hof. Warm war es hier, denn noch immer schien die Spätsommersonne in das kleine Geviert und wärmte die Steine. Mina lag ausgestreckt zwischen den Minzen und fühlte sich offenbar vollkommen sicher. Sie hatte sich auf den Rücken gedreht und ließ die Sonnenstrahlen auf ihr wohlgerundetes Bäuchlein scheinen. Unter den Rankpflanzen an der Hauswand aber war es schattig, und auf der hölzernen Bank nahm Frau Alena nun Platz. Mirte setzte sich neben sie.

»Laurens ist ein überaus intelligenter Junge, ein sehr kluger Kopf. Er versteht viele Zusammenhänge sehr schnell, wenn es sich um berechenbare Dinge handelt. Die Funktionen eines Astrolabiums zu begreifen ist nicht einfach, Mirte.«

»Ich weiß. Ich versteh gar nichts davon.«

»Es ist aber genauso schwer, etwas anzuerkennen, das man nicht beweisen kann. Alles, was die Himmelsscheibe kann, was auf ihr festgeschrieben ist, ist bewiesen und berechnet. Mit dem Verstand kann man es nachvollziehen. Etwas, das sich dem Verstand entzieht, muss man glauben. Oder man muss darauf vertrauen, dass die Erklärung stimmt. Und damit tut sich ein Mann schwerer als eine Frau.«

»Ja, aber muss er dann gleich brüllen und einen schütteln und einen für aberwitzig halten?«

Es hörte sich an, als müsse Frau Alena ein Kichern unterdrücken. Aber ihre Stimme war dann doch wieder mitfühlend.

»Hat der junge Tropf das getan?«

»Mhm.«

»Und du hast dir das gefallen lassen?«

»Nö. Ich hab ihn gegen das Schienbein getreten.«

»Aha. Nun ja, das war nicht eben eine versöhnliche Geste.«

»Nein. Und geschimpft habe ich ihn auch.«

»Und er ist beleidigt von dannen gestiefelt. Aber ich denke, auch er wird nach einiger Zeit von dem Teufelchen Neugier so eindringlich gepiekst werden, dass er wieder vorbeikommt.« Und dann zupfte Frau Alena an ihrem, Mirtes, Zopf und lächelte nun wirklich. »Und sicher nicht nur das Teufelchen Neugier. Ich habe den Eindruck, dass du auch ganz schön an seinem Gefühl piekst.«

»Ich bin nur eine Päckelchesträgerin.«

»Schon, aber eine hübsche, lebhafte und gewitzte. Aber wenn du noch ein bisschen gewitzter wärst, würdest du Laurens nicht immer als Dummkopf dastehen lassen. Junge Männer sind sehr einfach zu behandeln, wenn man ihnen zu verstehen gibt, wie sehr man sie bewundert.«

»Ich bewundere ihn aber gar nicht.«

»Doch, das tust du.«

Mirte drehte einen Schürzenzipfel zu einem Strang und nickte dann.

»Ja, doch. Tu ich. Aber nur, weil er so ein vornehmer Herr ist.«

»Und trotz seiner Herkunft dein Freund ist.«

»Ja, das auch.«

»Mirte, sag mal, wie stellst du dir dein zukünftiges Leben vor?«

Das war eine Frage, die seit geraumer Zeit in Mirtes Kopf herumspukte und die zu beantworten sie sich bisher nie getraut hatte. Aber nun war es wohl so weit. Frau Alena hatte ihr so viel Vertrauen entgegengebracht und war immer – na ja, fast immer – so geduldig und nachsichtig mit ihr gewesen.

»Ich werd wohl den Wickbold heiraten müssen«, antwortete sie leise und verzagt. »Wenn Ihr fortgeht, Frau Alena, habe ich kein Zuhause mehr. Er hat eine Kammer unten im Haus von Gevatterin Talea und bekommt seinen Lohn als Schiffer. Es wird schon irgendwie gehen.«

»Aber du magst ihn nicht.«

»Nein, ich mag ihn nicht. Aber das spielt ja keine Rolle. Ein Weib braucht einen Ehemann.«

»Oder einen Beruf, der ihr ein eigenes Einkommen ermöglicht.«

»Als Päckelchesträgerin kriegt man nicht genug zum Leben, Frau Alena. Das ist nur ein Zubrot.«

»Und wenn du einen Wunsch freihättest, Mirte, was würdest du dann wählen?«

Mirte straffte ihre Schultern, ließ den Schürzenzipfel fahren und setzte sich gerade hin. Sie wandte sich um, sodass sie Frau Alena in die Augen sehen konnte.

»Ich habe keinen Wunsch frei. Und selbst wenn ich mir etwas erträumte, Frau Alena, könntet Ihr es mir nicht erfüllen.«

»Nein, Mirte, ich nicht. Wünsche kann man sich nur selbst erfüllen. Aber wenn man keine hat, strebt man auch nicht danach, sie erfüllt zu bekommen. Denk mal darüber nach.«

Damit stand sie auf und kehrte ins Haus zurück.

Ein Rotkehlchen setzte sich auf den Ast des alten Holunderbusches und schmetterte seine tschilpenden Strophen in das Sonnenlicht.

Mirte blieb ganz ruhig sitzen und sah dem kleinen Sänger zu.

Wie selbstvergessen glücklich das Vögelchen war.

Aber dann spürte sie Minas seidigen Pelz um ihre bloße Wade streifen, das Rotkehlchen stieß seinen zirpenden Warnruf aus und flog davon.

Glücklichsein war offensichtlich immer nur von kurzer Dauer.

Dennoch lächelte Mirte. Vielleicht lohnte es sich, sich wenigstens diese kurzen Augenblicke des Glücks zu wünschen.

An Wickbolds Seite würde sie selbst die nicht finden. Der würde sie wie ihr Vater behandeln. Eine Dienstmagd für Bett und Küche, die man prügeln konnte, wann immer einem danach war. Mit der man kein Wort außer Fluchen und Schimpfen wechseln musste, und wenn man ihrer überdrüssig war, ging man in die Taverne oder zu den Huren.

Mit Laurens konnte man reden, er hörte zu, er konnte lachen, er nahm sie ernst.

Aber, Heilige Mutter Gottes, er war der Sohn eines Ratsherrn.

Aber wünschen? Konnte sie wagen zu wünschen?

# 19

## Verwirrungen

*18. September 1378,*
*Vollmond*

Die Pfarrkirche Sankt Brigiden, die sich an die Klosterkirche von Groß Sankt Martin schmiegte, hatte durch den Brand im Vierungsturm keine Schäden erlitten, und da Laurens die Erlaubnis hatte, sich nach der Messe mit Bruder Lodewig zu treffen, besuchte er den Gottesdienst dort, statt ihm zusammen mit seinem Vater in Sankt Aposteln beizuwohnen.

Die Mitglieder des Kirchsprengels waren weit weniger vornehm als die der Gemeinde am Neuen Markt, wo die wohlhabenden Kaufleute wohnten. Hier versammelten sich kleine Handwerker, Fährleute, Arbeiter und Krämer. Viele von ihnen hatten durch den Brand am Fischmarkt Schäden an ihrem Hab und Gut erlitten. Manche Dächer waren inzwischen aber wieder gedeckt, hier und da waren hölzerne Fachwerke errichtet worden, notdürftige Unterkünfte, und die Gassen waren weitgehend von den Trümmern gereinigt. Das Leben ging weiter. Nichtsdestoweniger schwelte Wut unter den frommen Gebeten der Menschen, und wie Laurens feststellte, nutzte der Prediger diesen unterschwelligen Zorn, um ihn mit seiner flammenden Rede weiter anzufachen. Es war jener Bruder Notker, der dicke Mönch, der Laurens schon einmal mit seinen abfälligen Bemerkungen zu den Frauen aufgefallen war. Er erwähnte zwar keine Namen, aber er ließ sich wortgewaltig über jene Weiber aus, die sich den dunklen Mächten verschrieben hatten, die aus reiner Bösartigkeit Hagel und Gewitter herbeiredeten oder Wahrsagerei betrieben. Ja, er verstieg sich sogar so weit, dass die städtische Obrigkeit Gnade mit jenen Zauberschen walten ließ, weil sie Angst vor deren Flüchen habe. Das Gemurre der Zuhörer schwoll an, und Bruder Notkers Stimme wurde in gleichem Maße lauter. Wortgewaltig zitierte er Moses: »Wenn ein Mann oder Weib ein Wahrsager oder Zeichendeuter sein wird, die sollen des Todes sterben. Man soll sie steinigen; ihr Blut sei auf ihnen.«

»Ja, das soll man mit den Zauberschen machen, die unsere Häuser verbrannt haben«, schrie einer der Gläubigen, und andere stimmten ihm enthusiastisch zu.

»Und der Herr, unser Gott selbst, wendet sich gegen sie, denn er hat uns gesagt: ›Wenn eine Seele sich zu den Wahrsagern und Zeichendeutern wenden wird, dass sie ihnen nachfolgt, so will ich mein Antlitz wider dieselbe Seele setzen und will sie aus ihrem Volk ausrotten‹«, tönte Bruder Notker über die Aufgebrachten hinweg.

»Mir hat sie das Heim genommen und das rote Sonntagskleid und den Kessel aus Kupfer«, heulte eine fette Matrone. »Sie hat das Feuer beschworen, auf mein Dach zu fallen.«

»Und mir hat sie den Hausrat verbrannt, und die Münzen unter der Bettstatt hat man mir gestohlen«, kreischte ein hageres Fischweib.

»Und sie hat die Zeichen gedeutet und uns nicht gewarnt. Und darum habe ich mein Haus verloren und die silberne Kette, die meine Muhme mir geschenkt hat«, giftete eine andere.

Wieder dröhnte Bruder Notkers Stimme: »›Ihr sollt euch nicht wenden zu den Wahrsagern, und forscht nicht von den Zeichendeutern, dass ihr nicht an ihnen verunreinigt werdet; denn ich bin der Herr, euer Gott!‹«

»Ja, der Herr soll sie strafen und mit Aussatz schlagen und vernichten«, brüllte ein stiernackiger Mann.

»Wir müssen ihr das Handwerk legen, ihr und dem Teufelstier, das sie beherbergt«, schrie ein anderer dagegen. Laurens sah sich den Mann näher an, der nur wenige Schritte vor ihm stand. Das mit dem Teufelstier wollte ihm gar nicht gefallen. Damit hatte Frau Alena sich schon einmal Ärger eingehandelt.

»›Die Zauberinnen sollst du nicht leben lassen‹, das befahl schon Moses den Menschen und durch ihn sprach Gott der Herr«, donnerte Bruder Notker über die frommen Gläubigen hinweg.

»Ja, sterben muss die Zaubersche«, stimmten ihm mehrere Anwesende lauthals zu.

»Seid ihr von Sinnen?«, ertönte eine kalte Stimme vom Eingang her. Alle Köpfe drehten sich zu ihr um, so auch Laurens, und er sah zwei Männer eintreten. Der eine war ein rundlicher Mönch, der andere ein hochgewachsener Gelehrter, wie es schien, in einem kostbaren silbergrauen Gewand. Der Mönch schritt durch die Menge auf den Prediger zu, der plötzlich rot anlief und stammelte: »Ehr... Ehrwürdiger Vater?«

Was immer der Abt flüsterte, war nicht zu verstehen, aber prompt zog sich Bruder Notker in die Sakristei zurück.

In stiller Würde blickte Abt Theodoricus über die nun vollkommen verstummte Gemeinde.

Und dann begann er eine wohlformulierte Predigt über die christliche Nächstenliebe.

»Euer Bruder Notker hätte fast einen Aufstand angezettelt«, sagte Laurens einige Zeit später zu Bruder Lodewig, mit dem er in der Bibliothek des Klosters zusammensaß, um wiederum ein Kapitel der lateinischen Abschrift des Almagest zu studieren.

»Er regt sich furchtbar auf, der gute Notker. Seit diesem Brand im Turm ist er von der wirren Idee besessen, dass der Blitz durch Magie hineingelenkt worden ist, weil der Herr in seiner unendlichen Weisheit nie und nimmer einen Kirchturm zerstören würde.«

»Das kann er ja gerne glauben, aber er hetzt die Leute gegen Frau Alena auf. Und die hat wirklich nichts mit dem Brand zu tun.«

»Nein, hat sie wohl nicht, aber da ist dieser verrückte Rheinschiffer, der immer wieder bei dem dicken Notker herumlungert und ebenfalls sein Gewäsch von Teufelstieren und Zaubertränken von sich gibt. Daher steigert er sich immer mehr in diese Vorstellung hinein. Der Mann hat sogar behauptet, die Frau habe ihn mit ihren Zauberkräften durch die Luft gewirbelt.«

»Wickbold, das muss dieser Wickbold sein – ja, der war vorhin auch in der Kirche.«

»Richtig, Wickbold heißt der Kerl. Immerhin, viel Verständnis findet Bruder Notker nicht in unserer Gemeinschaft. Ich habe sogar munkeln hören, dass unser Vater Theodoricus ihm ganz schön den Kopf gewaschen hat, als er ihm neulich seine wüsten Thesen vorgetragen hat.«

»Deshalb ist der ehrwürdige Vater wohl heute in die Pfarrkirche gekommen.«

»Vermutlich. Und vermutlich wird der dicke Notker ein paar Tage fasten dürfen. Schaden tut's ihm nicht.«

»Musst du ja wissen«, sagte Laurens und bohrte seinem Freund den Zeigefinger in den pummeligen Bauch.

»Der Speck nützt nichts, Kohldampf schiebt man trotzdem. Hab's ja auch schon durchgemacht. Aber komm, jetzt wollen wir die Zeit nutzen und uns mit der Trigonometrie befassen.«

Sie widmeten sich dem Text und den Winkelberechnungen, doch ganz war Laurens nicht bei der Sache.

Die erstaunliche Mitteilung, die Mirte ihm zu Frau Alena vor einigen Tagen gemacht hatte, wollte und wollte ihm nicht aus dem Kopf gehen.

Genauso wenig wie Mirte, aber das war noch ein ganz anderes Problem.

»Was ist los, Laurens? Jetzt hast du schon zum dritten Mal einen Rechenfehler gemacht. Sonst verstehst du doch diese Abhandlungen mit Leichtigkeit?«

»Ich weiß nicht. Mir geht ziemlich viel durch den Sinn.« Laurens knetete seine Stirn. »Dummes Zeug eigentlich.«

»Willst du mir davon erzählen?«

Laurens schüttelte den Kopf. Er hatte geschworen, Stillschweigen zu wahren, und das würde er auch tun, ob Mirte nun eine Kröte war, ja oder nein.

»Herzeleid?«

»Pah!«, entfuhr es ihm.

»Ärger mit deinem Vater?«

»Nein.«

»Glaubenszweifel?«

Das traf es wohl am ehesten. Ja, das war es wohl. Er konnte nicht glauben, was er über Frau Alena erfahren hatte. Und am schlimmsten dabei war, dass er sie deshalb tatsächlich für eine Zaubersche halten musste. Und die waren böse – wie die Bibel es sagte.

Aber sie war eine so freundliche Frau und ihr Wissen so umfassend und beeindruckend.

»Lodewig, glaubst du an Zauberei?«

»Hat der dicke Notker dich jetzt auch verrückt gemacht?«

»Nein – nur ... Sag einfach, glaubst du, dass es Menschen gibt, die zaubern können?«

Bruder Lodewig sah ihn ernst an und nickte dann. »Ja, darüber kann man disputieren. Ich selbst bin noch nie einem Zauberer begegnet noch habe ich die Auswirkung einer Zauberei zu spüren bekommen. Das heißt natürlich nicht, dass es das nicht geben könnte.« Er kniff sich nachdenklich in die Nase. »Glaube ich, dass es Zauberei gibt? Was ist Zauberei überhaupt? Etwas, das wir mit unserem Wissen und unserem Verstand nicht erklären können, dessen Wirkung wir sehen, dessen Ursache uns verborgen bleibt.«

»Dessen Ursache im Wirken des Bösen liegt?«

»Das wäre zu einfach, denn die Definition, die ich eben nannte, bezieht sich auch auf die Wunder, nicht wahr?«

Laurens überlegte und nickte dann. »Stimmt natürlich. Auch bei Wundern können wir mit dem Verstand keine Erklärung finden.«

»Auf der anderen Seite muss man wohl das Böse als Ursache annehmen, denn Moses warnt vor Zauberern und Wahrsagern, und die Bibel ist das Buch der Wahrheit. Dennoch, hat uns Jesus Christus nicht auch Wunder vor Augen geführt, die wir der Definition nach als Zauberei bezeichnen würden – Wandeln über Wasser, Speisung der Fünftausend, Erweckung von Toten? Und haben nicht auch die Apostel und viele Heilige Wunder gewirkt? Wo ist der Unterschied zwischen Zauberei und Wunder? In der Absicht, in der sie gewirkt werden, könnte man also annehmen.«

Laurens leuchtete diese Argumentation ein.

»Demnach muss man an beides glauben. Aber wie kann man es unterscheiden – ich meine, wie findet man heraus, welche Absicht dahintersteckt?«

»Tja, das ist wohl schwierig. Wir können mit Sicherheit annehmen, dass hinter den Wundern, die der Herr Jesus und die Apostel und die Heiligen gewirkt haben, keine böse Absicht lag, nicht wahr?«

»Das ist wahr. Aber wie kann man es heute beurteilen? Wenn jemand eine Vorhersage macht, durch die jemand gerettet wird zum Beispiel.«

»Ich verstehe. An dir nagt immer noch diese Sache mit dem Brand am Fischmarkt, vor dem Frau Alena deinen Vater gewarnt hat.«

Das war zumindest eine gute Ausrede, dachte Laurens und nickte.

»Da wiederum könnte man vermuten, dass es entweder Zufall war oder ihr eine höhere Macht die Zukunft offenbart hat«, fasste Lodewig zusammen. »Bist du denn inzwischen der Meinung, dass es der Satan war und sie eine Zaubersche ist?«

»Ich weiß es nicht. Ich weiß nicht, was ich glauben soll.«

»Das ist ein ungemütlicher Zustand«, sagte der Mann, der eben in die Bibliothek trat. »Nun, Bruder, zweifelst auch du?«

Lodewig stand auf und machte eine höfliche Verbeugung

vor dem Mann in dem silbergrauen Gelehrtengewand. Er hatte ebenso silberne Haare, und die schwarzen Brauen und die an beiden Seiten seines Mundes sich herabziehenden schwarzen Strähnen in seinem kurz geschnittenen Bart verliehen ihm ein grimmiges Aussehen.

»Herr vom Spiegel, seid gegrüßt. Dies ist Laurens van Kerpen, der sich mit der Sternenkunde befasst.«

Der Herr nickte Laurens zu, der sich ebenfalls erhoben hatte und respektvolle Grüße äußerte.

»Der Almagest, wie ich sehe. Eine kluge Schrift. Was davon bezweifelst du, Junge?«

»Nichts, Herr vom Spiegel.«

»Das solltest du aber. Denn darin wird davon ausgegangen, dass die Erde der Mittelpunkt der Welt ist.«

»Aber das ist sie doch.«

»Tatsächlich? Ist es bewiesen?«

»Ähm – ja. Also, ich meine, man kann es doch beobachten, dass der Mond und die Sonne um die Erde kreisen. Die Sonne wandert jeden Tag einmal in einem großen Bogen über das Himmelszelt.«

»Würde diese Beobachtung nicht auch stimmen, wenn die Erde sich drehte?«

Laurens blieb der Mund offen stehen. Dann machte er ihn wieder zu und schluckte.

»Ja, doch. Aber das müsste man doch merken. Ich meine, es müsste einem doch schwindelig werden, oder?«

»Wird dir schwindelig, wenn du langsam im Kreis gehst?«

»Nein, Herr.«

»So darfst du also bezweifeln, dass sich der Himmel um die Erde dreht.«

»Darüber habe ich noch nie nachgedacht.«

»Die griechischen Philosophen haben es getan. Und sie haben auch darüber nachgedacht, dass möglicherweise nicht die Erde der Mittelpunkt des Universums ist, sondern dass sie um die Sonne kreist. Auch das kann man aus den Beobachtungen schließen.«

»Ja, aber ... Aber das waren doch Heiden, Herr vom Spiegel. Die wussten es nicht anders.«

»Warum sollten die Heiden nicht ebenso denken und rechnen und forschen können wie die Christen und die Ungläubigen? Vielleicht können sie es sogar besser, denn ihnen versperren nicht die Kirchenfenster die Sicht auf die Welt.«

»Herr, das ist ketz...«

Ein heftiger Tritt auf seinen Fuß ließ Laurens verstummen. Als er zu Lodewig hinsah, bemerkte er, wie der seine Heiterkeit zu bändigen versuchte.

»Ich will dir klarmachen, junger Mann, dass Zweifel dort nützlich sind, wo keine Beweise vorliegen. Und dass Glauben auch die Sicht versperren kann auf eine höhere Weisheit. ›Ich richtete mein Herz darauf, zu erkennen die Weisheit und zu schauen die Mühe, die auf Erden geschieht, dass einer weder Tag noch Nacht Schlaf bekommt in seine Augen. Und ich sah alles Tun Gottes, dass ein Mensch das Tun nicht ergründen kann, das unter der Sonne geschieht. Und je mehr der Mensch sich müht zu suchen, desto weniger findet er. Und auch wenn der Weise meint: *Ich weiß es*, so kann er's doch nicht finden.‹ So sagt der Prediger Salomo.«

»Ähm, ja.«

»»Es ist alles ganz eitel und ein Haschen nach dem Wind««, fügte der Herr vom Spiegel hinzu, und einige kleine Fältchen bildeten sich um seine Augen, die seinen grimmigen Ton Lügen straften. »»Denn wo viel Weisheit ist, da ist viel Grämen, und wer viel lernt, muss viel leiden.«‹

Damit verließ er hoheitsvoll die Bibliothek.

»Was war das denn?«, fragte Laurens, als die Tür zugefallen war.

Lodewigs Gesicht war ein einziges Schmunzeln.

»Der Herr vom Spiegel war einst Angehöriger unseres Ordens und wurde Pater Ivo gerufen. Doch ihm wurde Dispens erteilt, und so steht er wieder seinem Haus vor. Aber er und Vater Theodoricus sind gute Freunde. Er besucht ihn häufig und disputiert mit ihm, denn er ist ein hochgelehrter Mann von großer Weisheit.«

»Du kennst ihn gut?«

»Oh ja, ich kenne ihn gut. Zu Zeiten, als ich noch Novize war, habe ich etliche Donnerwetter von ihm über mich ergehen lassen müssen. Immer zu Recht, Laurens, und immer mit großem Gewinn für meine unsterbliche Seele.«

»Aber seine Worte waren ketzerisch.«

»So mögen sie für uns klingen. Aber sie sind es wert, darüber nachzudenken.«

»Du meinst, ich solle das tun?«

»Auf jeden Fall. Über eine Erde, die sich unter der Sonne dreht, und die Wunder, die wir Menschen nicht erklären können.«

»Manchmal muss man wohl einfach etwas akzeptieren.«

»Manchmal.«

Komischerweise wurde es Laurens leichter ums Herz.

An seinem nächsten freien Nachmittag würde er Mirte aufsuchen. Und sich möglicherweise bei ihr entschuldigen.

# 20

# Verwüstung

*20. September 1378*

Mirte begleitete Frau Alena auf den Alter Markt und brachte ihr das Feilschen bei. Das konnte die Buchbinderin nämlich nicht besonders gut. Mirte schon.

Sie hatten einige Vorräte erstanden und eben bei einem Gerber feinstes Leder für die Bucheinbände gekauft und wollten sich nun mit ihren schweren Körben auf den Heimweg machen. Ein Rudel schmuddeliger Straßenkinder aber verstellte ihnen den Weg und umtanzte sie kreischend.

»Seht die Zaubersche!«

»Da, das hinterhältige Weib! Unglück bringt sie!«

»Mit bösen Tieren spricht sie.«

»Dämonen beschwört sie!«

»Unwetter ruft sie herbei!«

»Der Teufel sitzt in ihrer Küche!«

Ein rohes Ei flog und zerplatzte an Frau Alenas Schürze. Ein fauler Kohlstrunk folgte. Und schon hatte sich ein Kreis von Neugierigen um sie gebildet.

Mirte indes ließ den Korb fallen und stürzte sich auf eines der größeren Mädchen, dem die Schmähungen und Pöbeleien wie Gift von den Lippen troffen.

»Gritje«, zischte sie, und schneller als die Göre sich bewegen konnte, hatte sie sie auch schon am Ohr gepackt und zerrte sie zu Frau Alena. Ein derber Tritt brachte das Mädchen auf die Knie. Doch das Ohr hielt Mirte weiter in einem höchst schmerzhaften Griff. Ihr Opfer jaulte.

»Wenn du diesen dreckigen Hörlöffel behalten willst, Gritje, dann sagst du jetzt sehr laut und vernehmlich, dass Frau Alena eine ehrenwerte Frau ist.«

Gritje stieß hässliche Schimpfwörter aus.

Mirte drehte weiter an dem Ohr.

»Auauau! Frau Alena ist eine ehrenwerte Frau!«

»Lauter, Gritje. Wir wollen es alle hören!«

»Frau Alena ist ein ehrenwertes Weib!«

»Und nun weiter. Sie ist keine Zaubersche.«

»Frau Alena ist keine Zaubersche!«

»Lauter, viel lauter!« Ein derber Dreh am Ohr brachte das gewünschte Ergebnis.

»Und jetzt: Gevatterin Talea hat dir einen Silberling gegeben, stimmt's?«

»Lass los! Aua!«

»Sag es!«

»Ja, ja, Gevatterin Talea hat mir einen Silberling gegeben.«

»Wofür?«

»Damit wir die ehrenwerte Frau Alena ärgern.«

»Und falsches Zeugnis sprecht wider sie!«

»Ja, ja.«

Mirte wendete sich den Umstehenden zu.

»Ihr habt es gehört. Gevatterin Talea hat diese Gossenpflanzen aufgehetzt, gegen die Gebote Gottes zu verstoßen und eine anständige Frau zu verleumden!«

Hier und da hörte man Lachen, da und dort misstrauisches Gemurmel. Die Rasselbande aber hatte sich klammheimlich verdrückt, und als Mirte Gritjes Ohr losließ, verschwand auch die im Handumdrehen. Da das unterhaltsame Schauspiel nun vorüber war, zerstreute sich auch die Menge.

Mirte nahm ihren Korb auf und sagte zu Frau Alena, die noch immer starr und steif dastand und in deren Augen sich die Angst spiegelte: »Kommt. Macht Euch nichts draus, dat Gritje ist een Flaatschmuul un een Schraatel und een Dreckbalch. Aber die weiß, dass ich ihr verdamp hart auf die Zehen trete, wenn sie noch mal so rumstänkert.«

Ohne eine Antwort zu geben, setzte Frau Alena sich in Bewegung, allerdings so schnell, dass Mirte sich sputen musste, mit ihr Schritt zu halten. Erst als sie an der Burgmauer angekommen waren, wurde sie wieder langsamer.

»Woher wusstest du, dass die Hebamme sie aufgehetzt hat?«, fragte sie schließlich.

»Gritje? Die macht oft Botengänge für die Gevatterin. Wohnt in der Nachbarschaft. Und außerdem gehört sie zu dem unehrlichen Gelump. Ihr Vater ist Abdecker, die Mutter eine Schlampe. Handelt mit Schmierfett und Rattenfell.«

»Pfui.«

»Sag ich doch. Die machen einfach gerne Ärger.«

»Verleumdungen sind mehr als Ärger«, murmelte Frau Alena und blieb abrupt stehen. »Da stimmt etwas nicht, Mirte. Ich habe die Haustür doch abgeschlossen, als wir weggingen, oder?«

»Ja, Frau Alena, mit Eurem Schlüssel.«

»Dann hat jemand das Schloss aufgebrochen. Oh Gott, nicht schon wieder!«

Und als eilige Schritte hinter ihnen in der Gasse ertönten, drehte sie sich mit wütendem Gesicht um. Auch Mirte sah über ihre Schulter.

»Laurens!«

»Ich grüße Euch, Frau Alena«, sagte der junge Mann und schnaufte leise. »Ich hab Euch auf dem Markt gesehen und wollte helfen kommen.«

Die Wut war aus Frau Alenas Miene gewichen, und sie lächelte sogar ein wenig. »Das hat Mirte bereits sehr fachkundig getan. Aber dennoch danke, Laurens. Und – du kommst auch hier gerade zur rechten Zeit. Ich glaube, wir können männliche Unterstützung brauchen. Es hat sich jemand an meiner Haustür zu schaffen gemacht.«

»Dann lasst mich zuerst hineingehen.«

»Langsam. Wenn der Einbrecher noch drinnen ist, sollten wir ihn überraschen.«

»Ich könnte hinten die Gartenmauer bewachen«, schlug Mirte vor. »Und Zeter und Mordio schreien, wenn er versucht, dort zu entwischen.«

»Gute Idee. Und wir beide gehen leise und vorsichtig hier vorne rein. Lauf, Mirte!«

Laurens, der recht lange gegrübelt und sich eine sorgsame Rede zusammengestellt hatte, mit der er versuchen wollte, das Wohlwollen der Frau und des Mädchens wiederzugewinnen, vergaß die wohlgesetzten Worte augenblicklich angesichts der neuen Herausforderung und öffnete sehr behutsam die Tür. In der unteren Stube war niemand, doch die Hintertür zum Garten stand offen, und hier bewegte sich etwas. Laurens wollte losstürmen, aber Frau Alena hielt ihn am Ärmel fest.

»Warte.«

Und dann ging sie festen Schrittes auf den Ausgang zu.

Die roten Haare, die wieder einmal unter ihrem Gebende hervorquollen, schienen Funken zu sprühen.

Laurens eilte ihr nach und erkannte Wickbold, der, mit einem Knüttel bewaffnet, auf die Pflanzen, Töpfe und Schalen einschlug. Um ihn herum war der Garten ein Bild der Verwüstung.

»Wickbold«, sagte Frau Alena, und es hörte sich an, als ob eine Peitsche durch die Luft schnitt.

Der drehte sich um und grinste frech.

»Nix mehr mit Zauberpülverchen, Weib!«

Sie sagte nichts, sondern ging weiter auf den bulligen Mann zu. Laurens griff nach dem Besen und wollte ihr zu Hilfe kommen, denn Wickbold hob drohend den Knüttel.

Sie ging weiter.

Wickbold zögerte einen Wimpernschlag.

Holte aus.

Der Knüttel schlug ins Leere.

Frau Alena hatte sich mit dem Rücken zu ihm gedreht.

Und dann traute Laurens seinen Augen nicht.

Im hohen Bogen flog Wickbold durch die Luft, prallte mit dem Rücken auf den Boden, zuckte noch mal mit den Beinen und lag dann still. Ein Zweiglein Rosmarin fiel ihm über die Nase.

Frau Alena stand hoch aufgerichtet neben ihm und zog sich mit einer unwilligen Gebärde das Gebende vom Kopf.

»Idiot!«, bemerkte sie.

Und von der Gartenmauer erklang ein kleines Kichern.

»Hab ich dir das nicht gesagt, Laurens? Sie kann Männer durch die Luft fliegen lassen.«

»Habt Ihr... habt Ihr tatsächlich magische Kräfte?«, fragte Laurens.

»Nein. Das ist alles eine Frage des Körperschwerpunkts. Das könnt ihr auch.«

»Ihr wolltet mir das mal zeigen, Frau Alena«, sagte Mirte und kletterte über die Mauer in den Garten. »Oh weh, das sieht ja furchtbar aus.«

»Ja, das tut es.«

»Und besonders schmückend wirkt der dazwischen auch nicht.« Sie wies auf den gefällten Wickbold. »Wir sollten ihn rausschaffen und im nächsten Pütz versenken. Komm, Laurens, du die Schultern, ich die Beine.«

Laurens griff zu, meinte aber: »Besser nicht in den Pütz. Wir wollen doch nicht die Brunnen vergiften.«

»Stimmt auch wieder, aber nebenan gibt's einen schönen Misthaufen.«

»Ah ja. Ein Miststück mehr wird dem nicht schaden.«

Als sie zurückkamen, fegte Frau Alena bereits Scherben, Erde und Blätter zusammen und füllte alles in einen großen Weidenkorb. Mina saß auf dem Dach und schaute mit peitschendem Schwanz zu.

»Er hat sie nicht erwischt, das kluge Tier ist aufs Dach geflüchtet«, sagte Frau Alena und sah zu der Katze hoch.

»Ein Glück wenigstens. Ist es sehr schlimm?«, fragte Mirte und nahm sich die Kehrschaufel, um zu helfen. »Ich meine, Ihr braucht doch die Pflanzen, um – ähm – nach Hause zu kommen.«

»Ja, ich brauche Teile davon. Blütenblätter, Samen, Wurzeln. Es sieht schrecklicher aus, als es ist, Mirte. Pflanzen sind sehr widerstandsfähig. Ich werde ein paar neue Tonschalen für diese hier brauchen, dann können wir sie wieder eintopfen.«

»Dann geht zum Euler-Mattes am Gereonsdrisch, der hat solche Töpfe immer vorrätig.«

»Ich begleite Euch, Frau Alena«, bot sich Laurens an, doch sie schüttelte den Kopf.

»Es wäre nett von euch beiden, wenn ihr hier ein wenig aufräumen würdet. Und das Haus hüten. Ich finde schon einen Päckelchesträger, der mir die Töpfe nach Hause tragen hilft.«

»Fragt nach Pitter, und sagt ihm einen Gruß von mir.«

»Pitter. Aha.«

»Ist ein rechtschaffener Kerl, der Pitter. Nur immer hungrig.«

»Dann ist es ja gut, dass wir unsere Vorräte gerettet haben.«

»Und legt Euer Gebende wieder an, Frau Alena«, mahnte Mirte. Die Buchbinderin zog zwar eine Schnute, band sich aber gehorsam das Tuch wieder über die Haare und legte auch eine reine Schürze an.

Laurens sah sich im Garten um. Zwei Tage lang war der Himmel bedeckt gewesen, und ein kühler Wind war das Rheintal hinuntergeweht. Jetzt aber kam die Sonne wieder durch die Wolken, und in ihrer Wärme stieg der Duft der zertretenen und zerschlagenen Kräuter auf. Es roch süß und würzig und nach sehnsuchtsvoller Trauer. Ein Hauch von Wehmut flog ihn an, etwas, das von Abschied und Verlust sprach, aber auch von einem heimlichen Versprechen.

»Den Garten der Zeit hat sie ihn genannt«, flüsterte Mirte und strich über ein paar Salbeiblätter.

»Der Garten der Zeit? Ist sie hier ... Kann sie hier durch die Zeit gehen?«

»Nein, hier nicht. Aber all diese Pflanzen, in einem ganz

bestimmten Mischungsverhältnis und als Weihrauch aufbereitet, machen es ihr wohl möglich, wieder nach Hause zurückzukehren. Über sechshundert Jahre weit. Du glaubst es jetzt, Laurens?«

»Sagen wir, ich bezweifle es nicht mehr. Mirte...« Er beugte sich zu einer abgerissenen Ringelblume nieder, um sie aufzuheben. Dann reichte er sie mit einem zaghaften Lächeln. »Entschuldige.«

Sie legte ein wenig den Kopf schief und betrachtete ihn von unten herauf. Schalk blitzte in ihren Augen, und ein Mundwinkel verzog sich zu einem Lächeln.

»Ein billiges Geschenk«, sagte sie und steckte sich die Blüte hinter das Ohr.

»Möchtest du etwas Wertvolleres?«

»Ja, Laurens, möchte ich haben. Oder besser, möchte ich behalten.«

»Was denn?«

»Deine Freundschaft.«

Laurens hatte das Gefühl, dass sich in den Duft der zerschlagenen Pflanzen ein feiner Ton von Lieblichkeit mischte, und er streckte seine Hand aus. Mirte ergriff sie und drückte sie kräftig.

Das brachte ihn zur Erde zurück.

»Au!«

»Schwächling«, neckte sie ihn kichernd.

»Dein Pitter ist wohl ein ganzer Mann, was?«

»Pitter? Och, na jaaa.«

Verflixt, konnte dieser Gedanke nagend sein. Gerade noch hatte Laurens gedacht, dass Mirte einmal ein wenig mehr für ihn übrig hatte, schon tauchte dieser Pitter auf.

»Pitter ist auch ein Freund, Laurens. Ein Kumpan, der

mir manchmal nützliche Nachrichten bringt oder den ich um Rat fragen kann.«

»Das kannst du mich nicht, stimmt's?«

»Doch, das kann ich auch. Und, Laurens, ich brauche deine Hilfe. Weißt du, Frau Alena ist so gut zu mir. Es war noch nie im Leben jemand so lieb und fürsorglich zu mir. Sie wird fortgehen, bald, denke ich. Und auch wenn ich sie unsäglich vermissen werde, ich möchte ihr helfen zurückzukehren. Sie ist hier nicht glücklich. Und sie hat Ärger auf sich gezogen.«

»Ja, ich weiß. Sogar noch größeren als das Gespött der Gassenkinder.« Laurens erzählte Mirte von der gehässigen Predigt, mit der Bruder Notker versucht hatte, die Gemeinde im Hafenviertel aufzuhetzen. »Der Wickbold war auch in der Kirche.«

»Der ist ein dummer Tölpel, der seine Wichtigkeit mit Gebrüll und Schlägen beweisen muss. Und dass Frau Alena ihn wieder aufs Kreuz gelegt hat, wird ihn gewaltig fuchsen.«

»Und er wird weiterstänkern.«

»Ja, aber ich glaube, er lässt sich auch leicht einschüchtern. Man muss nur einen Weg finden, ihm Angst einzujagen.«

Mirte ließ Mina, die sich wieder von ihrem sicheren Dach heruntergetraut hatte, nach einer abgerissenen Efeuranke haschen.

»Diese Gevatterin Talea ist vermutlich die größere Gefahr für Frau Alena«, sinnierte Laurens. »Sie hat ihn dazu gebracht, diese Katze hier zu fangen.«

»Richtig. Sie ist diejenige, die ihm diese hässlichen Ideen eingibt. Wenn ich nur wüsste, wie wir ihr beikommen können.«

»Man müsste sie ihrerseits anklagen.«

»Dazu muss man ihr aber etwas nachweisen. Ich habe dir doch erklärt, dass das schwierig ist. Wir würden eine Menge anderer Frauen mit reinziehen.«

»Ich meine ja nicht wegen der Engelmacherei. Ich könnte mir vorstellen, Mirte, dass jemand, der in der Lage ist, unschuldige Kinder zu töten, auch andere üble Taten vollbringt.«

»Manchmal bist du ganz schön schlau, Laurens.«

Um die aufsteigende Röte in seinem Gesicht zu verbergen, beugte Laurens sich zu der Katze hinunter, die freundlich an seinen Fingern schnupperte.

»Mhm«, sagte Mirte. »Mhm. Ich glaube, ich werde mich mal auf den Gassen umhören.«

»Bei deinem Freund Pitter?«

»Zum Beispiel.«

»Mhm«, sagte jetzt auch Laurens und richtete sich auf. Wieder sah Mirte ihn mit leicht schräg geneigtem Kopf an. Dann lächelte sie, stellte sich auf die Zehenspitzen und gab ihm ein rasches Bützchen auf den Mund.

»Pitter bekommt nur Honigkuchen«, erklärte sie dazu.

Laurens sagte gar nichts.

Dann räusperte er sich.

Und sagte gar nichts.

Aber er hob seine Hand und strich Mirte leicht über die Wange. Sie fühlte sich seidig an, und darum streichelte er noch einmal darüber. Und da ihre Wangen dadurch immer rosiger wurden, lächelte er sie an, beugte sich vor und hauchte ihr ebenfalls ein Bützchen darauf.

»Armer Pitter«, murmelte er dann, und Mirte ließ ein helles Lachen erklingen.

»Komm, lass uns endlich den Hof fegen.«

Sie hatten alle Scherben aufgelesen, lose Ranken aufgesammelt, Erde zurück in die Beete gefegt und wieder festgeklopft, die ausgerissenen Kräuter sorgfältig sortiert und nebeneinandergelegt, als Frau Alena, gefolgt von Pitter, wieder eintraf. Beide hatten sie einen Stapel Tontöpfe dabei, und während die Buchbinderin den Lohn holte, hielt Mirte den Päckelchesträger am Ärmel fest.

»Wir müssen uns mal unterhalten, Pitter. Hast du morgen nach der Sext Zeit?«

»Was krieg ich dafür?«

»Ich bring dir von den Beginen eine Wurst und Brot mit. Reicht das?«

»Klar!«

»Ich könnte einen Dickpfennig dazugeben«, bot Laurens an.

»Scheint ja was Wichtiges zu sein. Oder habt Ihr zu viele davon, Jungherr?«

»Wichtig.«

»Wegen der Frau Alena?«

Laurens und Mirte nickten.

»Wenn Brot und Wurst nicht reichen, sag ich's der Mirte.«

»Ist gut.«

Frau Alena kam zurück in den Garten, drückte Pitter ein paar Münzen und ein großes Stück Honigkuchen in die Hand.

»Danke auch, Junge.«

Der vollführte einen einigermaßen eleganten Kratzfuß, biss aber gleichzeitig in den Kuchen und nuschelte mit vollem Mund so etwas wie einen Abschiedsgruß.

## 21

## Blick in die Zukunft

*20. September 1378*

»Das sieht ja schon wieder ganz ordentlich aus«, stellte Frau Alena mit einem Blick in den Garten fest, verteilte weiteren Kuchen und holte auch den Krug mit dem Most nach draußen. »Habt ihr beide noch etwas Zeit, mir beim Eintopfen zur Hand zu gehen?«

»Würdet Ihr mir dabei ein paar Fragen beantworten, Frau Alena?«

»Wenn ich kann, Laurens, gerne.«

»Was ich wirklich gerne wissen würde, ist, ob Ihr wirklich den Blitzeinschlag vorhergesehen habt.«

Während sie die Töpfe mit Erde füllte, klebrige, lehmige Erde, der sie Sand beimischte, erklärte Frau Alena: »Vorhergesehen ist nicht das richtige Wort dafür. Ich habe bereits davon gewusst. Und inzwischen ist mir klar, wie dumm das von mir war, denn damit habe ich die ganzen Schwierigkeiten heraufbeschworen.« Sie stellte den Topf mit Thymian beiseite und nahm sich den nächsten vor. »Ich habe in meiner Zeit viele Aufzeichnungen gefunden, darunter auch solche der Stadtschreiber. Darin ist natürlich der Brand vom Fischmarkt im Jahr 1378 erwähnt und auch die Ursache. Ich habe lange überlegt, Laurens, ob ich eine Warnung aussprechen sollte, denn Stadtbrände sind furchtbar und fordern viele Opfer.«

»Ich weiß, es hat schon häufiger welche gegeben.«

Und Mirte fügte hinzu: »Aber meistens sind umgekippte Lampen oder Funken aus dem Kamin die Ursache. Von einem Blitzschlag habe ich noch nie gehört.«

»Nein, das ist auch selten. Und umso dramatischer. Das war ja der Grund, warum ich mich schließlich doch dazu entschieden habe, deinem Vater, Laurens, die Nachricht überbringen zu lassen.«

»Warum ausgerechnet meinem Vater? Wäre der Turmvogt nicht der Richtige gewesen?«

Frau Alena gab einen kleinen Schnauber von sich.

»Der hätte mich gleich eingesperrt.«

»Oder spätestens gleich nach dem Blitzeinschlag«, ergänzte Mirte. »Dein Vater ist ein weit verständigerer Mann als der Grützkopf von Turmmeister.«

»So ist es.«

»Weiß mein Vater von Eurer Herkunft?«

»Nein, aber ich dachte, er würde mir weit genug vertrauen, dass er zumindest die Möglichkeit einer Feuersbrunst in Erwägung ziehen würde. Und außerdem«, hier grinste Frau Alena, »außerdem vertraute ich auf Mirtes Neugier.«

»Oh.«

»Sie war einer der Gründe, warum ich meine Kenntnis darüber preisgab. Wisst ihr, es ist nicht einfach, mit einem solchen Vorherwissen zu leben. Man gerät in die Versuchung, das Schicksal der Welt zu verändern. Das aber nimmt seinen Lauf, gleichgültig welche Warnungen man verlauten lässt.«

»Wie meint Ihr das, Frau Alena?«

»Ich hatte in den Annalen von dem Brand gelesen, aber verhindern hätte ich ihn nicht können. Ich verfüge wirklich nicht über die Kräfte, den Blitz zu leiten oder Unwetter abzuwenden. Aber ich weiß von kommenden Kriegen, von Seuchen und Zerstörung – doch verhindern werde ich sie nicht können.«

»Aber ein anderer, der aus Eurer Zeit kommt, könnte es.«

»Das bezweifle ich. Sonst wären nämlich viele dieser Katastrophen nicht geschehen. Nein, das Schicksal der Menschheit, mehr noch, das aller Lebewesen, selbst das der Erde insgesamt, vollzieht sich nach seinem eigenen Willen.«

»Nach Gottes Willen«, sagte Mirte.

»Vielleicht nach seinem. Auf jeden Fall einem höheren, den wir Menschen noch nicht ergründet haben. Aber ich hatte die verrückte Hoffnung, den Menschen, die mir etwas bedeuten, vielleicht das Leben zu retten. Aber – wahrscheinlich wäre euch beiden sowieso nichts passiert. Aus ganz anderen Gründen. Vielmehr mache ich mir jetzt den Vorwurf, Laurens, dass meinetwegen dein Vater verletzt wurde und dass ich euch nun in Gefahr bringe, weil man mich der Zauberei beschuldigt.«

»Aber der Balken wäre auf jeden Fall vom Turm heruntergebrochen.«

»Ja, aber der Ratsherr hätte dich nicht im Kloster gesucht.«

»Ich hätte aus anderen Gründen ungehorsam sein können.«

»Ja, das hättest du natürlich. Bleibt aber die Tatsache, dass ich seither den Ruf einer Zauberschen habe und ihr mit mir in Verbindung gebracht werdet. Das kann euch schaden.«

»Mir habt Ihr aber geholfen, Frau Alena. Ihr habt mir ein Zuhause gegeben und ... und Eure Fürsorge.«

»Und mir habt Ihr Euer Wissen gegeben, Frau Alena.«

»Und ihr habt meine Katze gerettet und geholfen, mich aus dem Turm freizubekommen.«

»Trotzdem, Frau Alena. Ich würde trotzdem gerne mehr darüber erfahren, wie sich die Zukunft entwickelt. Ich meine«, Laurens betrachtete die Majoranpflanze in seiner Hand, »könnte ich mit Eurem Weihrauch auch in die Zukunft reisen und mir die Welt dort ansehen?«

Frau Alena lachte.

»Besser nicht, Laurens. Du wärst entsetzt.«

»Gibt es Köln nicht mehr?«

»Doch, es gibt die Stadt noch. Aber erkennen würdest du sie nicht mehr.«

»Wie sieht sie aus? Bitte, erzählt doch!«

»Ja, sagt es uns. Mir habt Ihr doch schon verraten, dass der Dom dann fertig ist.«

»Ja, der Dom wird, nach langer Bauzeit, nach weiteren fünfhundert Jahren von heute, fertiggestellt werden.«

»Fünfhundert Jahre? Das kann doch nicht sein, Frau Alena? Der Baumeister Gerhard hat doch im Jahre des Herrn 1248 begonnen, und nun ist schon der Chor fertig, und die Türme wachsen täglich weiter.«

»Ja, ein paar Jahrzehnte noch wird man eifrig weiterbauen, aber dann wird der Stadt das Geld ausgehen, und halb fertig wird die Kathedrale zur Ruine verfallen. Erst lange danach wird man sich wieder an die Pläne erinnern und den Bau fertigstellen.«

»Warum hat man kein Geld mehr? Köln ist eine Handelsstadt, und mein Vater sagt, hier ist der Umschlagplatz der

Waren aus aller Welt. Hier werden die Kaufleute reich und damit auch der Klerus und der Adel.«

»Dein Vater ist ein Ketzer«, bemerkte Frau Alena trocken.

»Nein, er...« Laurens wollte protestieren, doch die Worte blieben ihm im Hals stecken. »Uh, der Handel macht die Kirche reich?«

»Wer erhebt denn die Steuern und Abgaben, verlangt für jede Messe, jede Taufe, jedes Begräbnis Geld? Wer verkauft denn Ablasszettel und lässt sich die Befreiung von Gelübden bezahlen?«

»Das sagt lieber nicht zu laut, Frau Alena.«

»Nein, das werde ich nicht, aber einer wird kommen, der das ganz laut verkünden wird, und es werden ihm viele zuhören, und darum wird die Kirche gespalten in zwei Konfessionen, und die Menschen werden sich deshalb bekriegen. Der Bau des Doms wird aus diesem Grund auch nicht weiter vorangetrieben.«

»Ein neuer Messias?«

»Nein, ein Reformator. Im nächsten Jahrhundert.« Frau Alena lächelte. »Die Kinder eurer Enkelkinder werden ihn vielleicht kennenlernen.«

Diese Bemerkung vermittelte Laurens erstmals eine Zeitdimension, die er sich vorstellen konnte. Hundert Jahre, sechshundert Jahre – das waren Zahlen. Generationen aber waren begreifbare Größen.

»Könntet Ihr irgendwelche Urenkel von mir kennen, Frau Alena?«

»Ich glaube, nein. Ich müsste mir viele Stammbäume ansehen. Man sagt, eine Generation beträgt etwa dreißig Jahre. Teile sechshundert durch dreißig.«

»Zwanzig«, quietschte Mirte dazwischen.

»Zwanzig Generationen, mehr oder weniger, müsste ich zurückverfolgen. Da kann viel geschehen, nicht wahr?«

»Ja, das ist wirklich schwierig. Aber ich werde ganz bestimmt unseren Stammbaum aufschreiben. Der Vater hat nämlich eine Abschrift des Kirchenbuchs für uns angefertigt. Mit unseren Vorfahren, vier Generationen zurück. Aber nun sagt, wie sieht es in Köln aus in der Zeit, in der Ihr lebt? Der Dom ist fertig. Und sonst? Steht die Stadtmauer noch? Groß Sankt Martin? Der Palast des Erzbischofs?«

»Manches ja, Laurens, aber die Stadtmauer ist schon lange gefallen, die Grenzen der heutigen Stadt weit überschritten. Groß Sankt Martin steht noch, der Palast ist verschwunden.« Laurens bemerkte, dass Frau Alena die Hände auf einer Minze ruhen ließ und in die Ferne schaute, als würde sie träumen. »Ein furchtbarer Krieg wird über das Land kommen und die Stadt mit Feuer und Schwefel überziehen. Sie wird nur noch ein Trümmerfeld sein, kein Stein bleibt auf dem anderen. Nichts wird übrig geblieben sein von dem, was ihr heute kennt. Kirchen, Klöster, Märkte – alles wird zu Staub. Nur der Dom bleibt inmitten der Trümmer unversehrt.«

»Mein Gott, die Apokalypse wird wirklich eintreten? Wann?«

»In ungefähr fünfhundertsechzig Jahren. Ja, es ist so etwas wie die Apokalypse. Doch, Kinder, sie ist nicht das Ende der Welt, auch wenn unsägliches Leid entstanden ist. Nehmt das als Hoffnung – in weniger als zehn Jahren werden die Bewohner die Stadt wiederaufgebaut haben. Aber ihr Gesicht hat sich dann gewandelt, und nichts würdet ihr wiedererkennen. Es wird eine andere Welt sein.«

Ehrfürchtig lauschte Laurens den prophetischen Worten, und auch Mirte hatte große Augen bekommen.

»Eine bessere Welt?«, hauchte sie.

»Eine andere. Denn wenn auch Mauern und Türme fallen, neue Erfindungen die Welt verändern – die Menschen ändern sich nicht. Es wird immer solche geben, die jene verfolgen, die sie nicht verstehen, die nicht sind wie sie. Heute vielleicht die Ungläubigen, Heiden oder Juden, dann die Frauen, die klüger als die Männer sind. Man wird sie Hexen nennen und auf Scheiterhaufen verbrennen. Man wird diejenigen jagen und töten, die dem Reformator folgen, solche, die anderer Hautfarbe sind oder einfach anderer Meinung. Kurzum – Gevatterin Talea wird nie aussterben. Ebensowenig wie Männer und Frauen, die die Verfolgten schützen, die Kranken heilen und die Unwissenden lehren.«

»Ihr hört Euch wirklich an wie einer der Propheten.«

»Verrückt, nicht wahr?«

»Ich weiß nicht. Vielleicht waren diese Leute auch aus einer anderen Zeit gekommen, oder?«

»Ja«, sagte Mirte. »Was Ihr getan habt, müssen doch auch schon andere vor Euch gemacht haben. Sonst hättet Ihr das Rezept nicht gefunden.«

»So etwas habe ich auch schon vermutet. Aber es ist gefährlich, und nicht alle werden dort angekommen sein, wo sie hinwollten. Und viele werden nicht gewusst haben, wie sie überleben konnten. Ich habe das Glück gehabt, dass ich Aufzeichnungen aus dieser Zeit hier in dieser Stadt studieren konnte. Ich wusste, welche Kleidung ich brauchte, wie man hier Essen zubereitet, mit welchem Handwerk ich mir meinen Unterhalt verdienen konnte. Aber stellt euch vor, ihr würdet zurückgehen.«

»In die Zeit um Christi Geburt zum Beispiel. Aber würde es hier so anders aussehen?«

»Oh ja, Laurens, oh ja. Auch das würdest du nicht wiedererkennen, die Sprache nicht verstehen und kein Gebäude mehr erkennen. Köln war eine römische Stadt und völlig anders als heute. Nur die Burgmauer hier, die zeugt noch von jener Zeit, sie war die alte Stadtumfassung. Ach ja, und die Aduchten, die unterirdischen Kanäle, die sind auch noch da.«

»Woher wisst Ihr das denn?«

»Weil man zu meiner Zeit Möglichkeiten gefunden hat, jene alten Zustände zu rekonstruieren – man hat römische Texte gefunden und Bauwerke, die heute verschüttet sind.«

»Ich glaube, Frau Alena ist sehr mutig und sehr umsichtig gewesen, als sie hergekommen ist, Laurens. Und trotzdem ist sie in arge Schwierigkeiten gekommen. Ich möchte lieber nicht in eine andere Zeit reisen.«

Laurens hingegen hätte das Angebot nicht ausgeschlagen, und er merkte sich vor, zu einem günstigeren Zeitpunkt Frau Alena doch mal zu fragen, ob sie ihn nicht mitnehmen würde.

## 22

## Aus dem Tagebuch
## von Frau Dr. Alena Buchbinder

*21. September 1378*

*Es endet nicht, nein, es endet nicht. Ich könnte mich klein und unscheinbar wie eine Maus machen, und es würde noch immer nicht enden.*

*Talea mobbt weiter. Dass sie die Straßenkinder bezahlt hat, um mich lauthals auf dem Markt zu beschuldigen, war eine infame, hinterhältige Tat. Und vermutlich hat auch Wickbold auf ihr Geheiß hin meinen Garten verwüstet.*

*Aber nun sind die meisten Pflanzen so weit, dass ich mich an die Zubereitung des Weihrauchs machen kann.*

*Doch trotz all dieser Anfeindungen – die Freundschaft der beiden jungen Leute ist überwältigend. Genau wie ihr Wissensdurst. Wie offen sie für alles sind, erstaunt mich immer wieder. Aber ich muss vorsichtig sein mit dem, was ich ihnen erzähle. Ich will sie nicht in Gefahr bringen. Sie sind es alleine schon dadurch, dass sie mit mir in Kontakt stehen.*

*Besser wäre es für sie, sie würden sich von mir fernhalten, aber das scheint schier unmöglich zu sein. Und wenn ich ehrlich bin, ich würde sie auch vermissen.*

*Zumindest ein paar fiese Tricks zur Selbstverteidigung kann ich ihnen wohl gefahrlos beibringen. Laurens stellt sich unerwartet geschickt bei den Judowürfen an. Er hat ein natürliches Verständnis für Schwerpunkt und Hebelgesetze und wird sich vermutlich bald eine Menge blauer Flecken holen, denn junge Männer neigen dazu, mit ihren Kenntnissen anzugeben. Na, das wird ihm nicht schaden, diesem aufstrebenden Gelehrten. Mirte hingegen zeigt ein instinktives Verständnis für die schmerzhaften Griffe – sie weiß, wo es wehtut. Das hat sie schon gezeigt, als sie dieser Gossengöre das Ohr verdreht hat. Armes Mädchen, sie ist in einer harten Schule groß geworden.*

*Ich hoffe für sie, dass sie diese Techniken nicht so häufig mehr anwenden muss. Aber dieser brutale Hohlkopf von Wickbold wird sie nicht in Ruhe lassen.*

*Vielleicht sollte ich mich darüber mit Adrian van Kerpen unterhalten. Wenn ich fort bin, wird sie Schutz brauchen.*

*Laurens löchert mich, ihm das Rezept des Weihrauchs zu geben, er will unbedingt eine Zeitreise machen. Aber ich weigere mich an dieser Stelle strikt. Der Junge würde es fertigbringen, sechshundert Jahre in die Zukunft zu reisen und beim ersten Schritt über die Straße unter die Räder kommen. Ich hoffe nur, dass er nie die Möglichkeit dazu findet.*

*Was habe ich nur getan. Mein Gott, was habe ich nur angerichtet mit dieser Reise in die Vergangenheit!*

# 23

## Gerüchteküche

*22. September 1378*

Mirte erglühte vor Stolz. Zwei Mal hatte Frau Clara, die Meisterin der Beginen und die Lehrerin, die sie und die anderen Mädchen unterrichtete, sie heute gelobt. Ein Mal, weil sie ganz fehlerfrei einen Text vorlesen konnte, und das andere Mal, weil sie die Wörter, die sie ihnen diktiert hatte, alle richtig auf ihr Wachstäfelchen geschrieben hatte.

Das ständige Üben, zu dem Frau Alena sie gedrängt hatte, trug Früchte.

Jetzt war die Schulstunde um und Mirte suchte die Köchin der Beginen, Frau Gertrud, auf. Sie war ein ewig mürrisches Weib, grummelte und knurrte, wenn man sie ansprach, aber insgeheim, dachte Mirte, machte sie das wohl nur, damit man ihre Großzügigkeit nicht allzu schamlos ausnutzte. Denn großzügig war sie. Einem hungrigen Blick und höflich bittenden Worten konnte sie nie widerstehen. Und so gelang es ihr schließlich auch, ihr eine fette Wurst, zwei dicke Scheiben Brot und einen süßen Wecken abzuschmeicheln.

In den Wecken biss Mirte selbst, Wurst und Brot verschwanden in der aufgesteckten Schürze. Kaum war sie aus dem Tor des Beginenkonvents getreten, machte sie sich auf die Suche nach Pitter. Dass sie ihm den größten Teil ihrer nahrhaften Beute abzuliefern hatte, berührte sie wenig. Seit sie bei Frau Alena lebte, hatte sie nie wieder Hunger gelitten. Schon morgens stand der Brei bereit, manchmal mit Apfelschnitzen oder mit Rosinen, immer mit Honig gesüßt, mit Milch angerührt, mit einem Hauch von Nelken oder Paradieskörnern gewürzt. Mittags, wenn sie nicht bei den Beginen war, aßen sie zusammen Brot mit Käse oder Quark, und abends fand sich immer etwas Leckeres im Kessel oder in der Pfanne.

Pitter sah weit hungriger aus, der magere Kerl, aber grinste sie schon freundlich an, als sie um die Ecke zur Kunibertgasse kam. Hier erstreckten sich einige Weingärten, und sie setzten sich auf die niedrige Mauer, die sie umgab. Hinter ihnen waren einige Arbeiter mit der Lese der reifen Trauben beschäftigt. Die Männer aber schenkten ihnen keine Aufmerksamkeit.

»Wurst und Brot. Bitte schön«, sagte Mirte und reichte dem Päckelchesträger beides. Dessen Augen leuchteten in Vorfreude auf, und er zog ein schartiges Messer aus seinem Stiefel. Sorgfältig teilte er die Wurst in zwei fast gleiche Hälften und bot eine – die kleinere – Mirte an.

»Lass nur, ich hab schon gegessen. Aber hör mir zu, was ich zu sagen hab.«

»Klar!«, kam es undeutlich aus vollem Mund. Mirte berichtete also von den Übergriffen auf Frau Alena und der Hasspredigt von Bruder Notker.

»Wir nehmen an, dass die Gevatterin Talea dahintersteckt. Sie wiegelt die Leute auf.«

»Sie ist ein Lästermaul. Das ist doch bekannt.«

»Ich will, dass sie damit aufhört, der Frau Alena zu schaden.«

»Wird nicht möglich sein.«

»Doch. Sie hat Dreck am Stecken.«

»Kann sein, kannste ihr aber nicht nachweisen.«

»Sie ist eine Engelmacherin.«

»Und wenn schon.«

»Wie macht sie die Engel?«

»Was weiß denn ich davon.«

»Pitter!«

»Hör mal, du bringst dich in Teufels Küche, wenn du sie beschuldigst.«

»Nicht des Kindsmords, Pitter. Aber sie wird noch andere Sachen anstellen. Liebestränke, Giftmischerei, Quacksalberei? Irgendwas gehört darüber?«

Pitter nahm das zweite Stück Brot in Angriff, und Mirte wartete geduldig, bis er seine vollen Backen geleert hatte. Die Boten und Päckelchesträger auf den Straßen und Gassen erfuhren viel, sie selbst hatte auch ein gutes Gehör für Gerüchte und Neuigkeiten entwickelt, aber sie hatte sich von manchen Vierteln ferngehalten, die für Mädchen zu gefährlich waren. Und sie hatte auch nur selten in der Dunkelheit gearbeitet, schon deswegen, weil sie immer das Essen bereiten musste und auf die Geschwister aufzupassen hatte. Aber jene, die in den verrufenen Gassen ihre Kundschaft fanden, und vor allem die Laternen- und Fackelträger, die bekamen noch ganz anderes Gerede mit. Und bei Pitter landete früher oder später alles.

Pitter wischte sich die fettigen Lippen mit dem Ärmel ab und pickte einen letzten Krumen Brot auf. Dann sagte er: »Jens.«

»Jens. Ja, der macht Nachtdienst.«

»Bei Lyskirchen. Könnt sein, es wär gut, mal den Lichhof zu beobachten.«

»Nachts?« Mirte schauderte.

»Wann sonst?«

»Hilft mir nichts, wenn sie die Kinderleichen dort verscharrt«, murmelte Mirte.

»Die nicht. Aber ich vermute, sie braucht ... Zutaten.«

»Vom Lichhof. Heilige Jungfrau Maria.« Mirte würgte. Sie ahnte, was Pitter damit andeuten wollte.

»Sei nur vorsichtig, Mirte.«

»Gewiss.«

»Und hüte dich vor dem Wickbold.«

»Ich weiß. Der wird sich rächen wollen, weil Frau Alena ihn umgeworfen hat.«

»Mit magischen Künsten, behauptet er. Aber mehr noch – man sagt, er will seine Verlobte von der Zauberschen wegholen. Mit Gewalt, wenn nötig.«

»Seine Verlobte. Dafür wird aber *er* magische Kräfte benötigen, fürchte ich«, grollte Mirte.

Pitter grinste.

Als Laurens von Mirte gehört hatte, was Pitter über Jens und die Besuche der Wehmutter auf dem Kirchhof von Maria Lyskirchen erzählt hatte, war er zunächst wieder einmal skeptisch. Aber der Verdacht, den Mirte geäußert hatte, klang so unwahrscheinlich doch nicht, und darum suchte er, als er tags drauf wieder mit Lodewig verabredet war, mit ihm zusammen den Bruder Infirmarius auf. Der Krankenpfleger des Klosters war ein versierter Mann, der sich mit den Heilmitteln auskannte und sie selbst auch herstellte. In einer luftigen Kammer trockneten Kräuter, standen Tontöpfe mit seltenen Pilzen, Körnern oder auch Mineralien herum, blubberte es in einer Retorte auf dem Athanor, und in einem Tiegel neben dem Herdfeuer schmolz Wachs. Es duftete herb, aber nicht unangenehm in dem Raum, in dem der Krankenbruder der Benediktiner seine Arzneien zubereitete. Er war auch gerne bereit, die Wissbegier eines jungen Mannes zu befriedigen.

»Von der Arbeit einer Hebamme verstehe ich nichts«, antwortete er gutmütig zwinkernd auf Laurens' ungewöhnliche Frage. »Diese Dienste werden hier im Kloster nicht sonderlich oft verlangt.«

»Nein, gewiss nicht«, stimmte ihm Laurens zu. »Ich wollte eigentlich nur etwas über Salben erfragen.«

»Nun, die verwenden wohl alle Heiler, so auch die Wehfrauen. Ob die aber besondere Mischungen herstellen, weiß ich nicht.«

»Woraus stellt Ihr denn Eure Salben her?«

»Ah, eine Frage nach dem Grundsätzlichen. Die ist leichter zu beantworten als die nach dem Speziellen. Grundsätzlich benötigen wir für eine Salbe eine verstreichbare Paste. In diese Paste wird, je nach Anwendungszweck, die eigentliche Arznei gemischt. Hier siehst du das Bienenwachs. Es schmilzt schon bei niedrigen Temperaturen, man kann ihm allerlei Pulver oder Tinkturen beimischen. Es erhärtet aber, wenn es abkühlt, und wenn man will, kann man daraus dann Pillen drehen. Mischt man es jedoch mit Fett oder Öl, bleibt es geschmeidig.«

»Welcherart Fette und Öle verwendet man dabei?«

»Öle aus Nüssen, Mandeln, Traubenkernen und Oliven zum Beispiel. Oder aus den Samen der Rapspflanze. Fett ist billiger, aber nicht so geschmeidig. Wir nehmen gerne Schweinefett und Rindertalg, besser Nierenfett, alles das möglichst gereinigt, dass es schön weiß ist. Wie dieses hier.«

Der Infirmarius zeigte auf eine Schüssel mit rein weißem Schmalz.

Laurens nickte und verfolgte dann seine Idee weiter.

»Ich habe auch gehört, dass man Menschenfett verwendet. Aber das ist doch sicher nur ein dummes Ammenmärchen.«

Der Krankenbruder sah ihn neugierig an.

»Aha, daher weht der Wind, was? Hat man versucht, dich das Gruseln zu lehren?«

»Möglich.« Laurens zauberte ein durchtriebenes Grinsen auf sein Gesicht. »Lohnt es sich, sich darüber zu gruseln?«

Jetzt grinste der Infirmarius auch.

»Natürlich. Frag den Henker. Er macht gute Geschäfte mit derlei Ingredienzien. Den Haaren, dem Blut, den Knochen und dem Fett Hingerichteter spricht man besondere Kräfte zu.«

Laurens schluckte sichtlich.

»Ihr verwendet es auch?«

»Nein, mein Junge. Ich halte mich an die tierischen Stoffe, die wir von den Schlachtern erhalten und die in der Küche ebenfalls Verwendung finden. Aber selbstverständlich gibt es genügend Quacksalber, die bei dem Scharfrichter Kunde sind, und es gibt genauso viel abergläubisches Volk, das auf die Wirkung solcher unheimlichen Mittel vertraut.«

»Leichenfett, pulverisierte Mumien oder menschliche Zähne, ja, davon habe ich auch schon reden gehört«, mischte sich Bruder Lodewig ein.

»Oh, die ›mumia‹ ist ein gar nicht so wirkungsloses Mittel. Doch das liegt sicher weniger an den vertrockneten Leichen als an dem Erdpech, in das sie eingewickelt sind. Es ist ein hervorragendes Zugmittel bei schwärenden Wunden.«

»Aber es sind Menschen gewesen«, meinte Laurens fassungslos.

»Heiden«, ergänzte Bruder Lodewig.

»Heilende Heiden«, stimmte der Infirmarius zu und fügte hinzu: »Und dann gibt es natürlich noch das Leichenwachs. Dem sagt man besonders wunderbare Kräfte nach.«

Laurens hatte inzwischen bemerkt, dass der gelehrte Mönch sich einen Spaß damit machte, ihnen die kuriosesten und schaurigsten Mittel zu schildern. Aber das führte ihn auf die richtige Spur. Also fragte er: »Leichenwachs? Was ist das, um aller Heiligen willen?«

Vergnügt rieb sich der Krankenbruder die Hände und machte sich daran, den beiden Jünglingen die ekelhafte Prozedur zu schildern.

»Nun, man schlachtet beispielsweise ein fettes Schwein. Dann begräbt man es so, dass keine Luft an den Kadaver herankommt. Dazu versenkt man es etwa in einem Moor oder bedeckt es mit klebrigem Lehmboden. Nach vier bis sechs Wochen hat sich dann aus dem Körperfett das Wachs gebildet.«

»Um das zu gewinnen, muss man das Schwein dann wieder ausgraben.«

»Natürlich.«

Laurens und Lodewig schüttelten sich. Und um von dem Thema abzulenken, fragte Laurens den Infirmarius nach den Wirkungsweisen verschiedener Kräuter. Aber sein ursprüngliches Anliegen hatte er zufriedenstellend geklärt.

## 24

## Leichenwachs

*24. September 1378*

»Igitt!«, sagte Mirte.

»Ja, übel. Richtig übel.«

Laurens und Mirte saßen in Frau Alenas Garten und verlasen Kräuter und Samen aus den Pflanzen, die ihnen die Buchbinderin gezeigt hatte. Die ersten Schritte zur Herstellung des Weihrauchs waren getan. Aber Mirtes Ausruf des Abscheus hatte nichts mit den getrockneten Blättern oder haarigen Hagebuttensamen zu tun, sondern bezog sich auf die Herstellung von Salben aus Leichenwachs.

»Bist du sicher, dass sie so etwas herstellt?«

»Warum sonst wird sie sich wohl in mondlosen Nächten auf dem Lichhof herumdrücken, wie dein Jens es gesehen hat?«

»Aber ein Schwein da zu vergraben...«

»Mirte! Kein Schwein.«

Das wahrhaft Ungeheuerliche ging Mirte jetzt erst auf.

»Du meinst... du meinst, sie gräbt die Toten dort aus?«

»Genau das meine ich. Ich könnte wetten, dass die Erde dort lehmig ist. So wie hier auch.«

Mirte betrachtete den festgestampften Boden des Hofes.

Nur dort, wo Frau Alena ihn umgegraben, mit Sand und Pferdeäpfeln vermischt hatte, war er krümelig, sodass ihre Pflanzen darin wurzeln konnten. Ja, der Boden war hier in Köln schwer, und das Wasser sickerte nur langsam ein, wenn er fest geworden war. Die Toten, die man in dieser Erde bestattete, waren von der Luft abgeschlossen.

»Leichenwachs. Ob Frau Alena das weiß?«

»Mag sein, aber wenn nicht, ist es besser, wir sagen ihr nichts. Je weniger sie von unserem Vorhaben weiß, desto weniger kann sie verraten.«

»Ja, da hast du recht, Laurens. Sie hat mir anvertraut, es sind nur noch drei Wochen, bis die Planeten günstig stehen und sie heimkehren kann. Wir müssen aufpassen, dass Talea ihr in der Zeit nichts antut.«

»Genau darum werden wir die Gevatterin auf dem Lichhof zu fassen kriegen, Mirte. Grabfrevel ist eine Schandtat, für die sie umgehend in den Kerker wandert.«

»Dazu müssen wir sie aber erst dabei erwischen.«

»Das werde ich auch. Und wenn ich jede Nacht dort Wache halten muss.«

»Nicht du, wir beide, Laurens.«

»Nein, du nicht.«

»Hältst du mich für zu dumm oder für zu schwach, eine Nachtwache zu halten?«

»Für zu niedlich.«

Mirte wollte knurren, verschluckte das Geräusch aber.

»Danke. Hast du auch schon einen Plan, wie du sie überwältigen willst, wenn du sie dort an den Gräbern herumwühlen siehst?«

»Ich werde die Nachtwache rufen.«

»Natürlich.«

Mirtes Ton war so trocken wie die Rosenblätter in ihrer Hand.

Es dauerte eine Weile, bis Laurens sich räusperte: »Ähm, du meinst, das sei verkehrt?«

»Nein, nein. Talea hat ja keine Ohren.«

»Na ja, sicher. Ich werde diesen Jens versuchen zu überreden mitzumachen.«

»Jens verdient sich nachts sein Geld mit Fackeltragen. Du wirst ihn bezahlen müssen.«

Mirte legte die Rosenblätter zur Seite und nahm sich die Samenkapseln der Stockrosen vor, rieb sie auf und ließ den feinen Samen in eine Schale rieseln.

»Du kannst nicht mitkommen, Mirte. Was soll denn Frau Alena denken?«

»Sie denkt nicht, wenn sie schläft.«

»Und wenn sie aufwacht?«

»Und wenn dein Vater aufwacht?«

»Der hat sein eigenes Gemach.«

»Und Frau Alena ihre eigene Kammer.«

»Es ist aber gefährlich, Mirte.«

»Was ist gefährlich?«

»Für eine Jungfer nachts durch die Gassen zu laufen.«

Das stimmte allerdings, und einen winzigen Moment zögerte Mirte tatsächlich. Aber dann fielen ihr die Bruchen in Frau Alenas Kleidertruhe ein, und ein wagemutiger Gedanke kam ihr in den Sinn.

»Bring mir Jungenkleider mit. Und eine dunkle Gugel.«

»Mirte, du bist von Sinnen.«

»Nö, nur praktisch. Du hast doch bestimmt noch Kleider aus der Zeit, als du noch nicht so groß warst wie jetzt.«

»Ja, sicher.«

»Gut, dann bring sie mir morgen mit. Und jetzt psst, Frau Alena kommt zurück.«

Und schon stand die Buchbinderin im Hof und betrachtete die friedliche Szene.

»Ihr seid fleißig gewesen«, stellte sie fest und nahm zwei gefüllte Schüsselchen hoch. »Ich trage das besser nach drinnen, bevor der Wind hineinfährt und alles verstreut.«

Mirte blickte zum Himmel hoch, der sich wieder bezogen hatte.

»Ja, das wird besser sein. Es sieht nach Regen aus.«

Sie räumten ihre Utensilien auf und trugen alles ins Haus. Hier bemerkte Mirte die Apothekerwaage mit den vielen kleinen Gewichten.

»Meister Krudener hat sie Euch ausgeliehen?«

»Nein, die Apothekerin der Beginen. Dann zeigt mir mal, was ihr schon hergerichtet habt.«

Mit geübten Fingern wog Frau Alena Samen und pulverisierte Blätter aus und füllte sie in kleine Tontöpfe, die sie mit Holzdeckeln sorgsam verschloss. Einige Pergamentstreifen hatte sie vorbereitet, die sie mit dem Inhalt beschriftete und mit einer Hanfschnur daran befestigte.

»Ist das alles, was Ihr benötigt?«

»Nein, der Mohn fehlt noch und getrocknete Minze und die Fasern der Wolldistel. Und gutes Olibanum brauche ich auch noch, aber das wird mir dieser Meister Krudener wohl verkaufen.«

»Ich hole es für Euch, wenn Ihr wollt. Mich kennt er ja.« Und dann grinste Mirte. »Und ich bekomme wieder eine kandierte Kirsche, wenn ich es richtig anstelle.«

Frau Alena zählte einige Münzen ab und reichte sie Mirte.

»Das müsste für das Harz reichen. Und wenn Meister

Krudener diese Kirschen auch verkauft, dürfte dafür noch genug übrig sein.«

»Ihr meint, ich soll die Kirschen …?«

Das Wasser lief Mirte im Mund zusammen, und sie musste schlucken.

»Es scheint, dass sie eine ganz besondere Köstlichkeit darstellen. Ich würde sie gerne probieren. Und Laurens vermutlich auch. Oder sind harte Männer wie du gegen solche Genüsse gefeit?«

»Nö, Frau Alena.«

Sie lachte und reichte Mirte den Korb.

»Soll ich dich begleiten, Mirte?«

»Nein, Laurens. An ein paar Unzen Olibanum und einer Handvoll Kirschen schleppe ich mich schon nicht zu Tode.«

»Da hat sie recht, Laurens. Und du hast dir in der Zwischenzeit noch eine Lektion mit dem Astrolabium verdient.«

Mirte war gegangen, und Frau Alena hatte die Messingscheibe wieder hervorgeholt. Inzwischen hatte er schon verstanden, wie man damit die Zeit anhand des Sonnenstandes bestimmen konnte, diesmal wies sie ihn auf die Bedeutung der Planeten und ihrer Positionen hin.

Er hörte zu, aber in seinem Hinterkopf spukte wieder einmal und beständig der Zweifel herum, den der hochgelehrte Herr vom Spiegel gesät hatte. War die Erde der Mittelpunkt des Universums? Oder kreiste sie möglicherweise tatsächlich um die Sonne?

Frau Alena wusste es vermutlich.

Und als sie ihm das Astrolabium reichte, damit er eine Einstellung vornahm, legte er es nieder, ohne ihrer Anweisung zu folgen.

»Laurens? Hast du etwas nicht verstanden?«

»Doch. Nein...«

»Was denn? Frag ruhig, wenn ich etwas zu kompliziert erklärt habe.«

»Nein, Ihr erklärt wunderbar. Nur... Wisst Ihr, neulich im Kloster, da kam der Herr vom Spiegel. Kennt Ihr den?«

»Ich habe von ihm gehört. Ein Ratsherr wie dein Vater und ein belesener Mann, heißt es.«

»Oh ja, sehr belesen. Er hat behauptet, es könne auch sein, dass sich die Sonne und die Planeten gar nicht um die Erde drehen. Hat man in Eurer Zeit dazu – mhm – Erkenntnisse, Frau Alena?«

Unerwarteterweise schien die Buchbinderin zu zögern, ja sogar mit sich zu kämpfen.

»Könnt Ihr mir dazu keine Antwort geben, Frau Alena?«

Sie stand auf und wanderte in der Stube auf und ab. Dann seufzte sie und setzte sich wieder zu ihm an den Tisch.

»Es ist nicht gut, zu viel zu wissen, Laurens.«

»Aber Ihr habt doch immer gesagt, dass Lernen wichtig ist.«

»Das ist es, und das wird dich auch irgendwann zu deinen eigenen Erkenntnissen bringen.«

»Ja, aber Ihr habt das Wissen doch schon. Warum darf ich es nicht auch besitzen?«

Sie lächelte schief.

»Wissen ist Macht. Aber Wissen ist auch gefährlich, Laurens.«

»Ich dachte, es ist gut, so viel zu wissen wie möglich. Oder ist die Astronomie in Eurer Zeit eine Geheimwissenschaft?«

»Nein, natürlich nicht. Aber das Wissen um einen Tatbestand alleine, Laurens, reicht nicht. Man muss auch den

Grund erkennen, warum etwas so ist. Nur dann versteht man die Bedeutung. Und die Folgen, die dieses Wissen hat.«

Laurens zerlegte diese Bemerkung, und da er in ihr eine Weisheit erkannte, nickte er.

»Ich verstehe Euch. Euer Wissen um die Ereignisse, die eintreten werden, bringt Euch in Gefahr. Ihr wollt mich schützen, nicht wahr?«

»Ja, Laurens, das möchte ich. Das Wissen, das ich besitze, wird hier und heute als Ketzerei, als Teufelswerk angesehen.«

»Und das Wissen, das wir derzeit besitzen, wird in Eurer Zeit als was angesehen?«

»Als Aberglaube.«

»Das dachte ich mir. Also dreht sich die Erde um die Sonne.«

Verblüfft starrte Frau Alena ihn an und brach dann in schallendes Gelächter aus.

»Verflixt, jetzt hast du mich reingelegt. Okay, dann gebe ich dir einen kleinen Überblick.«

»Was bedeutet okay?«

»Meine Sprache, entschuldige. In Ordnung.«

»Manchmal seid Ihr ganz schön verwirrend, Frau Alena.«

Sie antwortete nicht darauf, sondern lächelte nur hintergründig. Und Laurens verstand seinen Vater auf einmal besser. Ja, die Geheimnisse der Weiber hatten ihren Reiz.

Nun wurde sie aber wieder ernst.

»Na, denn, Laurens, halt dich fest, es geht rund.«

Und das ging es wirklich.

Sonne, Mond, Erde, Planeten, alles drehte sich. Nicht nur umeinander, sondern auch noch innerhalb eines weit größeren Verbunds, den man Galaxie nannte, und die war eigentlich die Milchstraße. Aber dann war es doch der absolute Höhepunkt, als Frau Alena berichtete: »Und im Jahre des Herrn 1969, am 20. Juli, betrat der erste Mensch den Mond.«

Sprachlos hielt sich Laurens an der Tischkante fest.

»Verstehst du jetzt, warum Wissen gefährlich ist?«, fragte Frau Alena leise.

»Ja. Ich verstehe.«

Überwältigt schwieg Laurens. Und leise klang Frau Alenas Stimme an sein Ohr.

»Sie haben von dort auf die Erde geblickt, Laurens. Sie haben uns Bilder geschickt. Sie ist eine vollkommene Kugel, die im Licht der Sonne strahlend blau leuchtet. Es ist ein Anblick... nein, es gibt keine Worte, das zu beschreiben.«

»Und das alles wird geschehen? Und das alles können wir berechnen?«, hauchte Laurens.

»Ja, das alles können Menschen berechnen. Sie werden Erfindungen machen, die das ermöglichen. Und ich vermute, dass auch nach meiner Lebenszeit weitere Berechnungen gemacht werden und weitere Geräte erfunden werden, sodass wir unsere Grenzen des Wissens noch weiter ausdehnen können.«

»Die Grenzen des Wissens...«

»Wir haben sie auch zu meiner Zeit noch nicht ausgelotet, Laurens.«

Es war ein Glück, dass Mirte nun von ihrem Einkaufsgang zurückkehrte, denn mehr hätte Laurens wirklich nicht verkraftet. Aber eines hatte er gründlich eingesehen – das große Wissen konnte einen an den Rand des Verstehens, gar an den Rand des Wahnsinns treiben. Für die nächste Zeit würde er sich mit dem bescheiden, was er erfassen konnte.

Aber ein Traum würde wohl zurückbleiben – das Bild einer blauen, strahlenden Erde, die um die Sonne tanzte.

Die klebrige kandierte Kirsche brachte ihn auf den irdischen Boden zurück.

## 25

# Nächtlicher Ausflug

*26. September 1378,*
*mitternachts*

Sehr leise schlich sich Mirte barfuß die Stiege hinunter. Sie trug eine dunkelbraune Gugel über einer ebenso dunklen Tunika, die Stiefel hielt sie noch in der Hand. Es fühlte sich schon ein wenig seltsam an, diese Kleider zu tragen, die einst Laurens gehört hatten. Vor allem die Beinlinge irritierten sie. Sie war es gewöhnt, dass lose Röcke ihr um die Beine spielten. Die Tunika aber reichte nur bis auf die Oberschenkel.

Vorsichtig öffnete sie die Haustür, die kein bisschen knarrte, denn die Angeln hatte sie selbst mit etwas Schmalz geschmiert. Die Gasse war vollkommen still, der Nachtwächter hatte gerade die elfte Stunde ausgerufen, und alle Welt lag in tiefem Schlummer. Es war ihr schwergefallen, wach zu bleiben, sie hatte sich aufrecht in ihr Bett gesetzt, bei dem flackernden Schein des kleinen Nachtlichts eine Binsenmatte geflochten, und trotzdem war sie einmal kurz eingenickt. Mina, die neugierig an der halb fertigen Matte gekratzt hatte, hatte sie dann aber schnell wieder geweckt. Erleichtert, dass es nicht zu spät war, hatte sie die zehnte Stunde ausrufen hören und sich langsam angekleidet.

Jetzt war der vereinbarte Zeitpunkt gekommen, zu dem sie sich mit Laurens am Friedhof der Pfarrkirche von Maria Lyskirchen am Rhein unten verabredet hatte. Vor der Haustür schlüpfte sie in die Stiefel und zog die Kapuze der Gugel über ihre Haare. Es war eine bewölkte Nacht, die schmale Sichel des abnehmenden Mondes war nur einmal kurz zu sehen gewesen. Feucht war es auch geworden, denn am Nachmittag hatte es angefangen zu regnen. Mirte fröstelte ein wenig und hoffte, dass es in den nächsten Stunden trocken bleiben würde.

Es war finster in den Gassen wie im Bauch einer Katze, und sie wünschte, sie hätte eine Fackel oder wenigstens ein Handlicht zur Verfügung. Aber ihr Gang war heimlich, und sie wollte so wenig Aufmerksamkeit wie möglich auf sich ziehen.

Immerhin kannte sie sich in den Straßen Kölns gut genug aus, um ihren Weg zu finden, aber das eine oder andere Mal stieß sie sich den Fuß an oder stolperte in eine Pfütze. Ein bisschen bänglich war ihr nun doch zumute. Schon erhob sich vor ihr schwarz und dräuend wie ein urzeitliches Ungeheuer der halb fertige Dom gegen den Nachthimmel. Ein Nachtvogel stieß seinen unheimlichen Ruf aus. Er klang, als ob eine verlorene Seele ihre Sünden beklagte. Doch mehr als seinen gespenstischen Schrei fürchtete Mirte das Grölen einiger trunkener Schiffer, das aus einer Seitenstraße zu ihr drang.

Hoffentlich würden sich ihre Wege nicht kreuzen. Ängstlich lauschend blieb sie stehen. Nein, die Männer entfernten sich. Also hastete sie weiter durch die Gasse zwischen Rheinmauer und den ersten Häusern des Hafenviertels.

Ein schrilles Kreischen, gefolgt von einem tiefen Brummen und Fauchen, schreckte sie erneut auf. Doch nur ein paar räudige Katzen balgten sich um irgendeine Beute und huschten davon, als sie ihrer ansichtig wurden. Dennoch spitzte Mirte wieder ihre Ohren.

Da waren Schritte.

Hinter ihr waren Schritte zu hören.

Nicht harte Pantinen, sondern Füße in Lederschuhen.

Sie nahm die Beine in die Hand.

Was, wenn Wickbold hinter ihr her war?

Oder einer der nächtlichen Räuber?

Oder gar einer der nächtlichen Dämonen?

Sie lief jetzt fast, doch die Schritte kamen näher. Einmal schaute sie über die Schulter zurück. Ja, da war eine schwarze Gestalt, die sich auf sie zubewegte.

Sie lief.

Keuchte.

Stolperte.

Fiel.

Er war über ihr.

»Mirte, du Dusselchen«, flüsterte es. Und eine Hand streckte sich zu ihr aus und half ihr hoch. »Hast du dir wehgetan?«

Sie lehnte an Laurens' Brust und schnaufte. Ihr Herz schlug ihr bis in die Ohren, und ein wenig zitterten ihre Knie von der überstandenen Angst.

Was hatte er für starke Arme.

Und für breite Schultern.

Noch einmal schnaufte sie tief durch und hob dann den Kopf.

»Dachte, du wärst ein Bote aus der Hölle.«

Er lachte leise. »Und ich dachte erst, du wärst ein nächtlicher Taschendieb. Niedlich siehst du aus in meinen Kleidern.«

»Niedlich. Niedlich! Immer nennst du mich niedlich.«

»Na ja, zickig bist du auch.«

»Mpf.«

»Gut. Kannst du wieder alleine stehen?«

»Ich kann immer alleine stehen!«

»Eben schienst du mir aber etwas wackelig.«

»Bin gestolpert.«

»Weil du ein Angsthase warst.«

»Nein, weil da ein Stein lag.«

»Na gut, weil da ein Stein lag.«

Sie wand sich aus seinen Armen und schniefte kurz.

»Gehen wir. Ich will nicht die ganze Nacht hier herumtrödeln.«

»Du wolltest unbedingt mitkommen.«

»Nur weil du alleine die Sache verschlampern würdest.«

Sie hörte ihn gutmütig lachen und merkte dann, wie er ihre Hand fasste.

»Komm, es ist nicht mehr weit, und wir sind jetzt besser leise.«

Sie hatten nach einigen hundert Schritten den ummauerten Lichhof der Kirche erreicht und umrundeten ihn zunächst. Hier war alles buchstäblich totenstill. Die Wolken gaben gerade wieder die Mondsichel frei, und da sich ihre Augen inzwischen an die Dunkelheit gewöhnt hatten, konnte Mirte recht deutlich die Umgebung erkennen. Die verwitterte, von allerlei Grünzeug und Moos bewachsene Mauer reichte ihr bis gerade an die Schulter. Dahinter lag ein unregelmäßiges, grasbewachsenes Viereck, auf dem sich hier und da Grabsteine erhoben. Die besten Grabstellen, so wusste sie, waren jene, die sich direkt an der Kirchenmauer befanden. Wer es sich leisten konnte, ließ sich dort begraben, um dem himmlischen Heil besonders nahe zu sein. Grausig war es schon hier, denn als sie genauer hinschaute, ragte gerade vor ihr ein knöcherner Arm aus dem Gras. Sie blinzelte ein wenig, und je genauer sie hinsah, desto mehr bleiche Gebeine erkannte sie, die ganz oder teilweise aus der Erde gekommen waren.

Bei Tageslicht wäre ihr das nicht zu schaurig vorgekommen, Derartiges war auf Friedhöfen üblich. Die Armen wurden lediglich in Tücher gewickelt begraben, und der Boden war schwer und fest, sodass sich die Totengräber selten die Mühe machten, tiefe Gruben auszuheben.

Doch in dem nächtlichen Dunkel und in dem matten Mondlicht erschien ihr die Szenerie unheimlich und bedrohlich. Sie fasste Laurens' Hand fester.

»Angsthäschen«, wisperte er. »Sie erheben sich schon nicht aus den Gräbern.«

»Pah«, wisperte sie zurück, aber löste den Griff nicht.

»Suchen wir uns einen Platz, von dem aus wir den ganzen Lichhof übersehen können. Von hier haben wir keinen Blick auf die Gräber an der Kirchwand.«

»Glaubst du, dass sie dort sucht?«

»Eher als bei den Armengräbern. Reiche sind fetter.«

»Igitt.«

»Ist doch so.«

Mirte schluckte. Aber sie musste ihm recht geben. Wenn, dann würde die Gevatterin nach diesem Gesichtspunkt ihre Beute suchen.

»Außerdem habe ich mir heute Nachmittag den Lichhof angesehen. Es gibt zwei Stellen, wo in den vergangenen zwei Monaten Leute begraben wurden. Ein wohlhabender Fleischhauer und eine Bäckerswitwe.«

Sie wanderten leise um den Friedhof herum, immer wieder auf Schritte lauschend oder nach einem flackernden Lichtlein Ausschau haltend. Noch war alles ruhig, und auch die Wolken verhüllten den Mond nun wieder. Schließlich hatten sie eine passende Stelle gefunden und kauerten sich dort nieder.

»Ob sie durch das Tor gehen wird?«, flüsterte Mirte, die sich einige Gedanken dazu gemacht hatte, wie man am besten in den Hof hineinkam.

»Sicher nicht. Das könnte verriegelt sein. Oder quietschen. Diese Mauer ist leicht zu überklettern, Mirte.« Und sie hörte das Lachen in seiner Stimme. »Die da drinnen können sowieso nicht mehr entkommen, und freiwillig hineingehen wird nachts auch kaum jemand.«

»Außer mit frevlerischen Absichten.«

»Außer mit denen.«

Dann schwiegen sie, und Mirte lehnte sich, weil es ihr kühl wurde, ein wenig an Laurens. Der legte ihr den Arm um die Schulter. Es fühlte sich sehr nett an, fand sie.

Überaus nett.

Die Zeit verging, in der Ferne rief der Nachtwächter die Mitternacht aus.

Noch einmal blinzelte der Mond zwischen den Wolken hindurch und verschwand wieder.

Mirte wollte gerade zu einem gewaltigen Gähnen ansetzen, als sie spürte, wie Laurens sich neben ihr straffte. Sie lauschte.

Ja, da waren leise Schritte. Sie näherten sich dem Kirchhof. Dann folgten ein kleines Scharren, ein Schnaufen. Etwas fiel zu Boden, ein weiterer Plumps folgte.

Laurens richtete sich langsam auf, und auch sie kam auf die Füße.

Eine unförmige, dunkle Gestalt bewegte sich über das Geviert, ein winziges Lichtlein flackerte in einer von Lumpen umwickelten Hand. Suchend schritt die Gestalt an der Kirchmauer entlang.

»Ob sie...«

»Psst!«

Nun hielt der nächtliche Besucher inne. Der Umhang bauschte sich auf, die Gestalt kauerte nieder.

Just in diesem Moment hörte man eine Männerstimme fluchen.

»Das isn albernes Lied.«

»Isch wills aber singen!«

»L... lass dasch, Schweinskopf! Hicks!«

»Aua. Dasne Mauer, du Tünnes!«

»Werte Herren, bleibt still. Ihr weckt die Stadt auf.«

Fackelschein huschte gespenstisch durch die Gasse. Zwei Männer, nicht mehr sicher auf den Beinen, torkelten einem schmächtigen Jungen hinterher.

Die Gestalt auf dem Friedhof drückte sich an die Kirchenmauer.

Mirte stellte sich auf die Zehenspitzen, um mehr sehen zu können, doch Laurens zog sie wieder nach unten.

»Jens«, flüsterte sie.

»Sei still!«

Sie war es, doch die beiden Betrunkenen nicht. Sie setzten ihr lautstarkes Gezänk fort und näherten sich ihrem Versteck. Laurens zog Mirte die Kapuze tiefer ins Gesicht.

»Isch kennaber ein bessres Lied«, beharrte einer der Männer und fing lauthals an, ein zotiges Trinklied zu grölen.

»Werte Herren!«

»Halldie Klappe, Jung!«

»Werte Herren, die Nachtwache!«

»Klappe habich gesacht! Du hastn Groschen gekriegt. Los!«

»Kann ein Mann nicht mal 'n Lied singen in diesem hillijen Köln?«, blökte der andere und johlte erneut heiser drauflos.

Mirte bemerkte, dass die Fackel sich nicht weiterbewegte, Jens hatte wohl alle Hände voll damit zu tun, die Männer in Schach zu halten. Schon wurde irgendwo ein Fenster aufgerissen, und eine Frauenstimme verbat sich keifend den Lärm. Ein Hund fing wütend an zu bellen, ein nächster Laden flog auf, und eine Donnerstimme verlangte Ruhe.

Und vom Rheintor hörte man die genagelten Stiefel der Wachen näher kommen.

Mirte drückte sich tiefer in den Schatten, Laurens zog einige überhängende Äste vor ihnen herunter. Es folgte eine derbe Auseinandersetzung zwischen den Trunkenen und den Stadtsöldnern, die damit endete, dass die Ruhestörer ungnädig Richtung Turm gezerrt wurden.

Als sie an ihnen vorbeikamen, hielt Mirte den Atem an. Dann waren sie fort, und Laurens ließ die Zweige los. Sie richteten sich auf, um über die Mauer zu spähen.

Die dunkle Gestalt war verschwunden.

Dafür näherte sich die Fackel.

»Hey, wer seid ihr denn?«

»Jens? Ich bin's, Mirte.«

»Ach, die kleine Päckelchesträgerin. Na, du siehst aber niedlich aus.«

»Ich bin nicht niedlich«, fauchte Mirte.

»Doch, ist sie. Grüße dich, Jens. Ich bin Laurens.«

»Der van Kerpen. Ziehst mit der Mirte rum, hörte ich.«
»Ich ziehe nicht mit ihr rum.«
»Nicht? Na, dann habe ich wohl eine kleine Tändelei gestört.«
»Quark!«
Jens lachte.
»Is eene Kraatzbörscht, was?«
»Aber eine niedliche. Aua!«

Mirte hatte Laurens' Daumen gepackt und ihn kräftig verdreht, so wie Frau Alena es ihr gezeigt hatte.

»Wir mussten etwas überprüfen«, erklärte sie.

Jens spähte ebenfalls über die Friedhofsmauer.

»Wer immer herkommen wollte, wird heute wegbleiben. Niemand will den Wachen begegnen. Was waren das nur für zwei dumme Tröpfe, die mit ihrem Gegröle. Aber meinen Lohn haben sie mir vorab gezahlt. Dass sie jetzt die Gastfreundschaft des Turmvogts genießen dürfen, ist ihre Schuld.«

»Es war jemand da.«

»So?« Jens schaute nach oben, wo sich am Himmel die Wolken ballten. »Gute Nacht für allerlei dunkle Geschäfte.«

»Wird sie zurückkommen?«

Der Fackelträger schüttelte den Kopf.

»Wer immer es war, ist in den Gassen dahinten verschwunden. Und ihr geht jetzt auch besser nach Hause.«

»Leuchte uns, Jens. Bitte.«

»Der werte Herr kann mich bezahlen.«

»Du hast deinen Lohn bekommen«, mischte sich Mirte ein. »Wir sind zwei viel leisere und freundlichere Kunden.«

»Neuer Weg, neuer Lohn!«

Laurens hielt ihm eine Münze hin, und Jens leuchtete mit der Fackel darauf.

»Angeber«, bemerkte er trocken. »Behalt dein Silber, ich bring die Mirte so nach Hause. Soll nicht heißen, dass ich ihre Freunde beduppe. Aber schweigt stille.«

»Zur Burgmauer.«

»Ich weiß. Hat sich rumgesprochen, dass du bei der Buchbinderin wohnst.«

Sie trabten durch das nächtliche Köln, und vor der Tür von Frau Alena verabschiedete der Fackelträger sich.

»Sie wird es morgen oder übermorgen wieder versuchen. Es geht auf Neumond zu. Aber seht euch vor, Mirte. Sie wird fies, wenn sie merkt, dass jemand sie bespitzelt.«

»Wir sind achtsam.«

»Gute Nacht.«

»Gute Nacht. Und danke, Jens.«

Laurens reichte dem Jungen die Hand, und als er sie losließ, sah Mirte ganz kurz die Münze aufblinken.

»Das war nett von dir«, sagte sie, als der Fackelträger sich einige Schritte entfernt hatte.

»Ich kann auch nett sein.«

»Kannst du. Morgen um die gleiche Zeit?«

»Gut. Aber ich hole dich hier ab, damit du nicht mehr vor den Dämonen davonrennen musst.«

»Pah!«

»Die fressen nämlich so niedliche kleine Mädchen wie dich«, sagte Laurens und zog ihr die Kapuze vom Kopf. Und dann gab er ihr ein schnelles Bützchen auf die Lippen. »Schlaf gut!«

»Ähm. Ja. Du auch.«

Hastig öffnete Mirte die Haustür und schlüpfte nach drinnen.

# 26

## Schlaflose Nächte

*27. September 1378*

Laurens war etwas müde, als er den letzten Ballen Tuch aus dem Lager geschleppt hatte. Seit dem Morgengrauen ging er seinen Pflichten nach, und jetzt, zur Terz, machte es sich bemerkbar, dass er nur wenige Stunden Schlaf bekommen hatte. Zweimal hatte der Meister ihn schon gescholten, weil er die falsche Ware gebracht hatte. Nun aber waren die morgendlichen Aufgaben erledigt, und er sollte sich im Kontor seines Vaters einfinden, um sich dort den Registerbänden zu widmen. Das tat er im Grunde gerne, denn dabei ging es um Aufstellungen der Ein- und Ausgaben. Zahlenwerk lag ihm mehr als Ballenschleppen.

Aber auch das ging ihm an diesem Tag nicht besonders flink von der Hand. Ja, er wäre beinahe über den Berechnungen eingenickt. Die Stimme des Ratsherrn riss ihn aus dem Dösen.

»Was ist mit dir, Sohn? Hast du gestern Nacht wieder die Sterne beobachtet?«

»Oh, verzeiht, Herr Vater. Nein, es war zu dunkel. Aber ich – mhm – konnte nicht gut schlafen.«

»Das kommt schon mal vor. Bedrückt dich etwas? Ich

habe seit einigen Tagen den Eindruck, dass du dich mit Sorgen trägst.«

Sein Vater hatte viel zu scharfe Augen, stellte Laurens wieder einmal fest. Und er stellte auch fest, dass er das heftige Bedürfnis hatte, sich ihm anzuvertrauen. Frau Alena hatte recht, die Last des Wissens konnte ziemlich schwer sein. Aber er hatte geschworen zu schweigen, und das würde er auch seinem Vater gegenüber tun. Allerdings brauchte er eine glaubhafte Erklärung für seine Müdigkeit.

»Sorgen? Nein, nicht so sehr Sorgen, Herr Vater. Nur Wünsche. Aber eben nicht erfüllbare.«

Der Ratsherr setzte sich in den Sessel und legte die Fingerspitzen zusammen, sodass sie ein Dach bildeten. Das tat er oft, wenn er etwas ergründen wollte.

»Junge Männer haben viele Wünsche, Laurens. Erwachsene übrigens auch. Nicht alle sind erfüllbar. Aber in gewissem Maße sind einige es doch.«

Das Studium der Sterne, keine Tuchhändlerlehre machen zu müssen, eine Reise in Frau Alenas Welt, die schreckliche Hebamme unschädlich machen und – na ja – Mirte. Mirte war auch so etwas wie ein Wunsch. Nichts von alledem aber konnte er seinem Vater wohl anvertrauen. Oder?

Er sah hoch.

Sein Vater lächelte.

»Mein Wunsch ist es, dass du einst das Geschäft übernimmst. Ich möchte es in guten Händen sehen, ich möchte, dass du in Wohlstand lebst, und den kann man mit dem Tuchhandel erreichen. Ich möchte auch, dass du eine Familie gründest und ich meine Enkelkinder in den Armen halten kann. Weshalb es mir beispielsweise nicht besonders recht wäre, wenn du ins Kloster eintreten wolltest.«

»Kloster?«

»Du bist sehr häufig bei den Benediktinern.«

»Ja, aber doch nicht, weil ich ... Uh, nein, Herr Vater, das gewiss nicht. Nur – sie haben eine wunderbare Bibliothek.«

»Bücher sind etwas, das man sich mit Geld erwerben kann. Geld erwirbt man mit Handel.«

»Für Bücher braucht man Zeit, um sie zu studieren, die lässt einem der Handel selten.«

»Gut argumentiert. Also musst du nicht nur lernen, den Handel gut zu führen, sondern auch noch Helfer auszubilden, die dir die Arbeit abnehmen, damit du Zeit zum Studieren hast.«

»Und in der Zwischenzeit verlerne ich das Lesen«, murmelte Laurens trotzig.

»Das verlernt man nicht, Sohn. Selbst ich kann es noch. Und ich tue es auch, wie du sehr wohl weißt.«

»Ihr habt ja mich, der die Arbeit macht.«

Der Ratsherr lachte auf.

»Habe ich gut gemacht, nicht wahr? Sieh zu, dass du Söhne zeugst, mein Junge, damit du willige Helfer hast.«

»Nur deswegen habt Ihr mich gezeugt?«

»Nein, es gab da auch noch ein paar andere Gründe.«

»Mhm«, sagte Laurens und bekam rote Ohren.

»Die Liebe einer Frau ist auch etwas, das man sich wünschen kann«, sagte sein Vater nun ernst. Und als Laurens ihn ansah, wollte er so etwas wie Sehnsucht in dessen Gesicht erkennen. Frau Alena fiel ihm ein. Er war der Buchbinderin sehr zugetan, und mit Erstaunen stellte Laurens fest, dass er inzwischen gar nichts mehr dagegen hatte. Allerdings – die würde bald fortgehen. Oh ja, auch sein Vater hatte noch Wünsche, die nicht erfüllbar waren.

»Kröten!«, sagte er deshalb und grinste ein wenig.

»Kröten? Oh, manche geben einem solche zu schlucken, was?«

»Mhm.«

»Die Ursache deiner schlaflosen Nächte?«

»Mhm.«

Das war zumindest nicht ganz gelogen. Und sein Vater stand auf und klopfte ihm auf die Schulter.

»Nicht der schlechteste Grund für Schlaflosigkeit. Mach für heute Schluss hier, Junge. Du hast dir einen freien Tag verdient.«

»Danke, Vater.«

Laurens überlegte, ob er die unerwartete Freizeit zu einem Nickerchen nutzen sollte, aber die Müdigkeit war inzwischen verflogen. Deshalb beschloss er, erst noch seine Aufzeichnungen zu dem Astrolabium fertigzustellen und später Frau Alena aufzusuchen. Es war bestimmt richtig, von ihr so viel zu lernen wie möglich. Eine gute Ausrede natürlich auch, Mirte zu sehen und den nächsten nächtlichen Ausflug zu planen.

Oder so.

Aber dann döste er doch über seinen Aufzeichnungen ein.

Mirte hatte eigentlich den Marktgang übernehmen wollen, damit Frau Alena sich so wenig wie möglich auf den Gassen zeigte, aber diesmal war diese störrisch geblieben und bestand darauf, selbst die Einkäufe zu erledigen. Sie hatten gemeinsam noch ein weiteres Buch eingebunden, und nun waren ihr die Hanfschnüre ausgegangen, und neuer Leim musste auch gekocht werden. Knochen zum Leimkochen, so sagte die Buchbinderin, könne Mirte natürlich kaufen, aber bei den Hanfschnüren wollte sie selbst die Qualität prüfen. Also gingen sie zusammen zum Alter Markt. Sie waren kaum auf dem Marktplatz angekommen, als ihnen Pitter begegnete. Er hatte sich ein Bündel über die Schulter geworfen, hielt aber augenblicklich in seinem Besorgungsgang inne, um auf sie zuzutreten. Er nickte Mirte zu und sagte: »Frau Buchbinderin, gut, dass ich Euch treffe.«

»Hallo, Pitter. Nein, ich habe keinen Honigkuchen dabei.«

Aber Pitter grinste nicht wie sonst, er sah besorgt drein.

»Was ist?«, fragte Mirte beunruhigt.

»Komme gerade von Lodewig. Weißt schon, der Mönch, der ist ein Kumpel von mir. Er hat mich rufen lassen. Weil, da ist was im Gange. Der Mallichzewidder von Notker stänkert. Der hat am Fischmarkt gepredigt, sagt der Lodewig. Weil, in der Kirche staucht ihn der Abt immer zusammen, den Muulschwader.«

Mirte stieß einen unfeinen Fluch aus, Frau Alena zupfte sie am Ärmel und mahnte vorwurfsvoll: »Mirte, deine Ausdrücke!«

»Passen, Frau Alena«, antwortete Pitter an ihrer Stelle. »Der Notker hetzt gegen Euch. Und der Wickbold steht ihm zur Seite. Ihr seid eine Zaubersche, er kann's beweisen, sagt er. Macht, dass Ihr in Sicherheit kommt, die wollen Euch ans Leben.«

Damit wandte sich Pitter ab und verschwand in einer der vielen Gassen.

»Zurück, Frau Alena?«

»Ja.«

Doch sie waren kaum ein paar Schritte gegangen, als jemand schrie: »Da ist die Zaubersche!«

»Schnell«, rief Mirte und zog an Frau Alenas Arm.

»Da läuft sie! Fangt sie, die Satanshure!«

»Die Zauberin sollt ihr nicht leben lassen!«

»Steinigt sie, die Teufelsbuhle!«

Ein Stein flog an ihnen vorbei.

Mirte bog in eine enge Gasse ein.

Etliche Männer und Frauen folgten ihnen.

Ein weiterer Stein flog. Er traf die Buchbinderin im Kreuz. Sie schrie auf.

»Weiter, schneller!«

Mehr Steine flogen.

Mirte bekam einen am Arm ab. Zerrte Frau Alena um die nächste Ecke.

Die Meute folgte, schreiend, aufgepeitscht, mordlüstern.

Frau Alena keuchte.

Mirte auch.

»Da lang!«

Sie bogen in die nächste Seitenstraße ein.

»Hohe Straße?«, hechelte Frau Alena.

»Nein! Sind noch mehr Leute.«

Wieder flog ein Stein, ganz nah an ihren Köpfen vorbei. Aus einem Fenster wurde ein Schaff Schmutzwasser auf sie gegossen.

Das Gebrüll schwoll an.

Mirte kannte sich aus, führte sie durch verwinkelte Durchgänge zwischen den Häusern. Doch ihre Verfolger blieben ihnen auf den Fersen.

»Kirche, Asyl«, keuchte Frau Alena.

»Bloß nicht. Zaubersche!«, keuchte Mirte zurück. »Lauft, lauft!«

Sie überquerten einen offenen Platz, die Meute kam wieder näher. Mehrere Steine prasselten um sie auf den Boden. Frau Alena stöhnte auf. Blut rann ihr aus den Haaren. Das Gebende hatte sie schon lange verloren.

»Schneller. Dort.«

Mirte zerrte an ihrer Hand. Humpelnd folgte ihr die Buchbinderin. Sie durfte nicht stehen bleiben, nur nicht fallen.

»Gleich. Los!«

Über den Neuen Markt rannten sie. Schwer atmend donnerte Mirte an die Tür des Ratsherrn van Kerpen.

Steine prallten dagegen.

Der Majordomus öffnete, Mirte stieß Frau Alena in den Flur. Sie fiel lang hin.

Der Majordomus zog Mirte ebenfalls hinein und schloss die Tür.

Irgendwo ging ein Fenster zu Bruch. Die Meute vor dem Haus heulte wie im Wahnsinn.

»Rudger, ruft die Wachen«, rief der Majordomus. »Berte, holt den Herrn.« Und dann, zu Mirte gewandt: »Was ist passiert, Jungfer?«

Mirte war noch immer nicht bei Atem, und beinahe schluchzend stammelte sie: »Notker... gehetzt... Zaubersche... Sterben.«

Von der Treppe kam Laurens hinuntergestürmt.

»Mirte!«

Dann kniete er bei Frau Alena nieder, die schwer atmend auf den Fliesen lag.

»Mein Gott, was haben sie Euch getan? Ihr blutet.«

»Nicht so schlimm. Lebe ja noch.«

Adrian van Kerpen trat in die Halle, und Laurens stand auf. Mirte konnte nicht anders, sie musste sich an ihn lehnen. Der Ratsherr sah sie nur flüchtig an, gab ein paar kurze Befehle und half dann Frau Alena aufzustehen. Sehr vorsichtig und mit leise gemurmelten Worten führte er sie aus der Halle.

»Er kümmert sich um sie, Mirte. Und ich werde das am besten mit dir auch tun. Komm, du musst dich setzen. Wir gehen in die Küche, dort ist es warm. Berte wird dir einen Becher Wein geben. Und dann erzählst du mir, was passiert ist.«

Als Mirte kurz darauf an dem weiß gescheuerten Küchentisch saß, Würzwein schlürfte und alles erzählt hatte, nickte Laurens.

»Gut gemacht. Aber, Mirte, ich fürchte, sie kann nicht in ihr Haus zurück. Jedenfalls nicht heute.«

»Ach Gott, da ist doch Mina.«

»Und ihre Kräuter.«

»Und der Weihrauch.« Mit angsterfüllten Augen starrte Mirte ihn an. »Sie wissen, wo sie wohnt. Ich muss zurück!« Sie sprang auf, aber Laurens hielt sie an der Hand fest.

»Nicht du, ich. Und ich nehme ein paar von den Knechten mit. Komm, wir suchen meinen Vater auf.«

Sie fanden den Ratsherrn in der Stube, wo er ruhelos auf und ab ging. Frau Alena war nicht mehr im Raum. Er blieb augenblicklich stehen und machte eine kleine Verbeugung vor Mirte.

»Danke, Jungfer Mirte. Du hast Frau Alena das Leben gerettet. Die Haushälterin hat sie nach oben in eine Kammer geführt, wo sie sich ausruhen kann. Ich habe ihr Gastfreundschaft angeboten. Und du, Kind, bleibst am besten ebenfalls hier.«

»Ja, wohledler Herr, Nur, sie hat Sachen in ihrem Haus, die wertvoll für sie sind.«

»Dann müssen wir sie holen lassen.«

»Herr Vater, lasst mich mit den Knechten dort hingehen. Ich weiß, was Frau Alena braucht.«

»So?«

Mirte pflichtete Laurens bei: »Ja, wohledler Herr, er weiß es. Aber es ist ein Kätzchen ...«

»Holt alles, auch die Katze natürlich.«

»Laurens, in der Truhe unter den Kleidern liegt ein Buch, ein schwarzes. Auch das ist wichtig.«

»Ich komm schon zurecht.«

»Die Knechte sollen Knüttel mitnehmen«, sagte der Ratsherr grimmig.

»Oh ja, dafür werde ich sorgen.«

»Und du, Jungfer, setz dich zu mir und erzähle, wie es dazu kommen konnte. Frau Alena war zu erschöpft dafür.«

Noch einmal berichtete Mirte ihre entsetzliche Flucht vor dem aufgehetzten Pöbel.

»Bruder Notker. Morgen werde ich mit dem Abt ein Wort wechseln.«

Das hörte sich so zufriedenstellend grimmig an, dass Mirte erleichtert aufatmete. Dann zeigte Berte auch ihr ein Kämmerchen, und erschöpft legte sie sich auf das Bett. Der warme Wein hatte wohl irgendeine besänftigende Tinktur enthalten, und trotz der wirr umhertanzenden Gedanken schlief sie bald ein.

# 27

## Brandstiftung

*27. September 1378*

Vier breitschultrige Knechte mit derben Knütteln in den Händen begleiteten Laurens, ein Wagen mit einem kräftigen Zugpferd folgte ihnen. Auch der Kutscher hatte einen ordentlichen Knüppel neben sich liegen. Die Menge hatte sich zwar nach dem Auftauchen der Stadtsöldner zerstreut, aber dennoch musterte Laurens unbehaglich jeden, der ihren Weg kreuzte. Die Leute mochten zur Ruhe gezwungen worden sein, aber die böse Saat war aufgegangen, und die Flamme des Hasses würde jederzeit wieder aufflackern können. Er hoffte, dass es noch nicht zu spät war, Frau Alenas Habseligkeiten aus dem Haus zu räumen.

Doch die Gasse an der Burgmauer schien ruhig. Er gab zwei Männern die Anweisung, vor der Tür stehen zu bleiben und Wache zu halten, mit den beiden anderen begab er sich in das Haus. Als Erstes sah er sich nach der Katze um. Mina, die ihn inzwischen kannte, kam maunzend die Treppe hinunter und schmiegte sich an sein Bein.

Er ertappte sich selbst, dass er mit ihr zu sprechen begann.

»Na, Kleine, wir werden eine Reise machen müssen. Worin packe ich dich nur ein?«

Er hob sie ein wenig ungeschickt hoch, aber Mina krallte sich vertrauensvoll an seiner Schulter fest und schnurrte ihm ins Ohr. Ihre Barthaare kitzelten ihn, und er musste leise lachen.

»Na, sehen wir mal nach, wie wir dich zu Frau Alena bekommen. Im Arm tragen kann ich dich leider nicht, Mina. Am besten wohl die Kiste, in die dich Wickbold gesteckt hat. Das wird dir zwar nicht gefallen, aber es ist nur für eine kurze Weile, Kätzchen.«

Die Kiste hatte Frau Alena in ihrer Kammer aufgehoben, vielleicht zu eben diesem Zweck, fiel Laurens gerade ein. Allerdings schien Mina seine Absicht zu erkennen, zappelte heftig auf seinem Arm und entwischte ihm. Die anschließende Verfolgungsjagd tobte durch das gesamte Häuschen. Nur weil einer der Knechte geistesgegenwärtig die Hintertür schloss, entwischte die Katze nicht nach draußen. Aber sie verkroch sich unter dem Tisch und fauchte ihre Verfolger ängstlich an.

»Verflixt, wie krieg ich dich nur?«, fragte Laurens ärgerlich, als er zwei lange Kratzer auf der Hand erhielt, weil er nach ihr gegriffen hatte.

Der Knecht reichte ihm Frau Alenas Schürze, die auf der Bank lag.

»Werft sie über das Tier, und wickelt es fest ein«, riet er.

Auch das war leichter gesagt als getan, aber als Mina die nächste Flucht versuchte, schaffte Laurens es, die Schürze auf die Katze zu schleudern. Sie blieb verdutzt sitzen, und behend packte er sie, trug das zappelnde Bündel zu der Kiste und stopfte es hinein. Mina maunzte kläglich, aber unbeirrt hielt er den Deckel nach unten gedrückt, während der Knecht ihm half, ein festes Seil darum zu schnüren. Dann sah Laurens sich in Frau Alenas Kammer um und überlegte sein weiteres Vorgehen. Am besten war es wohl, alle Sachen einfach in die Decke und das Laken auf dem Bett zu wickeln und daraus Bündel zu schnüren.

Gesagt, getan, und kurz darauf brachten die Knechte Katzenkiste, Bündel und auch eine der beiden Truhen nach unten, um sie auf den Wagen zu laden. Die andere Truhe hatte er geleert und ließ sie in der Stube neben den Kamin stellen. Mit Mirtes Sachen verfuhr Laurens ebenso wie mit denen von Frau Alena, dann widmete er sich dem unteren Stockwerk. Kurz überlegte er, ob er das Handwerkszeug der Buchbinderin einpacken sollte, aber dann entschied er sich dagegen. Sie würde bald nach Hause gehen, weitere Aufträge würde sie sicher nicht mehr annehmen. Aber ihre schönen Kupferkessel und Pfannen und die beiden Pokale aus grünem Noppenglas würden bestimmt bald geplündert werden. Er wickelte das, was ihm von dem Hausrat wertvoll erschien, ebenfalls in zwei große Leinentücher, die die Knechte auf dem Wagen verstauten. Weitaus wichtiger als der Hausrat aber waren die getrockneten Kräuter und Samen, die Frau Alena in den kleinen Tiegeln aufbewahrte. Diese stellte er, zusammen mit der Waage und den zierlichen Gewichten, in die dafür leer geräumte Truhe, stopfte Tücher darum und verschnürte das Ganze.

»Geht vorsichtig damit um, das ist höchst kostbares Gut«, wies er die Knechte an und beaufsichtigte selbst, dass die Truhe sicher auf dem Wagen verstaut wurde. Mina maunzte noch immer protestierend, und er steckte ihr ein Zweiglein Baldrian durch den Spalt der Kiste. Aber auch das besänftigte die Katze nicht. Wenigstens kreischte sie nicht, dachte er und murmelte ihr ein paar beruhigende Worte zu. Die waren hilfreicher als das Kraut, stellte er fest.

»Die Nachbarin lurt durch das Fenster«, meldete einer der Männer.

»Gut so, dann wird sie denjenigen, die hier aufkreuzen, erzählen können, dass es nichts mehr zu holen gibt«, entgegnete Laurens. »Ich denke, ich habe jetzt alle schweren Sachen beieinander. Bringt den Wagen nach Hause. Ich räume noch ein wenig auf und folge später nach.«

»Ihr solltet nicht alleine bleiben, Jungherr.«

»Bewacht lieber den Wagen als mich, Thomas.«

Der Knecht nickte, und mit seiner vierköpfigen Bewachung begab sich der Fuhrmann auf den Heimweg.

Laurens aber machte sich daran, die wirklich wichtigen Dinge zusammenzusuchen und in der großen Ledertasche zu verstauen, die er zu diesem Zweck mitgenommen hatte. Das Astrolabium wanderte als Erstes hinein, dann das Wörterbuch und das schwarz eingebundene Buch mit dem seltsamen Griffel. Auch das kostbare Räuchergefäß aus Messing steckte er ein. Dann ging er noch einmal in den Garten. Mohn, hatte Frau Alena gesagt, fehlte ihr noch, getrocknete Minze und die Fasern der Wolldistel. Was immer das war. Einige Pflanzen hatte er ja kennengelernt, aber diese Distel war ihm fremd, und Minzen gab es verschiedene in den Beeten. Und wie viel sie davon benötigte, wusste er auch nicht so recht. Also schnitt er ein paar Bündel Minzen ab, pflückte so viel Mohnkapseln wie möglich und stach sich schließlich die Finger an einer Distel. Dass sie weiße, wollige Fasern hatte, bestärkte ihn in der Annahme, dass dieses Gewächs wohl die Wolldistel sein musste, und er nahm auch davon ein Bündel mit.

Er war so vertieft in seine Erntearbeit, dass er dem Haus selbst keine Aufmerksamkeit schenkte. Er wurde erst stutzig, als er den Geruch von brennendem Holz wahrnahm.

Erst dachte er, die Nachbarin hätte das Herdfeuer angezündet, aber dann sah er den Rauch durch den Schornstein aufsteigen.

Entsetzt eilte er zur Hintertür, öffnete sie und spähte in die Stube. Da machte sich doch tatsächlich jemand an dem Kamin zu schaffen. Und nicht nur das, die Gestalt hob jetzt einen der brennenden Scheite heraus und ging damit zur Treppe.

Laurens warf die Tasche unter die Büsche und brüllte: »Brandstifter! Feuer! Brandstifter! Holt die Wachen! Holt die Wachen!«

Das hatte eine sehr rasche Wirkung. Der Ruf wurde aufgenommen und weitergegeben, denn nichts fürchteten die Bewohner der eng bebauten Straße mehr als eine Feuersbrunst.

Laurens aber stürzte auf den Mann zu, der das Scheit auf den Lehmboden hatte fallen lassen und aus der Tür hinausfloh. Mit zwei schnellen Tritten hatte Laurens das Scheit ausgetreten, dann verfolgte er den Kerl.

Wickbold.

Natürlich.

Die Wut verlieh Laurens ungeahnte Kräfte. Nach einigen zwanzig Schritten hatte er den Fliehenden eingeholt und ihn am Kragen gepackt. Der bullige Schiffer drehte sich um und wollte ihn abschütteln wie eine lästige Fliege. Doch Laurens war zäh. In flammendem Zorn schlug er dem Mann die Faust ins Gesicht.

Wickbold grunzte und schlug zurück.

Laurens klapperte der Kiefer.

Er trat zu. Aber mit wenig Erfolg.

Wickbold stieß ihn in den Magen, er knickte zusammen.

Hielt dennoch den Kittel des anderen fest in der Hand.

Und in seinem Gedächtnis blitzte eine kürzlich gelernte Lektion auf.

Er hielt weiter fest, obwohl der Kerl wieder auf ihn einzuprügeln begann. Mit einem Hakenschlag seines Fußes fegte Laurens Wickbolds Standbein weg, und wieder landete der unversehens auf dem Kreuz.

Nicht ganz so heftig wie nach Frau Alenas hohem Wurf, weshalb Laurens die Mahnung, auf einen gefällten Gegner nicht weiter einzuschlagen, mit gutem Gewissen beiseiteschob und ihm noch einen kräftigen Tritt auf das Brustbein versetzte.

»Ööch«, sagte Wickbold und blieb regungslos liegen.

Alle Nachbarn hatten sich in der kurzen Zeit auf der Straße versammelt, und der Geldwechsler, Magister Hinrich, trat auf Laurens zu.

»Brandstifter«, sagte er und spuckte auf Wickbold. Dann sah er Laurens an. »Ihr seid doch der van Kerpen, der mich überlistet hat, für Frau Alena auszusagen.«

»Ja, der bin ich.«

»Mhm. Nicht nur mit dem Mund geschickt, scheint mir.«

Auch die Nachbarin kam zu ihm und reichte Laurens fürsorglich ein feuchtes Tuch.

»Eure Lippe ist aufgeplatzt, Jungherr. Kühlt sie ein wenig.«

»Danke«, nuschelte Laurens und fühlte sich ob der großen Aufmerksamkeit, die man ihm widmete, ziemlich unbehaglich, jetzt da seine Wut verflogen war. Aber dann hatte er auch noch die Befragung durch die Wachen zu überstehen, einer der Knechte war zurückgekommen und wollte ebenfalls wissen, was geschehen war, und die Glocken schlugen schon zur Non, als er sich endlich mit seiner Tasche voller Kostbarkeiten auf den Heimweg machen konnte.

Zum dritten Mal musste er seine Geschichte dem Vater, Frau Alena und Mirte erzählen, die ihn in der Stube erwarteten. Aber diesmal überwand er sein Unbehagen, denn nicht nur der Ratsherr lobte ihn, nein, Frau Alena hatte Tränen der Dankbarkeit in den Augen, und Mirte – ja, Mirte schaute ihn mit beinahe atemloser Bewunderung an.

Eigentlich gar keine Kröte, wenn man es recht betrachtete.

Allerdings beschlossen sie beide, dass sie diese Nacht nicht zum Friedhof gehen würden. Es hatte ein anhaltender Nieselregen eingesetzt, und außerdem war es genug der Aufregung für diesen Tag.

# 28

## Aus dem Tagebuch
## von Frau Dr. Alena Buchbinder

*28. September 1378*

*Ich dachte, ich hätte im Kerker jede Form von Angst ausgekostet. Aber gestern habe ich gelernt, was echte Todesangst bedeutet. Gesteinigt zu werden ist nicht die Art, wie ich diese oder irgendeine andere Welt verlassen möchte.*

*Pitter hat mich gewarnt, Mirte mich gerettet, Laurens mein kostbarstes Gut geborgen, Adrian mir ein geschütztes Heim geboten.*

*Ich wäre verloren ohne meine Freunde.*

*Sogar Mina, das kleine Dämonentier, ist wohlbehalten zu mir zurückgekommen und liegt jetzt, zu einem friedlichen Kringel zusammengerollt, auf meinen Polstern.*

*Es war wirklich ein knappes Entrinnen. Aber Laurens hat nicht nur die Zutaten zu meinem Weihrauch gerettet, nein, er hat sogar die fehlenden Pflanzen geerntet.*

*Mir muss unbedingt noch etwas einfallen, wie ich ihnen ihre Treue und Hilfe vergelten kann, bevor ich heimkehre.*

*Und das ist das nächste Problem, dem ich nun gegenüberstehe. Mir muss irgendein guter Grund einfallen, mit dem ich Adrian mein Fortgehen begründe. Denn ich merke, er macht sich Hoffnungen. Er spricht es zwar bisher nicht laut aus, aber ich denke, es wird nicht mehr lange dauern, und er wird mich... um was auch immer bitten. Wahrscheinlich bei ihm zu bleiben. Eine Versuchung, ohne Zweifel. Ich denke ja auch schon darüber nach. An seiner Seite könnte ich ein beschütztes Leben führen, eine geachtete Patrizierfrau, der alle Annehmlichkeiten dieser Zeit zur Verfügung stehen.*

*So schlecht ist es hier nicht, wenn man sich darauf eingestellt hat. Ich werde die Ruhe vermissen, die Zeitlosigkeit in einer Welt ohne Uhren, ohne Termine, ohne Sekundenzeiger. Ich habe das Essen zu schätzen gelernt. Es befriedigt mich ungemein, es mir selbst aus frischen Zutaten zuzubereiten, mir mein eigenes Gemüse anzubauen, das herrlich knusprige Brot aufzuschneiden, in diese köstlichen Pasteten zu beißen. Die können einem glatt die Pizza ersetzen.*

*Ich würde auch gerne Laurens heranwachsen sehen und ihm vielleicht den Weg zur Wissenschaft ebnen. Er hat sich in den vergangenen Wochen von einem etwas ungelenken Jüngling zu einem mutigen, offenherzigen jungen Mann entwickelt. Und Mirte – ja, Mirtes Weg würde ich gerne weiterverfolgen. Auch in dieser Zeit gibt es für kluge junge Frauen viele Möglichkeiten.*

*Nun, ich hab noch vierzehn Tage Zeit. Und wenigstens dieser Wickbold ist aus dem Weg geräumt. Als Brandstifter. So schnell wird er nicht aus dem Turm entlassen, es gab genügend Zeugen für seine Tat, und diesmal musste auch niemand überredet werden, seine Tat zu bezeugen. Das wird auch der Gevatterin Talea eine Lehre sein, hoffe ich.*

## 29

## Grabfrevel

*30. September 1378*

Sie schlichen sich leise aus dem Haus, Mirte wieder in Laurens' Kleidern. Die Nacht war wie geschaffen für ungute Taten. Der Mond hing nur noch als eine fingernageldünne Sichel am Himmel, der anhaltende Regen hatte den Boden aufgeweicht, ein klammer Wind strich durch die Gassen und machte den Aufenthalt draußen höchst ungemütlich. Die Kölner blieben in ihren Häusern.

Diesmal waren Mirte und Laurens allerdings darauf vorbereitet, die Wehmutter, sollte sie erscheinen, zu überwältigen. Es hatte heftige Diskussionen und dann einige Vorbereitungen gekostet, ein brauchbares Vorgehen zu entwickeln, bei dem Mirte nicht mit Ausdrücken wie Schruutekopp und ähnlichen despektierlichen Schimpfnamen gespart hatte, aber schließlich kleinlaut zugeben musste, dass Laurens doch etwas mehr als nur Grütze im Hirn hatte. Die Idee, die Wehfrau wie eine Katze mit einem Tuch zu fangen, war wirklich nicht schlecht. Darum hingen zwei reißfeste Hanfschnüre aufgerollt über ihrer Schulter. Seile, wie sie zum Verschnüren der Stoffballen verwendet wurden und die im Lager des Tuchhändlers reichlich vorhanden waren.

Ihr Begleiter aber trug eine zusammengefaltete Decke aus widerstandsfähigem Leinen bei sich, ebenfalls Verpackungsmaterial für die feinen Wolltuche.

Diesmal kauerten sie nicht wartend vor der Mauer des Lichhofs zusammen, sondern kletterten sofort darüber und huschten zur Kirchmauer. Auch hier hatte Laurens vorausgedacht. Er war bei Tag noch einmal dort gewesen, hatte die Gräber begutachtet und die besten Verstecke ausgekundschaftet. So drückten sie sich nun dicht an die Wand der Kirche und verschmolzen in ihren dunklen Kleidern und Kapuzen mit der Dunkelheit. Wieder legte Laurens schützend den Arm um Mirte, die nichts dagegen hatte, seine Wärme zu spüren. Ja, sie kicherte sogar leise und schmiegte sich ein wenig fester an ihn.

»Nicht die Zeit für Kosen und Schmusen«, flüsterte Laurens, aber seine Finger streiften sacht ihre Wange.

»Würdest du denn kosen und schmusen wollen?«, wisperte Mirte.

»So eine Kratzbürste wie dich? Da hole ich mir doch nur Schrammen. Reicht, dass Mina mich gekratzt hat.«

»Ich kann aber auch Samtpfötchen.«

»Ach ja?«

»Ja«, schnurrte Mirte leise. Aber bevor sie es beweisen konnte, merkten sie beide auf. Ein kaum hörbares Geräusch durchbrach die Stille der Nacht.

Ein Schlurfen von weichen Schuhen, dann ein Rascheln von Stoff. Ein Plumps.

Laurens an Mirtes Seite richtete sich vorsichtig auf und lugte um die Ecke. Dann drückte er ihre Hand, das vereinbarte Zeichen, dass die Gevatterin eingetroffen war.

Weitere Geräusche drangen zu ihnen, nicht laut, aber

verräterisch. Jemand stieß mit einer Schaufel in die Erde. Ein Steinchen kollerte, ein winziges Ächzen.

Zweimal drückte Laurens Mirtes Hand – gleich würden sie aus dem Dunkel treten und handeln.

Aufregung durchflutete Mirte. Es war gefährlich, und sie hatten nur einen einzigen Versuch. Wenn der fehlschlug, würden sie erkannt, und alles konnte nur noch schlimmer werden.

Das Atmen der Grabfrevlerin war jetzt hörbar, offensichtlich war das Graben im schweren, feuchten Lehm anstrengend. Dann klapperte leise die Schaufel gegen einen Stein.

Dreimal Handdrücken.

Es ging los.

Mirtes Kehle wurde eng, als sie die Seile von der Schulter nahm und sich von der Mauer abstieß.

Laurens hatte die Decke ausgebreitet in den Händen.

Lautlos schlichen sie sich von hinten an die Gevatterin heran.

Sie kniete gebeugt vor dem offenen Grab und wühlte darin herum.

Laurens warf die Decke über sie und sprang gleichzeitig auf die Frau.

Sie fiel in die flache Grube und strampelte wie wild.

Mirte schnappte sich einen Fuß und drückte mit großer Kraft auf eine Stelle über dem Knöchel. Es war gewagt, aber das Glück wollte, dass sie den Schmerzpunkt sofort erwischte. Für einen kurzen Augenblick hielt die Gefangene inne, und Mirte wickelte hurtig das erste Seil um die Füße. Nicht gerade fachmännisch und mit mehr Kraft als Gefühl schnürte sie die beiden Beine der Gevatterin zusammen.

Damit wurde es für Laurens, der auf dem Rücken der

Gefangenen lag, ein wenig leichter. Er richtete sich auf, zerrte an dem Leinentuch, um es ganz über den Oberkörper der Frau zu wickeln. Dabei kam deren Arm frei, und Mirte erwischte die wild herumfuchtelnde Hand. Ein derber Griff um den zusammengepressten Daumen, ein unterdrücktes Stöhnen, und schon hatte sie das zweite Seil um das Handgelenk gelegt und verknotete es fest.

Laurens schaffte es, das Tuch über den Kopf der Gevatterin zu ziehen, und erhob sich dann von ihrem Rücken, um sie mit Schwung umzudrehen. Doch die Wehfrau war zäh. Sie wehrte sich und fast hätte sie sich losgerissen. Mit der noch freien Hand zur Kralle gebogen, fuhr sie auf Laurens' Gesicht zu. Er konnte nur knapp ausweichen. Mirte hielt mit großer Kraft das Seil fest, aber auch ihr wäre es beinahe aus den Fingern gerissen worden, als die Frau sich aufbäumte. Aber dann gelang es Laurens wieder, ihr das Leinentuch über den Kopf und die Schultern zu ziehen, und gemeinsam verschnürten sie Talea zu einem festen Bündel. Sie bugsierten sie in die Grube, wo sie sich kaum noch bewegen konnte.

»Setz dich drauf, Mirte, ich hole die Wachen.«

»Eil dich.«

Noch immer alle Muskeln angespannt und alle Sinne auf jedes Geräusch und jede Bewegung gerichtet, wartete Mirte. Die Gevatterin hatte den Kampf noch nicht aufgegeben. Sie versuchte mit aller Gewalt, aus der Umhüllung herauszukommen. Sie zuckte und wand sich unter ihr. Doch kein einziger Laut war in diesem nächtlichen Kampf ihren Lippen entfleucht. Sie wusste vermutlich viel zu gut, dass sie keine Aufmerksamkeit auf sich ziehen durfte. Wahrscheinlich hatte sie ihre Überwältiger nicht erkannt und hoffte wohl, dass ein ähnliches Gelichter wie sie selbst an diesem Überfall Schuld trug.

Mirte war heilfroh, als sie das Trappeln der Stiefel hörte, das sich dem Lichhof näherte. Laurens hatte sich beeilt.

Und dann wurde es hell und lebhaft. Mit zwei lodernden Fackeln beleuchteten die Stadtsöldner das Kampffeld, zerrten die verschnürte Talea aus dem Grab und begutachteten den halb ausgegrabenen Toten in seinem aufgerissenen Leichentuch.

Angeekelt wandte Mirte sich ab. Der Anblick war nicht eben appetitlich.

»Grabfrevel«, sagte der Turmvogt, der seine Mannen begleitet hatte. »Eindeutig Grabfrevel. Wer ist dieses Weib?«

»Gevatterin Talea, eine Hebamme aus dem Hafenviertel.«

»Ihr beide wusstet, was sie hier sucht, junger Mann?«, fragte der Vogt Mirte.

Sie zog die Kapuze der Gugel von ihren Haaren.

»Jungfer, Herr Vogt. Päckelchesträgerin. Man hört so manches auf den Gassen.«

»Das scheint mir auch so. Bringt die Frau zum Turm. Wir unterhalten uns noch, Päckelchesträgerin. Und auch mit Euch, junger Mann? Oder seid Ihr auch eine Jungfer?«

»Laurens van Kerpen. Und ich wäre Euch dankbar, wenn Ihr meinen Vater verständigen würdet.«

»Den Ratsherrn? Verdammt, was habt Ihr mit der Sache zu tun?«

»Das wird er Euch erklären, Vogt.« Und zu Mirte flüsterte er: »Hoffentlich.«

Sie hoffte das auch. Der Vogt war imstande und sperrte sie beide mitsamt der Gevatterin ein. Und das würde, milde ausgedrückt, keine schöne Zeit werden.

Aber es schien, dass der Name des Ratsherrn genügend Gewicht hatte, um den Vogt dazu zu bewegen, einen seiner Wächter zum Neuen Markt zu schicken. Ein anderer Stadtsöldner warf sich die verpackte Gevatterin wie einen Sack Mehl über die Schulter, ein nächster klaubte die Schaufel und den Lederbeutel auf, und der Vogt bedeutete Mirte und Laurens, ihnen zum Bayenturm zu folgen.

Es war Mirte ausgesprochen ungemütlich bei dem Gang durch die feuchtklamme Nacht, aber Laurens hatte wieder ihre Hand genommen, und ein wenig bänglich klammerte sie sich daran.

»Es wird uns schon nichts geschehen«, sagte er leise zu ihr.

»Dir nicht, aber ich habe keinen Ratsherrn zum Vater.«

»Er wird sich auch um dich kümmern.«

Doch bevor Adrian van Kerpen eintraf, hatten sie es noch mit einer fauchenden und giftsprühenden Gevatterin Talea zu tun, die, als man ihr die Fesseln und das Tuch abnahm, heftigste Beschuldigungen gegen Mirte und Frau Alena ausstieß.

»Du hast Frau Alena schon einmal zu Unrecht beschuldigt, eine Brandstifterin zu sein. Willst du die Sünde des falschen Zeugnisses verdoppeln, Weib?«, donnerte der Vogt schließlich. »Und willst du leugnen, bei Nacht über dem offenen Grab eines ehrenwerten Bürgers angetroffen worden zu sein?«

»Die haben das Grab geöffnet. Die haben mich zum Lichhof gelockt! Die haben mich dort hineingestoßen und misshandelt!«

»Wie haben wir Euch denn zum Friedhof gelockt, Gevatterin? Erzählt mal«, forderte Laurens die Wehfrau sanft auf.

Das Zögern war nicht zu überhören, aber dann brach wieder eine Menge wirrer Anschuldigungen aus der Gevatterin heraus. »Dein Weib liegt in Wehen, hast du gesagt, Bengel«, spuckte sie. »Hinführen wolltest du mich. Und dann ist diese hinterhältige Katze mir ins Genick gesprungen und hat mich niedergeworfen.«

Ein schmutziger Zeigefinger stach in Mirtes Richtung.

»Ach, Ihr armes Weib, dann seid Ihr Laurens also so einfach gefolgt und habt Euch nicht gewundert, dass seine Frau auf dem Lichhof in Kindsnöten liegt?«, zwitscherte Mirte, deren Ärger inzwischen alle anderen Gefühle weggeschwemmt hatte.

»Das ist doch ... Es war so dunkel, ich wusste nicht, wohin er mich führt. Schamlos ausgenutzt hat er meine Gutmütigkeit.«

»Eine Wehmutter wird oft des Nachts zu den Frauen gerufen, deren Stunde gekommen ist. Ihr wohnt nicht weit von Lyskirchen entfernt. Ihr werdet sogar in stockfinsterer Nacht wissen, wohin Ihr Euch zu wenden habt. Und wo ist dann Eure Tasche mit Euren Salben und Instrumenten, Gevatterin?«, frage Mirte.

»Der da hatte es doch eilig. Die Kindsväter glauben immer, die Welt geht unter, wenn neues Leben in dieses Jammertal drängt.«

»Und wofür war dann dieser Beutel hier?« Mirte zeigte auf den leeren Lederbeutel, den der Stadtsöldner mitgenommen hatte. »Womit wolltet Ihr den füllen?«

»Der gehört nicht mir.«

»Ich frage mich, Gevatterin, warum sollten die beiden hier dieses böse Spiel mit dir getrieben haben?«, wollte der Vogt nun wissen.

»Die sind doch aufgehetzt worden. Die kleine Schlampe da wohnt bei der Zauberschen. Die hat sie gegen mich aufgehetzt. Oder vielleicht hat sie sie auch verzaubert«, zischte die Wehfrau mit einem hämischen Grinsen.

»Und warum, Gevatterin, sollte Frau Alena mich gegen Euch aufgehetzt haben?«

»Die kann mich nicht leiden, diese Fremde. Die ist nicht von hier.«

»Und deshalb habt Ihr sie beschuldigt, einen Brand gelegt zu haben, Gevatterin? Einen Brand, den nachweislich ein Blitz verursacht hat?«, fragte Mirte.

»Darum habt Ihr auch den Wickbold zu ihrem Haus geschickt, um dort Feuer zu legen?«, schloss sich Laurens an.

Der Vogt kratzte sich nach Laurens' letzter Frage den Kopf und nickte dann.

»Wir werden hören, ob der Schiffer zugibt, auf dein Geheiß gehandelt zu haben, Gevatterin. Er ist im Frankenturm festgesetzt.«

»Er lügt, ehrenwerter Herr Vogt. Der Mann ist ein Tropf.«

»Ein Tropf ist er ganz gewiss«, stimmte Mirte zu. »Er ist sogar zu blöd zum Lügen.«

Der Vogt gab einen Grunzlaut von sich, der verdächtig nach einem heruntergeschluckten Lachen klang. Dann besann er sich auf seine Befragung und wollte barsch wissen: »Also noch mal, Weib. Was begründet deinen Zorn gegen die Buchbinderin?«

»Die Zauberinnen soll man nicht am Leben lassen, das hat schon unser Herr befohlen.«

»Warum hast du sie, wenn du glaubst, dass sie eine Zaubersche ist, denn der Brandstiftung beschuldigt und nicht der Zauberei?«

Gevatterin Talea schnappte nach Luft.

»Gute Frage, Vogt«, sagte Laurens trocken. »Und nun fragt die Wehfrau mal danach, warum sie alleine in finsterer Nacht zum Lichhof geht und dort in Gräbern herumbuddelt. Denn weder habe ich sie um Beistand für mein Weib gebeten noch zum Friedhof gelockt. Dahin hat sie heute wie auch vorgestern Nacht ganz alleine gefunden.«

»Hat sie?«

»Und verschwand, als Eure Wachen die beiden Trunkenen zum Turm führten. Jens, der Fackelträger, hat die Bezechten begleitet.«

»Und wenn Ihr ihn, den Jens, befragt, wird er Euch bestätigen, dass Gevatterin Talea schon häufiger nachts auf dem Lichhof zu finden war«, fügte Mirte hinzu.

Der Vogt sah von Mirte zu Laurens und von Laurens zu Mirte.

»Bemerkenswert. Und was habt Ihr beide daraus geschlossen?«

»Das würde ich auch gerne hören, mein Sohn«, sagte eine Stimme vom Eingang aus. Der Ratsherr trat ein, und seine Miene war grimmig.

»Herr Vater, ich danke Euch, dass Ihr gekommen seid.«

»Das wird sich weisen. In was für einen Unfug bist du hier verwickelt?«

»Wohledler Herr, seid nicht gram mit ihm. Wir beide haben das geplant«, sagte Mirte und lächelte den Ratsherrn so bittend an wie möglich.

»So, so. Ich will die ganze Geschichte hören. Von euch beiden und von diesem Weib hier. Laurens!«

»Ja, Herr Vater. Gevatterin Talea verwendet, wie wir gehört haben, für ihre Zaubersalben«, Mirte sog entsetzt die

Luft ein, weil nun Laurens die Beschuldigung umdrehte, »Leichenwachs.«

Ein Aufkeuchen ging durch die Zuhörer.

Laurens schilderte, wie diese Substanz gewonnen wurde, was ihm ein atemloses Publikum bescherte. »Lasst die Salben der Wehfrau von einem Apotheker untersuchen, er wird Euch das bestätigen. Welche geheimnisvollen Kräfte aber dieses Leichenwachs hat, das wird sie Euch sicher verraten«, schloss er seine Ausführung.

»Und um an dieses Wachs zu kommen, schändet Gevatterin Talea nachts die Gräber«, fügte Mirte hinzu. »Wir beobachteten sie dabei.«

»Und was sagt das Weib dazu?«, wandte sich der Ratsherr an Talea.

»Wohledler Herr, Euer Sohn hat mich nach der elften Stunde aus dem Bett geholt. Er hat mich angelogen und gesagt, sein Weib liegt in den Wehen. Und dann hat er mich zum Lichhof geführt. Da haben sie mich überfallen. Mit dem Grab habe ich nichts zu tun. Die haben es geöffnet und diese aberwitzige Geschichte mit dem Leichenwachs erfunden.«

Der Ratsherr betrachtete die Wehfrau nachdenklich, und sein Blick blieb lange an ihren erdigen Händen hängen. Schließlich fragte er: »Wie kommt es, Weib, dass du zum zweiten Mal auf diese Posse hereinfällst? Ich hörte, mit genau dieser Botschaft hat mein Sohn dich schon einmal aus dem Haus gelockt.«

»Ihr erinnert Euch wirklich nicht an mich, Gevatterin? Mirte war just in diesem Augenblick bei Euch und bat um Arbeit.« Laurens grinste die Wehfrau an, und Mirte nickte dazu.

»Ich merk mir nicht alle Gesichter aller pickeligen Jünglinge, die an meine Tür klopfen.«

»Nun, es ist ein ungewöhnlich glattes Gesicht, Gevatterin. Und ich finde schon, dass man es sich merken kann. Vor allem wenn man von ihm bereits einmal an der Nase herumgeführt worden ist«, sagte Mirte und grinste nun auch.

»Das Spielchen hast also du damals mit diesem Bengel ausgeheckt«, fauchte Talea. »Ist der dein Buhle?«

»Aha, sie erkennt dich also doch wieder, Laurens. Und sie hätte dich auch erkannt, wenn du wirklich vor der Tür gestanden hättest.«

»Eine bemerkenswerte Schlussfolgerung. Vogt, lasst das Haus der Wehfrau durchsuchen und stellt ihre Salben und Tinkturen sicher. Sie müssen untersucht werden. Im Namen meines Sohnes erhebe ich Anklage wegen nächtlichen Grabfrevels.«

Der Vogt nickte, die Gevatterin war bleich wie der Tod geworden.

»Bringt sie in den Kerker. Morgen prüfen wir die Klage und befragen sie und diesen Rheinschiffer Wickbold.«

Kurz darauf führte der Ratsherr Laurens und Mirte mit festem Druck auf ihren Schultern aus dem Turm. Ein Knecht leuchtete ihnen heim, und erst als sie in der Stube zusammensaßen, sprach er wieder.

»Was sollte das, Laurens?«

»Wir wollten, dass Frau Alena in Sicherheit ist.«

Mirte kniete vor dem Ratsherrn nieder und sah zu ihm hoch.

»Wohledler Herr, die Gevatterin plante ihren Tod. Aber wir lieben Frau Alena, wohledler Herr. Wir konnten nicht zusehen, wie Wickbold und die Wehfrau ihr nach dem Leben trachten. Darum haben wir nachgeforscht, welche Schandtaten sie zu verbergen hat. Sie ist eine Engelmacherin, Herr, und wer diesem Gewerbe nachgeht, treibt auch andere üble Taten.«

»Das mag sehr ehrenwert gedacht sein, Jungfer Mirte, aber ihr beide habt euch in große Gefahr begeben. Diese Talea argumentierte gerissen, und ihr hattet keine Zeugen.«

»Ja, Herr Vater. Aber Ihr seid auch gerissen.«

Adrian van Kerpen schüttelte hilflos den Kopf.

»Ihr seid zwei Schlingel. Aber ich erkenne den Erfolg eures Handelns an. Sowohl dieser Schiffer als auch die Wehfrau werden einige Zeit in Gewahrsam bleiben. Aber sie werden ihre Strafe erhalten, und danach sind sie wieder frei. Glaubt ihr, dass sie vergessen werden, was ihnen angetan worden ist?«

»Das ist dann nicht mehr wichtig«, murmelte Mirte.

»Wie meinst du das, Jungfer?«

»Das müsst Ihr Frau Alena fragen. Vielleicht verrät sie es Euch.«

»Na gut. Aber für diese Nacht ist genug geschwätzt. Gehen wir zu Bett.«

## 30

## Hoffnung

*1. Oktober 1378*

Laurens brauchte am nächsten Morgen nicht in der Werkstatt des Gewandschneiders zu arbeiten. Sein Vater hatte gemeint, er würde doch nur mit offenen Augen schlafen, und hatte ihn wieder in sein Bett verwiesen. Doch als die Glocken zur Terz läuteten, war er wach und bereit, sich seinen ungeliebten Pflichten zu stellen. Er hatte in der Küche etwas kalten Brei gefunden und im Stehen ausgelöffelt, als Mirte sich zu ihm gesellte. Sie hatte sich schon ein wenig im Haushalt nützlich gemacht und stellte nun einen Korb mit Äpfeln auf den Tisch, die sie in Scheiben schneiden und zum Darren auf eine Schnur fädeln wollte.

Laurens luchste ihr einen davon ab und schlug krachend die Zähne hinein.

»Frau Alena ist gerade zu deinem Vater in die Stube gegangen«, erklärte Mirte ihm. »Ob sie ihm wohl sagt, woher sie kommt?«

»Die Neugier zwickt dich wieder, was?«

»Mhm. Ja, das Teufelchen …«

»Mich auch«, gestand Laurens und machte dem Apfel den Garaus.

»Die Tür hat sie nur angelehnt gelassen.«

»Ach ja?«

»Mhm.«

Sie tauschten einen verschwörerischen Blick. Mirte legte das Messer nieder, und Laurens warf den Apfelstrunk in den Eimer mit den Abfällen.

»Die Köchin ist zum Markt gegangen, und der Majordomus kümmert sich um die Holzlieferung.«

»Mhm.«

Sie verließen einträchtig die Küche, auf Zehenspitzen schlichen sie durch den Flur und dann die Treppe hinauf zur Stube. Ja, die Tür war nur angelehnt, und dahinter hörte man die Stimmen des Ratsherrn und Frau Alena.

»Sie haben mir damit einen ungeheuren Dienst erwiesen, Adrian. Ich weiß gar nicht, was ich sagen soll.«

»Es sind tapfere Kinder, aber, Alena, ihr Eingreifen wird nur eine Weile für Ruhe sorgen. Du hast dir eine böse Feindin gemacht.«

»Ich weiß. Ich werde so bald wie möglich verschwinden.«

»Wohin willst du gehen?«

»Ich werde schon etwas finden.«

»Alena, eine ledige Frau in der Fremde wird überall auffallen. Und du bist nicht eben die Sanftmütigste. Und deine – seltsame Art wird die bigotten Dummköpfe immer und überall gegen dich aufbringen.«

»Ja, zerreiß nur meinen üblen Charakter in der Luft.«

»Nein, Alena, das tue ich nicht. Du bist eine gebildete, kluge Frau, und ich bewundere deinen scharfen Verstand und dein warmes Herz.« Es entstand eine kleine Pause, in der Laurens mit Mirte einen verständnisvollen Blick wechselte. Dann sprach der Ratsherr wieder. »Alena, du hast kein

Heim und keine Familie. Ich ... Nun ja, ich könnte dir beides bieten. Ich wäre sehr geehrt, wenn du dich bereitfinden wolltest, mein Weib zu werden.«

Laurens schob die Tür einen winzigen Spalt weiter auf. Frau Alena stand am Kamin und sein Vater vor ihr. Sie schaute zu ihm auf und sah ihn mit einem unsagbar traurigen Lächeln an.

»Danke, Adrian. Du ehrst mich sehr. Und wenn die Dinge anders stünden – ja, ich würde gerne dein Weib werden.«

»Was hindert dich, Alena? Willst du dich mir nicht endlich anvertrauen? Du trägst ein Geheimnis mit dir herum, das habe ich schon bemerkt, als ich dir das erste Mal begegnet bin.«

»Du bist ein scharfsichtiger Mann. Oder ein sehr einfühlsamer.«

»Liebes, es kann doch so furchtbar nicht sein, dass es keine Hilfe gäbe.«

»Es ist nicht furchtbar.« Frau Alena stieß sich vom Kaminsims ab und wanderte durch den Raum zu der gepolsterten Bank in der Fensternische. Doch sie setzte sich nicht, sondern kehrte ruhelos zurück. »Es ist nur – ungewöhnlich.«

»So ungewöhnlich, dass es meinen beschränkten Geist überfordert?«

Sie lachte leise. »Nein, wahrscheinlich nicht. Dein Sohn und Mirte haben es auch akzeptiert. Oh Gott, ja. Nein. Ach, was soll's? Nur versprich mir, Adrian, auch wenn es dir vorkommt, als sei ich von Witz und Sinnen, gib mir noch zwei Wochen Obdach. Mein Leben hängt davon ab.«

»Versprochen, Alena.« Er nahm ihre Hand und führte sie an seine Wange. »Sprich, mein Herz.«

Mirte neben Laurens unterdrückte ein Schniefen, und er legte den Arm um sie. Dann lauschten sie wieder einträchtig.

»Ich komme nicht aus einem anderen Land, wie ich dir erzählt habe, sondern aus einer anderen Welt, Adrian.«

»Tatsächlich? Bist du so etwas wie eine Fee oder eine Elfe?«

»Nein, spotte nicht.«

»Ich spotte nicht, Alena. Ich habe oft schon den Verdacht gehabt, dass du mit mehr Kräften gesegnet bist als wir Sterblichen.«

»Eine Zaubersche?«

»Eine weise Frau.«

»Ich bin zumindest eine Frau mit einem seltsamen Wissen aus der Zukunft. Und, Adrian, dorthin muss ich wieder zurückkehren.«

»In die Zukunft.«

»Geboren, Adrian, wurde ich in ziemlich genau sechshundert Jahren, im Jahr 1978. Und ich habe durch Zufall ein Mittel gefunden, das es mir ermöglicht hat, in die Vergangenheit zu reisen.«

Mirte schob die Tür noch ein Stückchen weiter auf. Es herrschte Schweigen in der Stube, und Laurens beobachtete, wie sein Vater Frau Alena lange und eindringlich ansah.

»So ist das also.«

»Ja, Adrian. So ist das.«

»Mein Gott, musst du einsam gewesen sein.«

Und Frau Alena trat auf ihn zu und legte ihren Kopf an seine Schulter. Er zog sie eng an sich und streichelte ihre Haare. Natürlich hatte sie wieder einmal ihr Gebende nicht angelegt. Leises Schluchzen war zu hören.

Mirte fasste seine Hand und wisperte: »Das haben wir nie bedacht. Sie muss entsetzlich einsam gewesen sein.«

Laurens wollte erwidern, dass ihm das auch gerade erst klar geworden war, aber jetzt hob Frau Alena ihren Kopf von der Schulter seines Vaters und sagte: »Ja, Adrian. Vor allem als mir die Möglichkeit zur Rückkehr verwehrt wurde. Talea hat das Mittel vernichtet, mit dem ich reisen konnte. Es ist ein Räucherwerk aus allerlei Pflanzen und wirkt nur an einem bestimmten Ort zu einer ganz bestimmten Zeit. Inzwischen habe ich es wieder herstellen können, und am fünfzehnten Oktober zur Zeit des Sonnenaufgangs wird unter dem Bibelfenster in der Dreikönigskapelle im Dom die Möglichkeit bestehen, in meine Welt zurückzukehren.«

Der Ratsherr strich Frau Alena eine verirrte rote Locke aus der Stirn und nickte.

»Ich verstehe. Wusste Talea damals schon von deiner Herkunft?«

»Sie wusste es nicht und weiß es auch heute nicht. Sie wusste auch nicht, was sie tat, als sie das Pulver verstreute. Sie wollte nur Schaden anrichten.«

»Der größer war, als sie ahnen konnte. Natürlich. Und darum hast du den Garten angelegt?«

»Den Garten der Zeit, ja, so habe ich ihn immer für mich genannt. Nun sind alle Pflanzen geerntet, und dein kluger Sohn hat sogar noch die mitgebracht, die in der Mischung fehlten. Meinen Weihrauch habe ich hergestellt, mit dem Astrolabium die Zeit berechnet, und die Dreikönigskapelle werde ich wohl im Dom auch wiederfinden.«

»Und ich muss dich gehen lassen.«

Das klang so traurig, dass Laurens zusammenzuckte.

»Sie könnte hierbleiben, Laurens. Oh, wäre das schön«, flüsterte Mirte.

»Es würde ihn sehr glücklich machen«, murmelte Laurens ebenfalls.

»Wir müssen sie bitten. Komm, wir bitten sie. Wenn nötig, auf Knien.«

Und schon hatte das vorwitzige Mädchen die Tür aufgestoßen und war in die Stube marschiert. Laurens folgte ihr und fiel neben ihr auf die Knie. Und sogar Mina war mit ihnen hineingeschlüpft und schmiegte sich schnurrend an Frau Alenas Röcke.

»Laurens? Jungfer? Was soll das?«, fragte der Ratsherr ungehalten, und Frau Alena löste sich aus seiner Umarmung.

»Herr Vater, wir möchten Frau Alena bitten…«

»Wohledler Herr, wir flehen Frau Alena an, doch bei uns zu bleiben. Bitte, Frau Alena, geht nicht fort.«

»Frau Alena, Ihr könntet ein achtbares Leben mit uns führen, mein Vater ist ein wohlhabender Mann mit großem Einfluss. Euch würde nie wieder Böses geschehen.«

»Und ich will Euch immer und jederzeit dienen, Frau Alena. Ich bin geschickt im Haushalt und der Küche. Bitte, Frau Alena.«

»Bitte, Frau Alena. Mirte hat keine Eltern mehr, und Ihr seid ihr Mutter und Schwester zugleich. Sie mag eine Kröte sein, aber sie ist doch recht niedlich.«

Diese pathetischen Worte verloren etwas von ihrer Wirkung, weil sich ein spitzer Ellenbogen schmerzhaft in Laurens' Rippen bohrte.

»Frau Alena, der ist ein Grützkopf und erzählt oft dummes Zeug, aber er und auch ich, wir lieben Euch.«

Und dann fing Mirte auch an zu weinen.

»Die Kinder bitten dich, Alena. Ich schließe mich ihnen an«, sagte der Ratsherr. Und fügte leise hinzu: »Auch ich liebe dich.«

Frau Alena presste die Faust auf die Lippen und drehte sich um. Laurens hörte sie einige Male tief einatmen, dann wandte sie sich wieder zu ihnen. Sie beugte sich nieder und hob Mina auf, die sich mit einigen ihrer sanftesten Katzenlaute an ihre Schulter kuschelte.

»Ihr seid so gut zu mir. Ich danke euch. All das habe ich nie erwartet, nie habe ich damit gerechnet. Gebt mir Zeit, bitte. Ein paar Tage, damit ich nachdenken kann. Damit ich meine Gefühle sortieren kann.«

»Das ist nur billig, Alena. Du musst dich nicht sogleich entscheiden. Wir wollen jetzt alle für eine Weile unseren Aufgaben und Pflichten nachgehen, damit sich unsere Gemüter beruhigen.«

# 31

## Aus dem Tagebuch
## von Frau Dr. Alena Buchbinder

*3. Oktober 1378*

*Ich bin so voller Zweifel. Was soll ich nur tun? Zwei ganze Tage wälze ich nun unablässig meine Gedanken hin und her. Der Tag, auf den ich seit zwei Jahren so sehnsüchtig, so voller Heimweh und Hoffnung gewartet habe, rückt mit jeder Stunde, die verstreicht, näher. Und ich bin unsicher, ob ich gehen oder bleiben soll. Liebe ist eine starke Fessel.*

*Adrian liebt mich – und ich ihn. Sehr, so sehr, dass ich bleiben möchte. Aber kann ich mir vorstellen, bis zum Ende meines Lebens hier im vierzehnten Jahrhundert zu verweilen? Ein Ende, das sicher weit früher eintritt als zu meiner Zeit. Die medizinische Versorgung ist eher schlicht zu nennen, und wer einmal einen Zahnbrecher bei der Arbeit gesehen hat, den packt das kalte Grausen. Außerdem wird um 1400 die nächste Pestwelle Europa erfassen, ganz abgesehen von solchen unschönen Krankheiten wie Pocken, Ruhr, Typhus und anderen tödlich verlaufenden Übeln. Ohne Antibiotika kann sogar eine kleine Hautwunde das Ende bedeuten. Meine Tetanusimpfung wird nicht Jahrzehnte anhalten.*

*Aber sei's drum, hier überfährt mich kein Auto, hier stecke ich mich weder mit Aids noch mit Ebola an, und mir fällt auch kein Flugzeug auf den Kopf. Die gesundheitlichen Risiken sind wohl in beiden Welten gleich.*

*In rund zwanzig Jahren wird es einen gewaltigen Aufstand in Köln geben, wenn sich die Bürger gegen die Stadtherrschaft der Patrizier erheben. Man mag den Verbundbrief, der den Handwerkern und Kaufleuten gleiche Rechte und Mitsprache im Rat gewährleistet, als eine der großen demokratischen Leistungen würdigen, sie wird nicht ohne Opfer und Blutvergießen errungen werden.*

*Andererseits sind terroristische Bombenanschläge hier nicht zu befürchten.*

*Nein, mit rationalen Risiko-Abwägungen komme ich nicht weiter.*

*Was würde ich auf die Dauer vermissen? Fernsehen, Telefon, Internet, Handy?*

*Nein, an das gemachvollere Leben kann man sich sehr gut gewöhnen.*

*Bücher?*

*Ja, die vermisse ich jetzt schon, denn das, was es hier zu lesen gibt, ist ausgemacht dröges Zeug. Gebetbücher und Heiligenlegenden, wenn auch mit farbenprächtigen Illustrationen verziert, lachhafte wissenschaftliche Abhandlungen über Themen, die mich nur dazu reizen, dieses dumme Zeug vehement zu widerlegen. Was wiederum mich in Teufels Küche, besser gesagt auf den Scheiterhaufen bringen würde.*

*Gut, ein intelligenter Mann, zwei wissbegierige junge Leute, das ist natürlich ein Äquivalent zur literarischen Unterhaltung. Und letztlich könnte ich auch meine eigenen Bücher schreiben.*

*Am besten ein paar prophetische Werke.*

*Scherz beiseite, der klingt doch arg bitter.*

*Ich vermisse auch einige Lebensmittel – ein Königreich für eine Portion Pommes! Aber auf Kartoffeln müssen wir noch fast zweihundert Jahre warten. Auf Tomaten auch. Und erst recht auf Schokolade, Kaffee und Tee.*

*Gut, wenn man sein Gewicht halten will, muss man darauf auch in meiner Zeit verzichten.*

*Aber doch nicht ein ganzes Leben lang!*

*Tja, und dann sind da noch ein paar Menschen…*

*Meine Eltern, meine Schwester, meine Freunde, meine Kollegen. Sie alle habe ich glauben lassen, dass ich eine einmonatige Rechercherei in eine Gegend unternehme, in der ich nicht so ohne Weiteres zu erreichen bin.*

*Dass sie plötzlich zwei Jahre dauert, dafür müsste ich mir eine verdammt gute Ausrede einfallen lassen. Das geht wohl nicht unter einer mysteriösen Tropenkrankheit mit teilweisem Gedächtnisverlust ab.*

*Wenn ich zurückkehre.*

*Bleibe ich hier, werden sie mich irgendwann für verschollen, vermutlich für tot erklären.*

*Vielleicht findet ja dann irgendjemand mal einen sechshundert Jahre alten Grabstein mit meinem Namen drauf.*

*Noch mal Scherz beiseite, der war mehr als bitter.*

*Wobei ich aber wohl wieder an dem grundlegenden Problem angekommen wäre.*

*Wenn ich bleibe, verändere ich die Zeit.*

*In meiner Zeit könnte ich heiraten und Kinder bekommen.*

*Sie werden nie geboren.*

*Was ist, wenn ich Adrian heirate und seine Kinder bekomme – vorausgesetzt, ich sterbe nicht am Kindbettfieber oder bei einer komplizierten Geburt? Oder die Kinder an einer der unzähligen Krankheiten?*

*Was passiert vor allem, wenn ich wieder einmal nicht den Mund halte und kommende Ereignisse vorhersage, um das Leben derer zu schützen, die mir vertrauen und die ich liebe?*

*Es ist unsagbar schwer, eine Entscheidung zu fällen.*

*Sowohl die eine als auch die andere wird mir unsagbar schwerfallen.*

*Liebe und Verantwortung – zwischen den beiden muss ich wählen.*

*Und beide Möglichkeiten werden mir das Herz brechen.*

## 32

## Verheißung

*8. Oktober 1378*

Mirte wurde von den unterschiedlichsten Gefühlen bewegt. Manchmal war sie glücklich und hoffnungsvoll, dann wieder überwältigte sie namenlose Trauer. Vielleicht blieb Frau Alena ja bei ihnen – bei dieser Vorstellung breitete sich wundervolle Wärme in ihr aus. Aber möglicherweise würde sie sie doch bald verlassen. Und dann schnürte das Unglück ihr beinahe den Hals zu.

Trotzdem bemühte sie sich, niemanden merken zu lassen, wie aufgewühlt sie war. Sie verbrachte ihre Zeit in der Küche und half gerne der gutmütigen Köchin, die sich freute, wenn sie ihr zur Hand ging, und immer allerlei Liedchen bei der Arbeit trällerte. Mehr Zeit aber verbrachte sie mit Laurens zusammen bei Frau Alena in der Stube.

Der Ratsherr hatte seinen Sohn von seinen Lehrlingspflichten entbunden, sodass er an den Lektionen teilnehmen konnte, die Alena ihnen beiden erteilte. Und die waren so wunderbar. Sogar das Schreiben machte Mirte nun richtig Spaß. Auch komplizierte Rechenschritte lehrte sie beide, Algebra und Geometrie, was nicht ganz einfach war. Mehr aber noch begeisterte Mirte und auch Laurens, wenn

Alena auf einem großen Blatt Papier Karten aufzeichnete. Darin vermerkte sie den Lauf des Rheins und markierte die Stellen, wo sich Städte befanden. Das interessierte auch den Ratsherrn, und er stellte oft Fragen nach Entfernungen und besonderen Wegmarken. Auch darüber wusste Frau Alena viel. Sie war in ihrer Zeit weit herumgekommen, viel weiter als selbst die Händler und Pilger heutzutage. Von Venedig wusste sie zu berichten, einer Stadt mit Kanälen statt Straßen, London kannte sie – diese Stadt war auch Laurens' Vater bekannt, denn dort wurden die wertvollsten Tuche gehandelt. Von den anderen Hansestädten erzählte sie und den Universitäten in Paris und Bologna. Ja, sogar Rom hatte sie besucht. Nie erwähnte sie indes, wie diese Städte zu ihrer Zeit aussahen.

Ein wenig berichtete sie auch über die Heilkunst ihrer Zeit, die aber wohl vor allem darauf beruhte, dass man sich reinlich hielt, sich ständig die Hände wusch und die Zähne putzte. Dass sie das zukünftig immer tun sollten, mussten sie ihr alle versprechen, sogar der Ratsherr.

Am schönsten aber war es abends, wenn das Gesinde sich zurückzog und sich der Ratsherr zu ihnen gesellte. Sie versammelten sich vor dem Kaminfeuer in der Stube, Laurens und Mirte legten sich Polster auf den Boden und ließen sich zu Frau Alenas Füßen nieder. Und dann erzählte sie Geschichten. Oh, was konnte sie erzählen! Viel, viel besser als der alte Klingsohr im Adler. Sie berichtete von einem König Artur, der eine Tafelrunde um sich versammelt hatte, deren Ritter die ausgefallensten Abenteuer bestehen mussten, sie sprach von Merlin, dem Zauberer, und der Fee Morgane, von Parzival, der auszog, den Heiligen Gral zu finden.

»Wenn ihr eifrig sucht, Laurens und Mirte, dann werdet

ihr diese Geschichten in Büchern wiederfinden. Wolfram von Eschenbach hat sie aufgeschrieben, aber in romanischer Sprache gibt es eine Version von Chrétien de Troyes, und in englischer Zunge hat Geoffrey of Monmouth sie erzählt.«

»Und man erzählt sie sich noch immer in Eurer Zeit?«

»Ja, Mirte, man erzählt sie noch immer. Wie alle wirklich großen Geschichten verlieren sie nie ihren Reiz. Sie überdauern Jahrtausende, weil sie von Menschen handeln, von ihren tiefsten Beweggründen, von Liebe und Vertrauen, von Verrat und Hass, von Leben und Tod.«

Sie tranken gewärmten Würzwein an diesen Abenden und naschten süße Pasteten, und die Worte wurden Bilder für sie. Mina lag auf Frau Alenas Schoß und schnurrte, die hohen Wachskerzen dufteten, das Holz im Kamin knisterte und warf tanzende Schatten an die Wände.

Manchmal lehnte sich Mirte an Frau Alenas Knie, und sie streichelte dann ihre Haare. Manchmal lehnte sie sich auch an Laurens – und der streichelte auch ihre Haare.

Und Frau Alena schmiegte sich in die Arme des Ratsherrn – und auch der streichelte oft ihre Haare.

Sehr oft aber bat Frau Alena auch sie, von ihren Erfahrungen zu erzählen, von dem Leben auf den Gassen, von den Reisenden und ihren Anliegen, von den Gasthäusern und Hospizen, von den Klöstern und den Schenken, von den Prozessionen und den Karnevalsfeiern. Sie wollte viel über die Tuche wissen, mit denen der Ratsherr handelte, woher sie kamen, wie sie hergestellt und wie sie verarbeitet wurden. Sie wollte auch wissen, wie die Ratsversammlungen abliefen, welchen Einfluss die Gaffeln und Zünfte hatten. Adrian van Kerpen konnte ebenfalls lebhaft erzählen, und das eine oder andere brachte auch Laurens mit ein. Etwa über seine Zeit an der Domschule, das Lernen, die Lehrer und die Jungenstreiche. Oft lachten sie über den Schabernack, den er beichtete.

Ja, es war eine glückliche Zeit, eine unbeschreiblich glückliche Zeit.

Und darum würde Frau Alena bleiben. Bestimmt würde sie bleiben. Es war so schön, so friedlich, so traulich hier im Hause des Ratsherrn van Kerpen. Es gab doch gar keinen Grund für sie, zurück in ihre Zeit zu gehen.

Jeden Abend, bevor sie einschlief, betete Mirte darum, dass Frau Alena blieb. Aus tiefstem Herzen flehte sie Mutter Maria an, ihren Wunsch zu erfüllen.

Zwei ganze Wochen lang lebten sie auf diese herrliche Weise zusammen, lauschend, erzählend, lernend. Doch dann kam der Abend, an dem Frau Alena nicht mit einer Geschichte über ein Ritterabenteuer begann, sondern sagte: »Ich muss mit euch heute über die Zukunft sprechen.«

Eine bittere Ahnung schlich Mirte an, und als sie in das Gesicht des Ratsherrn sah, wusste sie, dass diese Ahnung sie nicht trog.

Ihre Gebete waren nicht erhört worden.

Die seinen auch nicht.

»Was wollt Ihr uns über die Zukunft berichten, Frau Alena?«

Auch Laurens' Stimme klang gepresst.

»Alena hat ihre Entscheidung getroffen«, erklärte der Ratsherr. »Und ich muss sie respektieren, auch wenn es mich...« Er räusperte sich. »Auch wenn es mir leidtut.«

»Ich werde gehen, Mirte, Laurens. Obwohl es mir unbeschreiblich wehtut, euch verlassen zu müssen. Aber wie immer ich es drehe und wende, ich muss Verantwortung tragen und meine Pflicht erfüllen. Wenn ich hierbleibe, verändere ich das Gefüge der Zeit noch mehr, als ich es ohnehin getan habe. Und es gibt auch in meiner Welt eine Familie, die nicht um mich trauern soll.«

»Ja, Frau Alena«, würgte Mirte hervor.

»Ja, Mirte, ich weiß. Doch hört mich an. Du und Laurens, ihr habt mir in den dunkelsten Tagen zur Seite gestanden, ihr habt einer Frau geholfen, die euch seltsam, ja vielleicht sogar gefährlich erscheinen musste. Fremdartigen, Einsamen und Verlassenen beizustehen, ist zwar eine Pflicht der Nächstenliebe, aber sie wird selten geleistet. Viel häufiger schauen die Menschen weg oder schlimmer noch, sie verjagen sie oder verfolgen sie gar. Das haben wir in den vergangenen Monaten alle feststellen können. Beistand erfordert Mut, und den habt ihr bewiesen. Er fordert Selbstlosigkeit und Güte, und auch das durfte ich von euch erfahren. Ich danke euch, und ich möchte euch ein Geschenk dafür machen. Ein ganz besonderes, denke ich, das euch immer an mich erinnern wird.« Frau Alena stand auf und holte ein Blatt Pergament, das sie eng beschriftet hatte, aus ihrem schwarzen Buch. Dann wandte sie sich dem Ratsherrn zu.

»Adrian, dein Wunsch ist es, dass dein Sohn Laurens den Beruf des Tuchhändlers lernt und später dein Geschäft weiterführt. Das ist sehr verständlich und ehrenwert. Laurens würde ganz bestimmt ein hervorragender Kaufmann werden, denn er ist ein kluger und weitblickender junger Mann. Doch bedenke eins – Tuchhändler gibt es viele, aber brillante Denker sind selten. Die Zukunft, Adrian, liegt in der Hand deines Sohnes. Oder besser, in seinem Kopf. Er erfasst komplexe Ideen weit schneller, als ich es von vielen meiner Zeitgenossen kenne, er ist ein furchtloser Visionär, der sich von Zweifeln und Grenzen nicht hindern lässt. Gib ihm die Möglichkeit, diese Welt zu ändern, das Wissen zu mehren und das Denken zu erhellen. Es ist an der Zeit. Der Wandel steht kurz bevor. Er wird getragen von Männern wie ihm.«

»Das sind große Worte, Alena. Prophetische Worte. Ich vertraue dir, aber ich verstehe noch nicht ganz, worauf du hinauswillst«, sagte der Ratsherr.

»Ich möchte dich bitten, deinem Sohn Laurens zu erlauben, die Astronomie zu studieren. Zufällig weiß ich, dass genau in diesem Jahr Kaiser Karl V. ein Stipendium für Astrologie ausgeschrieben hat. In Paris, am Collège du Maître Gervais, könnte Laurens bei den gelehrtesten Männern der Welt lernen. Und, wie du natürlich schon weißt, Adrian, gibt es Pläne darüber, dass in Köln eine Universität gegründet werden soll.«

»Die Pläne gibt es, doch ...«

»In zehn Jahren von heute, 1388, wird die Universität ihre Pforten öffnen. Und man wird Gelehrte suchen, die dort forschen und die ihr Wissen an die Studenten weitergeben. Dann wird Laurens genau in dem richtigen Alter dafür sein.« Sie legte ihre Hand auf den Arm des Ratsherrn. »Adrian, du wirst noch lange deinen Handel weiterführen. Du wirst sicher gute Leute finden und ausbilden. Du hast Neffen und Nichten, die treuhänderisch das Geschäft übernehmen können, sodass du es eines Tages deinen Enkeln anvertrauen kannst.«

Mirte bemerkte, wie Laurens sich anspannte und unruhig auf seinem Polster umherrutschte. Der Ratsherr wandte sich zu ihm.

»Du hast gehört, was Frau Alena vorgeschlagen hat, Sohn.«

»Ja, Herr Vater.«

»Sie hält hohe Stücke auf deinen Verstand.«

»Ja, danke, Frau Alena. Aber ich bin nicht so klug, wie Ihr sagt.«

»Doch, Laurens, das bist du. Möglicherweise nicht in Mirtes Augen, denn sie nennt eine andere Art der Klugheit ihr Eigen. Aber ich erkenne einen Wissenschaftler, wenn ich ihn sehe. Du besitzt eine unbestechliche Logik und ein glasklares Verständnis für Zusammenhänge. Du wirst die Bande des Aberglaubens abwerfen und zum Kern der Dinge vordringen, wenn du erst einmal gelernt hast, wie man das macht.«

»Glaubt Ihr wirklich?«

»Ich glaube an dich.«

»Ist es dein Wunsch, diesen Weg einzuschlagen, Laurens?«, fragte der Ratsherr.

»Oh mein Gott, Herr Vater! Mehr als alles in der Welt«, stieß er mit leuchtenden Augen hervor, und Mirte verspürte einen scharfen Stich im Herzen.

»Mehr als alles andere, Laurens?«, fragte Frau Alena sanft.

Wieder rutschte er unbehaglich auf seinem Polster hin und her, dann schielte er zu Mirte hin und wurde rot.

Der Schmerz wurde ein bisschen linder.

»Ja, über alles Lernen und Forschen, Laurens, darfst du die Menschen nicht vergessen. Weltfremde Gelehrte werden zu eigensinnigen Käuzen und sind selten genießbar. Versprich mir, dass du auch immer daran denkst, was andere für dich bedeuten und was du für sie bedeutest.«

»Ja, Frau Alena, ich verspreche es.«

»In etwa einhundert Jahren wird der Sohn eines Kupferhändlers, Nikolaus Kopernikus, geboren. Ihm wird es gelingen, schlüssig das heliozentrische Weltbild zu begründen. Und das wird das gesamte Denken revolutionieren. Dass die Erde um die Sonne kreist, wussten schon antike Gelehrte, beweisen aber können es nur Mathematiker, die sich mit der Himmelsmechanik auskennen. Ich sprach einmal von der Macht des Wissens zu dir, Laurens, und von der Erkenntnis, der Notwendigkeit der Ableitung und des Beweises. Ebne du dafür den Astronomen – nicht den Astrologen in ihren abergläubischen Fesseln – den Weg.«

Laurens nickte stumm und ergriffen.

»Dann werde ich wohl in den nächsten Tagen einen meiner nichtsnutzigen Neffen als Lehrling aufnehmen«, brummelte der Ratsherr.

»Oder eine deiner Nichten, Adrian. Auch Frauen können gute Händlerinnen sein.«

»Einen Neffen und eine Nichte.«

»Einverstanden.«

»Herr Vater, warum nehmt Ihr nicht Mirte als Lehrmädchen auf?«

Mirte zuckte zusammen und sah Laurens dankbar an. Himmel, das wäre ja eine Lösung für ihre Probleme – sie hätte ein Heim, einen Beruf, eine Zukunft ...

»Nein, Laurens, obwohl sie sicher eine Begabung für den Handel hat. Ich bin oft genug mit ihr auf dem Markt gewesen«, meinte Frau Alena mit einem Grinsen. »Sie zieht den Krämern das letzte Hemd aus, wenn man sie lässt.«

»Ich handle nur immer den rechten Preis aus, Frau Alena. Ihr lasst Euch viel zu leicht von den Jammertiraden einwickeln.«

»Das ist wohl meine mitleidige Seele. Oder einfach fehlende Übung. Zu meiner Zeit klebt auf allem, was man kaufen kann, ein Preisschildchen – da gibt es nichts zu feilschen.« Und dann grinste sie noch mal. »Oder – mal sehen, ob ich das Gelernte nicht auch zu Hause anwenden kann.«

Nun mischte sich aber der Ratsherr wieder ein. »Warum, Alena, sollte ich die Jungfer nicht den Tuchhandel lehren, wenn sie eine so begabte Feilscherin ist?«

»Weil ich auch einen Teil der Zukunft in ihre Hände legen möchte, Adrian.« Frau Alena zog wieder das eng beschriebene Blatt zurate, las einen Augenblick und fuhr dann fort: »Laurens ist ein Wissenschaftler, Mirte ist auf ihre Weise ebenso klug, doch bei ihr liegt die Begabung in ihren Händen und ihrem Herzen. Mirte, du liebst die Bücher, nicht wahr?«

»Ja, Frau Alena.«

»Bücher, Adrian, sind die Zukunft. Noch zu euer aller Lebzeiten, in zweiundzwanzig Jahren, wird ein Mann geboren, der Mitte des nächsten Jahrhunderts eine bahnbrechende Erfindung machen wird. Er wird eine Möglichkeit entdecken, wie man Kopien von Schriften schnell und in großer Stückzahl herstellen kann. Und von dem Augenblick an werden Bücher aller Art sich in ungeheurer Schnelligkeit verbreiten. Die Zeit ist reif dafür. Immer mehr Menschen werden das Lesen lernen, das Wissen wird sich schneller und schneller in der Welt verbreiten. Aber auch alte Sagen und Geschichten, Lieder und Gedichte werden gedruckt werden, sich verbreiten und erhalten bleiben. Doch mag Johannes Gutenberg auch das Drucken mit beweglichen Lettern erfinden, er stellt nur lose Seiten her. Zum Buch werden sie erst, wenn sie gebunden sind. Es wird einen ungeheuren Bedarf an Buchbindern geben.«

»So lange wird Mirte aber nicht leben«, murmelte Laurens.

»Sie vielleicht nicht, aber ihre Kinder und Kindeskinder – genau wie die deinen, Laurens, die erleben werden, wie sich das Weltbild verändert. Ich mache euch beiden ein Geschenk für die Zukunft. Deines, Laurens, ist das Studium, Mirte aber soll das Handwerk des Buchbindens lernen. Ich habe mit Meister Max und seinem Weib Hedwig gesprochen, hier am Neuen Markt. Sie führen eine ausgezeichnete Werkstatt und werden Mirte als Lehrtochter aufnehmen. Das Lehrgeld habe ich bereits für sie bezahlt.«

Mirte rutschte ein Stück näher an Frau Alena heran und wollte einen Dank stammeln, aber es kamen ihr einfach keine Worte über die Lippen. Eine Hand fuhr ihr sacht durch die Haare.

»Außerdem, Mirte, werde ich von Adrian van Kerpen das Häuschen an der Burgmauer für die nächsten zehn Jahre mieten und ihn bitten, dich darin wohnen zu lassen. Allerdings unter der Voraussetzung, dass du dich um Mina kümmerst und meinen Garten sorgsam pflegst.«

Überhaupt keine Worte mehr, kaum noch Atem.

Aber ihre Augen schwammen in Tränen.

Undeutlich sah Mirte, wie Frau Alena dem Ratsherrn eine Börse reichte.

»Wenn du keinen Mietwucher treibst, müsste das die ausreichende Summe sein, Adrian.«

»Behalte das Geld, Alena, ich habe bereits bei dem Schreinsmeister das Haus auf Mirte überschreiben lassen. Die Urkunden werden in den nächsten Tagen gesiegelt sein.«

»Oh, nun gut. Das ist eine großmütige Tat, Adrian. Dann soll Mirte diesen Beutel als Mitgift bekommen. Verwahre ihn für sie.«

»Frau Alena...« Es kam fast nur ein Krächzen über Mirtes Lippen. »Wohledler Herr, das kann ich nicht annehmen.«

»Doch, Kind, das kannst du. Oder zweifelst du daran, für den Garten und die Katze sorgen zu können?«, fragte der Ratsherr.

»Nein, nein, gewiss nicht.«

»Oder möchtest du das Handwerk nicht lernen?«

»Doch, sehr, sehr gerne.«

»Nun, dann nimm an, was dir ein gütiges Schicksal beschert, und mache das Beste daraus, so wie Frau Alena es sich wünscht.«

Vorsichtig schniefte Mirte und wischte sich dann über die Augen.

»Ja, das will ich tun, so sorgsam und fleißig, wie ich nur kann. Ich verspreche es Euch, Frau Alena. Ich will alles getreulich hüten, was Ihr mir auftragt. Mein ganzes Leben lang, Frau Alena.«

»Das wirst du, aber darüber vergiss *du* nicht, dass das Leben weitergeht. Das Bewahren von Gutem und Nützlichem ist wichtig, aber manchmal muss man welkende Pflanzen ausreißen, um Platz für neue zu schaffen. Lern dein Handwerk, aber setz nicht nur deine flinken Finger ein, sondern auch deinen flinken Geist. Man kann vieles anders, leichter, besser machen, wenn man sich umhört und herausfindet, was gewünscht wird. Du hast immer ein offenes Ohr für allerlei Nachrichten bewiesen, auch das ist wichtig. Erhalte es dir.«

»Ja, Frau Alena. Und danke.«

Mirte wurde ein weiches Tuch in die Hand gedrückt, so eines wie die, die Frau Alena zum Schnäuzen benutzte, und sie wischte sich die feuchten Wangen ab.

»So, ihr Lieben, nun habe ich meine Geschenke verteilt, und jetzt wollen wir noch eine kleine Geschichte hören, damit sich die Gemüter vor dem Schlafengehen beruhigen.«

Aber Laurens schüttelte den Kopf und griff nach Mirtes Hand.

»Frau Alena, Ihr habt uns in der Tat reich beschenkt. Doch auch mein Vater hat Euch Gutes getan, wollt Ihr ihm nicht auch ein Geschenk für die Zukunft machen?«

»Schruutekopp«, zischelte Mirte.

»Was? Schon wieder?«

»Klar. Bist du denn blind auf beiden Augen?«

»Offensichtlich.«

Der Ratsherr hatte Frau Alena dicht an sich gezogen und lächelte.

»Richtig, Jungfer Mirte, sie hat mir ihr Geschenk gemacht. Und nun lasst uns eine neue Geschichte hören.«

Später, als die Lichter gelöscht waren und Laurens neben Mirte die Stiege zu ihren Schlafkammern hochging, flüsterte Mirte ihm zu: »Hast du nicht bemerkt, dass Frau Alena, seit sie hier wohnt, die Nächte bei deinem Vater verbringt?«

»Ähm – doch, ja.«

»Meinst du nicht, dass das ein Geschenk für ihn ist?«

Es kam lange nichts, nur ein hörbares Schlucken.

Schließlich sagte Laurens: »Mrrpf. Na ja...«

Mirte kicherte und gab ihm ein schnelles Bützchen. Dann schloss sie die Tür ihrer Kammer hinter sich.

# 33

## Abschied

*15. Oktober 1378*

Der Dom zu Köln war tagsüber und in der Woche eine lebhafte Baustelle. Doch die Teile, die bereits fertiggestellt waren, wurden bereits für den Gottesdienst genutzt. Fertig war der Chor, das rheinseitige Ende der Kathedrale. Im Mittelpunkt des Halbkreises standen der Altar und das Chorgestühl. Ihn umgab ein Kranz von sieben Kapellen, in deren mittlerer, der Achskapelle, der Dreikönigsschrein stand – prachtvoll und golden. Hinter ihm fiel bei Tag das Licht der Sonne durch ein hohes, farbenprächtiges Glasfenster, das Szenen aus der Bibel darstellte.

Doch nun war es noch dunkel, als Laurens, Mirte, Adrian van Kerpen und Alena sich auf den Weg zum Dom machten. Am Tag zuvor hatten sie gründliche Berechnungen der Zeit angestellt und zum Sonnenuntergang die große Sanduhr so gedreht, dass ihr Inhalt alle zwei Stunden durchgelaufen war. Ziemlich exakt neun Stunden dauerte die Nacht heute.

Sie hatten gemeinsam gewacht, geredet, geschwiegen, dann wieder und wieder die Tasche durchgesehen, die Alena mitnehmen wollte, das Räucherwerk geprüft, den Weihrauchkessel inspiziert. Das Astrolabium hatte sie Laurens geschenkt, sie sagte, es sei zwar ein Nachbau aus ihrer eigenen Zeit, aber genauso gestaltet wie die derzeit verfügbaren Himmelsscheiben. Mirte sollte die Werkzeuge der Buchbinderei behalten, sodass sie damit schon bald ihre ersten kleinen Aufträge ausführen konnte. An Registerbänden hatte beispielsweise der Ratsherr einigen Bedarf. Mit Mina hatte Alena lange geschmust und dabei einen unglaublich wehmütigen Ausdruck gezeigt.

Einmal hatte Mirte gefragt, ob sie nicht besser Kleider ihrer Zeit anlegen sollte, aber die Buchbinderin hatte abgewinkt.

»In meiner Zeit laufen die Leute in den unterschiedlichsten Trachten herum, mich wird keiner komisch anschauen, wenn ich in einem einfachen, langen Kittel auftauche. Ich bin nur froh, dass ich das Gebende nicht tragen muss.«

Und nun hatten sie das letzte Mal die Sanduhr umgedreht, und es wurde Zeit, zum Dom aufzubrechen. Der Ratsherr schritt mit Frau Alena voran. Er trug ihre Tasche und hatte ihren Arm unter den seinen gezogen. Mirte und Laurens folgten, er trug den Weihrauchkessel, und Mirte hatte einen Leinenbeutel über den Rücken gelegt, der sich hin und wieder träge bewegte. Ein paarmal wischte sie sich über die tränenfeuchten Wangen. Aber als Laurens leise vorschlug: »Wir müssten nur den Weihrauch austauschen…«, hatte sie das ganz vehement abgelehnt.

Die Nacht war sternenklar gewesen, die vergangenen Tage hatte warmes, heiteres Herbstwetter geherrscht. Als sie durch die stillen Gassen gingen, wich die Dunkelheit im Osten schon langsam dem blassen Blau der Dämmerung. Noch stand ein voller weißer Mond am Horizont, aber die

Sterne verblichen allmählich. Doch schwarz ragte das Strebwerk der Kathedrale vor ihnen auf.

Der Ratsherr hatte sich die Erlaubnis verschafft, den Dom betreten zu dürfen – Geld öffnete eben alle Pforten. Mit flackernden Handlichtern betraten sie das kühle, schweigende Innere, und ihre Schritte hallten hohl auf den Fliesen des Bodens.

Alena suchte die Stelle, an der sie vor zwei Jahren ihre Reise angetreten hatte, nahm von dem Ratsherrn den Weihrauchkessel entgegen und entzündete die Mischung darin. Dann trat sie zu Mirte, nahm ihr Gesicht in ihre Hände und flüsterte: »Gott segne dich, meine Freundin.«

Mirte schwieg, aber sie drückte sich ganz fest an die Buchbinderin.

Alena löste sich von ihr und umarmte Laurens und sagte: »Geh deinen Weg, mein Freund. Und alles Glück der Welt dabei.«

»Euch auch, Frau Alena. Und eine gute Reise.«

Dann trat sie zu dem Ratsherrn und nahm seine Hände in die ihren.

Ihre Stimme klang sehr belegt.

»In einer anderen Zeit, in einer anderen Welt, Adrian, wären deine und meine Wünsche in Erfüllung gegangen.«

Er sah sie voller Wehmut an.

»Ich danke dir für die Zeit, die du mir geschenkt hast, Alena. Vielleicht gibt es eine Macht, die über die Zeit hinaus bis in alle Ewigkeit bestehen bleibt. ›Denn die Liebe ist stark wie der Tod‹, sagt Salomon in seinem Hohen Lied. Leb wohl, meine Geliebte.«

Er küsste sie, und dann trat Alena in den Rauch, der nun duftend aus dem Kessel nach oben stieg. Drei Menschen standen vor ihr und sahen zu, wie die Wolken sich verdichteten, um sie herumzuwirbeln begannen, als der erste Sonnenstrahl durch das bunte Fenster hinter ihr fiel und ihn in allen Farben aufleuchten ließ.

Und dann trat doch noch einmal Mirte vor, nahm das zappelnde Bündel von ihrem Rücken, reichte es durch den Rauch und legte es ihrer Freundin in die Arme.

»Gut festhalten. Ganz gut festhalten!«, rief sie, und in diesem Augenblick löste sich Alena im wirbelnden Rauch auf. Nur ein lang gezogenes, protestierendes: »Miauuuuu!« hallte durch den Dom.

Der Oktober ging in den November über, der Dezember nahte, das Jahr wechselte, die Welt ging ihren gewohnten Gang weiter.

Mirte bezog das Haus an der Burgmauer, lernte gewissenhaft die Kunst des Buchbindens, hielt den Garten in Ordnung und nahm eine kleine Katze auf, die verdächtig wie Mina aussah. Laurens traf sie oft, und beide zwackten sich von ihren Pflichten so viel Zeit ab, wie sie konnten. Denn auch Laurens hatte viel zu tun. Er musste seine Reise nach Paris vorbereiten, das Stipendium war ihm tatsächlich gewährt worden, einige einflussreiche Herren, unter anderem der Herr Ivo vom Spiegel, hatten für ihn gebürgt und den Weg geebnet. Im Februar sollte er aufbrechen, und wieder standen Mirte, Laurens und der Ratsherr zusammen, um Abschied zu nehmen.

»Leb wohl, Mirte.«

»Leb wohl, Laurens. Und ... vielleicht vergisst du mich ja nicht.« Mirte reichte ihm ein Büchlein, das sie selbst gebunden hatte. »Ich habe ein paar von den Blumen aus dem Garten der Zeit hineingelegt und gepresst.«

»Danke.« Er verstaute es in seiner Reisetasche. Dann sah er etwas fragend zu seinem Vater auf, aber der nickte nur lächelnd. Also nahm er Mirte in den Arm und streichelte ihr die Wange. »Wann immer ich eine schöne Blüte sehe, werde ich an dich denken, Mirte.« Und dann gab er ihr einen langen, zärtlichen Kuss.

Mirte legte ihren Kopf an seine Schulter, und trotz ihres Schmerzes flüsterte sie: »Nicht wenn du eine niedliche Kröte siehst?«

»Doch, dann ganz besonders.«

Sie sah auf und wurde ernst. »Und ich werde an dich denken, immer wenn ich zum Sternenhimmel aufschaue.«

»Ich komme wieder, Mirte. Zu dir.«

»Und ich warte auf dich.«

## 34

## Zu Hause

*Im Jahre des Herrn 2011*

Der Oktober ging in den November über, der Dezember nahte, das Jahr wechselte, die Welt ging ihren gewohnten Gang weiter.

Frau Dr. Alena Buchbinder hatte sich in ihrer Welt wieder eingerichtet. Mit ein paar Veränderungen. Sie hatte eine neue Wohnung, ihre Verwandten, Freunde und Arbeitskollegen hatten zähneknirschend ihre Erklärung akzeptiert, dass sie auf ihrer Forschungsreise einen hinreißenden Mann getroffen hatte, der sie all ihre Verpflichtungen hatte vergessen lassen. Doch dann war er plötzlich gestorben, und voller Trauer über den Verlust sei sie in ihr altes Leben zurückgekehrt.

Sie hatte ihre Stelle im geschichtswissenschaftlichen Institut wieder eingenommen und beschäftigte sich intensiv mit dem Studium und den Übersetzungen mittelalterlicher Schriften. Mit ihren umfangreichen Kenntnissen erwarb sie sich schon bald einen hervorragenden Ruf. Die alte Sprache ging ihr leicht von der Hand, und ihr Geschick, die exotischsten Quellen aufzustöbern, wurde bald legendär. Vor allem Dokumente über den Tuchhandel fanden allgemeines Interesse in der Fachwelt.

Dass sie wenig lachte und sie immer ein Hauch von Wehmut umgab, schienen ihre Kollegen zu verstehen.

Aber als der Frühling anbrach und die Bäume im Park vor ihrem Bürofenster ihr frisches grünes Kleid anlegten, als die ersten Blumen ihre Köpfe aus der winterbraunen Erde streckten, da klingelte eines Tages ihr Telefon.

»Buchbinder«, meldete sie sich.

Eine junge Mädchenstimme fragte: »Frau Alena Buchbinder?«

»Ja, am Apparat.«

»Danke!«

Es wurde aufgelegt. Etwas verdutzt betrachtete Alena den Hörer in ihrer Hand. Dann schüttelte sie den Kopf und legte auf.

Zwei Tage später fand sie einen grellroten Notizzettel an ihrem Bildschirm kleben, auf dem die Sekretärin vermerkt hatte: »Ein Professor Dr. Dr. Kerpen vom astrophysikalischen Institut wünscht Sie wegen eines alten Dokuments zu sprechen. Ich habe ihm einen Termin heute Nachmittag um 15.00 Uhr gegeben.«

Alena stutzte, als sie den Namen las, aber dann sagte sie sich, dass der Name Kerpen nicht eben selten war, und schaute auf die Uhr. Es war kurz vor drei. Seufzend schob sie die Unterlagen zusammen, an denen sie gerade arbeitete, und machte sich auf den Besuch gefasst.

Er war pünktlich.

Er klopfte, trat auf ihr Wort ein, und Alenas Welt begann, sich zu verzerren.

»Adrian?«, sagte sie. »Adrian, du?«

»Ganz richtig, den Namen Adrian gaben mir meine Eltern. Er hat Tradition in unserer Familie.«

Es flimmerte Alena noch immer vor Augen, sie zwinkerte und blinzelte, um klarer sehen zu können. Nein, er trug keine samtbesetzte Heuke. Er trug einen Rollkragenpullover und ein Jackett, seine Haare waren kürzer, doch sein Gesicht ...

»Frau Dr. Buchbinder, was ist? Sie sind ganz blass geworden. Habe ich Sie erschreckt? Ich dachte, mein Besuch sei angekündigt.«

Alena rang um Fassung, sammelte sich und nickte.

»Verzeihen Sie, Sie erinnerten mich an jemanden. Ja, Sie waren angekündigt. Nehmen Sie bitte Platz.«

Er setzte sich ihr gegenüber an den Schreibtisch und betrachtete sie besorgt.

»Sie sollten einen Tee trinken oder so etwas.«

»Schon gut. Es geht gleich wieder. Was führt Sie her, Professor?«

»Ihr Ruf, Frau Doktor. Und ein eigenartiges Fundstück, von dem ich mir mithilfe Ihrer Fachkenntnis Aufklärung erhoffe.«

Und damit wuchtete er ein schweres Bündel auf den Tisch. Es war in starkes, wenn auch vergilbtes Leinen gehüllt. Vorsichtig löste er die Verschnürung und faltete es auseinander.

Alena hielt den Atem an.

Das war einer der schönsten alten Folianten, die ihr je vor Augen gekommen waren.

In der Gegenwart.

»Woher haben Sie das? Das sieht wunderbar aus, müsste aber sehr alt sein.«

»Das ist es auch. Das ist ein Familienerbstück, das vor einigen Monaten in meine Hände gelangte. Mein Vater überreichte es mir. Wir haben immer herumgerätselt, was die Texte bedeuten. Die neueren sind lesbar, und wie es scheint, handelt es sich um unsere Familienchronik. Nur fast die Hälfte ist in einem so altertümlichen Deutsch geschrieben, dass es uns unmöglich war, es zu entziffern. Ein Kollege von Ihnen, mit dem ich mich im Institut unterhielt, erwähnte, dass Sie die Fachfrau für Mittelhochdeutsch wären, und ich wollte mein Glück bei Ihnen versuchen. Selbstverständlich zahle ich Ihnen für die Übersetzung den üblichen Betrag.«

»Darüber sprechen wir, wenn ich mir das Buch angesehen habe. Darf ich es öffnen?«

»Natürlich.«

Er schob es zu ihr hinüber, und mit zitternden Fingern löste Alena die beiden Schnallen, mit denen der prachtvolle Ledereinband verschlossen war. Dann öffnete sie das Buch und starrte auf die erste Seite.

Die Handschrift war ihr so vertraut.

Wieder verschwamm die Schrift vor ihren Augen.

Sie zwinkerte.

»Dies ist die Geschichte von Mirte und Laurens van Kerpen«, entzifferte sie. »Köln, im Jahre des Herrn MCCCDXXXVIII.«

»Über sechshundert Jahre ist es alt«, flüsterte sie.

»Ja, so weit sind wir auch gekommen. 1388, in dem Gründungsjahr unserer Universität, ist es begonnen worden.«

Ehrfürchtig strich Alena über die Seiten. Wenn sie nicht alles täuschte, dann hielt sie das Werk der Buchbindermeisterin Mirte in der Hand.

»Ich übersetze es Ihnen. Kostenlos, Professor Kerpen.«

»Das ist ganz gewiss nicht nötig. Immerhin sind es Hunderte von Seiten.«

»Es ist mir ein persönliches Anliegen, Professor ...«

»Es hat mir besser gefallen, als Sie mich Adrian nannten, Frau Doktor«, unterbrach er sie. »Aber dass es Ihnen ein Anliegen sein könnte, hat meine Nichte schon vermutet. Wenn Sie so gut wären, die letzte Seite aufzuschlagen. Dort befindet sich der seltsamste Hinweis überhaupt. Und der hängt mit Ihnen zusammen und ist uns allen völlig unerklärlich.«

Alena schlug die eng beschriebenen Seiten um. Die Handschrift wechselte im Laufe der Zeit, hier und da waren kleine Skizzen eingefügt, ein paar trockene Blütenblätter knisterten leise – Erinnerungsstücke an einen weit zurückliegenden Sommer. Dann glich die Schrift mehr und mehr der gegenwärtigen, die Tinte wechselte von Braun nach Blau, und schließlich erreichte sie die letzte Seite.

Die Tinte war wieder braun, die Schrift war ihre eigene. »Alena Buchbinder, MMCCXXXVI-MMMIM-CXI.«

»Großer Gott!«, keuchte sie.

In jener letzten Nacht hatten sie davon gesprochen, dass Laurens ein Stammbuch seiner Familie anlegen wollte und seinen Kindern und Kindeskindern auferlegen würde, dieses gewissenhaft weiterzuführen. Alena hatte Mirte vorgeschlagen, dafür ein besonders schönes Buch mit leeren Pergamentseiten zu binden. Damals hatte sie das Vorhaben zwar für gut befunden, ihm aber wenige Chancen eingeräumt, dass es die Zeit bis zum 21. Jahrhundert überdauern würde. Kriege, Hungersnöte, Feuersbrünste, Überschwemmungen – was konnte alles in sechshundert Jahren geschehen? Was war alles in diesen Jahrhunderten geschehen! Dennoch hatte sie diese Nummer aufgeschrieben und sie Laurens mit den Worten übergeben: »Wer immer das liest, wird mich erreichen.«

Welch Wunder! Trotz aller Fährnisse, trotz aller Katastrophen, trotz allem – das Buch überdauerte.

»Es war übrigens meine Nichte, die die geniale Idee hatte, was diese römischen Zahlen anbelangte. Sie wollten so gar keinen Sinn ergeben. Jahreszahlen konnten es nicht sein.«

»Vorgestern rief mich ein junges Mädchen an«, sagte Alena und faltete die Hände wie verkrampft zusammen.

»Das war sie, und sie kam triumphierend zu mir gerannt und erklärte, es gäbe Sie wirklich. Als ich mich nach Ihnen erkundigte, erklärte der vorhin zitierte Kollege, Sie seien Historikerin.«

»Ihre Nichte, Adrian, heißt nicht zufällig Mirte?«

»Doch, zufällig heißt sie so, Alena. Auch dieser Name hat in unserer Familie Tradition.«

»Wie vermutlich auch Laurens?«

»Ja, und Alena ebenso. Woher wissen Sie das?«

»Das, Adrian Kerpen, ist eine lange Geschichte.«

Jetzt lächelte sie ihn an, und er lächelte prompt zurück.

»Werden Sie sie mir erzählen, Buchbinderin?«

»Wenn ich die Übersetzung gemacht habe, Astronom Kerpen.«

»Astrophysiker.«

»Wie günstig. Dann werden Sie ja meine Geschichte lediglich als Bestätigung gewisser Theorien betrachten und nicht für das Gestammel eines Weibes von Witz und Sinnen halten.«

»Seltsame Formulierungen verwenden Sie.«

»Das macht die Beschäftigung mit dem Mittelalter. Ich könnte auch ›durchgeknallte Irre‹ sagen.«

»Sie wirken auf mich eigentlich recht normal. Wie lange werden Sie für die Übersetzung benötigen?«

»Einen Monat, vielleicht weniger. Ich melde mich, Adrian.« Und dann reichte sie ihm einen Zettel, auf dem sie MMCCXXXVI-MMMIM-CXI notiert hatte. »Meine Nummer haben Sie ja.«

Jeden Abend, jedes Wochenende, jede freie Stunde saß Alena über dem Buch und übertrug die Seiten in modernes Deutsch. Und jede Seite erfüllte sie mit größter Freude oder tiefster Trauer, mit Heiterkeit oder wehmütiger Sehnsucht.

Mirte hatte ihre Lehre absolviert und war schnell zu einer anerkannten Handwerkerin geworden. Laurens war nach seinen Studienjahren in Paris und Bologna kurz vor der Gründung der Kölner Universität zurückgekommen. Er und Mirte hatten unverzüglich geheiratet. Natürlich wurde er als Gelehrter an der Universität aufgenommen, und schon bald hatten er und Mirte vier gesunde Kinder. Der älteste Sohn war bereits von klein auf in den Tuchlagern anzutreffen, wo er mit den Stoffen spielte und die Ellen und Maßbänder durcheinanderbrachte. Der zweite Sohn hingegen liebte es, den Leim anzurühren, die Hanfschnüre zum Binden der Bücher zu verwurschteln und über das feine Leder der Einbände zu streichen. Die beiden Töchter aber hingen wie die Kletten an ihrem Vater und wollten alles über die Gestirne wissen. Sie alle wurden älter, folgten ihrer Bestimmung, heirateten. Und dann fand Alena im Jahr 1408 den Hinweis, dass Adrian van Kerpen erkrankt war und im Sterben lag.

Mirtes Schrift verkündete: »Er starb in Frieden mit der Welt, und seine letzten Worte lauteten: ›Denn stark wie der Tod ist die Liebe.‹ Und mit dem Namen ›Alena‹ auf den Lippen verließ er diese Welt.«

Tränen tropften auf das kostbare Pergament, als Alena diesen Satz las.

Er hatte sie nie vergessen.

An diesem Abend übersetzte sie nichts mehr, sondern suchte den Dom auf.

An den folgenden Tagen aber machte sie sich wieder an die Arbeit, und sie lernte die neuen Generationen kennen, die getreulich Buch führten über Geburten, Hochzeiten und Todesfälle. Aber auch über ihre beruflichen Entwicklungen. Ein Familienstrang widmete sich dem Tuchhandel, seine Mitglieder wurden über die Jahre reich und angesehen, erlitten Einbußen in den Kriegszeiten, rafften sich wieder auf, führten neue Techniken ein und galten noch heute als Experten für besonders feine Wolltuche. Ein zweiter Zweig war fest im Buchbindergewerbe etabliert, erweiterte sich rasch um eine Druckerei, brachte erste Zeitungen heraus, dann Bücher, und nun war die gegenwärtige Nachfahrin Mirtes eine in der Branche hoch angesehene Verlegerin. Der dritte Zweig der Familie aber brachte die brillantesten Wissenschaftler und Wissenschaftlerinnen hervor. Hier wimmelte es nur so von akademischen Graden und Auszeichnungen. Allen gemein aber war die Beschäftigung mit dem Kosmos.

Adrian Kerpen, Professor für Astrophysik, war der Letzte in dieser Reihe.

Nach drei Wochen hatte Alena die Übersetzung beendet und mit zaghaften Fingern tippte sie die Nummer des Professors ein.

»Sind Sie bereit, eine aberwitzige Geschichte zu hören, Adrian?«

»Nur zu gerne. Die aberwitzigen sind die besten.«

»Dann besuchen Sie mich heute Abend.«

Er kam, und bei Würzwein und Honigkuchen erzählte Alena ihm die Geschichte vom Garten der Zeit. Er hörte schweigend zu, unterbrach sie nur selten, und erst als sie geendet hatte, stand er auf und wanderte einige Schritte in der Stube umher.

»Bemerkenswert«, sagte er in einem Tonfall, der Alena unsagbar vertraut vorkam. »Ich frage mich, wie weit der Weihrauch für die Dimensionslücke verantwortlich ist oder die Planetenkonstellation in Bezug auf den Ort. Erdmagnetische Ströme, vielleicht eine Ionisierung durch den Rauch gewisser Pflanzen…«

»Sie glauben mir?«

»Natürlich glaube ich dir. Verzeih, du bist so etwas wie eine Familienlegende. Ich kann nicht mehr so förmlich bleiben.«

»Gut, dann trinken wir auf die Familienlegende.«

Sie taten es, und als Alena Adrian über den Glasrand in seine lächelnden Augen sah, da erblickte sie eine ganz neue Zukunft darin.

»Schreib die Geschichte auf, Alena. Die Geschichte der tapferen Kinder, die einer Zeitreisenden gegen alle Widerstände halfen. Und die ihre Geschenke an die Zukunft so nützlich einzusetzen wussten.«

»Ich sollte das wohl tun, nicht wahr?«

Und am nächsten Tag tippte Alena Buchbinder den ersten Satz. Er lautete: »Mirte biss in das letzte Stück Schmalzbrot und freute sich daran, wie die krosche Kruste zwischen ihren Zähnen zerknusperte.«

Zwei Monate schrieb sie ununterbrochen, und als die letzte Seite aus dem Drucker kam, marschierte Mina, ihre rotbraune Katze mit dem cremeweißen Hinterpfötchen, über die Tastatur, und auf dem Bildschirm erschien:

    öakofp cuhro giuh
    ENDE

*Von Andrea Schacht bei Blanvalet bereits erschienen:*

**Die Beginen-Romane:**
Der dunkle Spiegel (36774)
Das Werk der Teufelin (36466)
Die Sünde aber gebiert den Tod (36628)
Die elfte Jungfrau (36780)
Das brennende Gewand (37029)

**Die Alyss-Serie:**
Gebiete sanfte Herrin mir (37123)
Nehmt Herrin diesen Kranz (37124)
Der Sünde Lohn (37669)

**Die Ring-Trilogie:**
Der Siegelring (35990)
Der Bernsteinring (36033)
Der Lilienring (36034)

Rheines Gold (36262)
Kreuzblume (37145)
Göttertrank (37218)
Goldbrokat (37219)
Die Ungehorsame (37157)
Das Spiel des Sängers (geb. Ausgabe, 0348)
Die Gefährtin des Vaganten (geb. Ausgabe, 0349)
Der Ring der Jägerin (37783)
Die Lauscherin im Beichtstuhl.
Eine Klosterkatze ermittelt (36263)
MacTiger – Ein Highlander auf Samtpfoten (36810)
Pantoufle – Ein Kater zur See (37054)

# BOJE · Bücher für Neugierige

## Jessica Martinez:
# Virtuosity – Liebe um jeden Preis

**Jessica Martinez**
**Virtuosity – Liebe um jeden Preis**
256 Seiten
Boje Verlag
ISBN 978-3-414-82322-9

Die siebzehnjährige Carmen ist ein Star. Sie tourt mir ihrer Geige durch die Welt und spielt überall vor ausverkauften Konzertsälen. Doch die Konkurrenz ist hart. In wenigen Tagen beginnt der Guarneri-Wettbewerb, bei dem Jungstars aus den verschiedensten Ländern gegeneinander antreten – und nur der Sieg zählt.
Carmen steht unter Druck, den sie schon seit einiger Zeit nur noch mit Tabletten in den Griff bekommt. Doch dann lernt sie ihren ärgsten Konkurrenten kennen, den fast gleichaltrigen Jeremy. Und obwohl Carmen weiß, dass sie sich vor ihm in Acht nehmen sollte, fühlt sie sich unwiderstehlich zu ihm hingezogen. Für Carmen ist die Zeit gekommen, sich zu entscheiden: Setzt sie auf Sieg oder auf die Liebe …

www.boje-verlag.de